Insel
2

Franz-Josef Gemmel Schwarze Steine

Herzog-Johann-Straße 2
D-55469 Simmern
Telefon (0 67 61) 71 42

www.pandion-verlag.de

Titel- und Autorenfoto: © privat

ISBN 978-3-86911-112-4

FRANZ-JOSEF GEMMEL

SCHWARZE STEINE

KRIMINALROMAN

PANDION

1

Es war kein schöner Anblick. Der Tote im Wohnzimmer. Eine Blutlache hatte sich unter seinem Kopf ausgebreitet und den einst teuren Perserteppich wohl für immer ruiniert. Die aufgeplatzte Wunde an der Stirn ließ das schmerzverzerrte Gesicht noch unwirklicher erscheinen. Schlafshorts und ein T-Shirt waren die einzige Bekleidung. Die Frau im weißen Schutzanzug hatte sich über den Toten gebeugt und bewegte mit der linken Hand den Kopf vorsichtig etwas zur Seite, um nach weiteren Verletzungen zu suchen.

„Na, Frau Doktor, wie schaut's aus?“

Erschrocken drehte Rechtsmedizinerin Liane Bommer den Kopf nach links. Sie hatte sich auf die Untersuchung der Leiche konzentriert und nicht mitbekommen, dass Hauptkommissar Schmied den Raum betreten und sich hinter ihr aufgebaut hatte. Aus den Augenwinkeln sah sie seine angeschmutzten Nike-Schuhe unter den ebenso unsauberen Jeans hervorschauen. Die weißen Frottee-Socken waren zu den Jeans und den Sneakers gerade noch akzeptabel. Sie hatte den Kommissar allerdings auch schon mit diesem längst aus Mode gekommenen Accessoire in Verbindung mit einem dunklen Anzug und schwarzen Lederschuhen gesehen. Über den Kleidergeschmack von Schmied, der nach seiner Scheidung bestimmt nicht besser geworden war, konnte sie ja noch hinwegsehen, aber dass er ohne Schutzanzug und Schuhüberzieher am Tatort herumlatschte, machte sie wütend.

„Ziehen Sie sich erst mal die Überziehschuhe über Ihre ausgelatschten Treter, bevor Sie hier alles konterminieren“, raunzte sie ungehalten.

„Oh, sorry“, murmelte Lothar Schmied und fühlte sich mal wieder ertappt. Ausgerechnet von der Gerichtsmedizinerin musste er sich zurechtweisen lassen.

„Scheiße“, dachte er, „jetzt bin ich auch noch rot geworden.“ Schnell drehte er sich zur Seite.

„Da, Loddar!“, grinste ihn ein Kollege im weißen Overall an und hielt ihm die hässlichen blauen Überziehschuhe hin. Das auch noch, als ob der Tag nicht schon schlimm genug wäre. Kalli von der Spurensicherung musste ihn auch noch mit seinem Namen aufziehen.

Als Jugendlicher hatte er Lothar Matthäus bewundert. An die Weltmeisterschaft in Italien, bei der Deutschland mit dem Spielführer Matthäus Weltmeister geworden war, konnte er sich noch gut erinnern. Er hatte alle Spiele der deutschen Mannschaft vor dem heimischen Fernseher verfolgt und mitgezittert, als Andy Brehme zum entscheidenden Elfmeter antrat. Rudi Völler war gefoult worden und Matthäus hatte sich vor der Ausführung gedrückt, aber das hatte er erst später wahrgenommen und vielleicht war sein Schuh ja wirklich kaputt gewesen, wie sein Namensvetter behauptet hatte. Das hatte er ihm ohnehin schon längst verziehen, zumal Brehme den Elfmeter damals sicher verwandelt hatte. Aber die späteren Kapriolen und das Geschwätz von dem einst Bewunderten, hatten ihn doch etwas verstört – und, dass ihm dann auch noch die Verballhornung seines Namens angehängt wurde, machte die Sache auch nicht besser. Er hasste sie beide mittlerweile: Matthäus und den Namen.

Ich glaube, ich schweife etwas ab und sollte mich besser auf meine Arbeit konzentrieren, ging ihm gerade durch den Kopf als Kalli feixte:

„Hallo Loddar, träumst du. Wir sind gleich fertig hier und den Bericht von Spusi haste spätestens morgen Mittag auf dem Tisch.“

„Is gut Kalli, und danke, du Arsch“, wobei er die beiden

letzten Worte nur dachte. Hoffentlich schaffe ich es, sowas weiterhin nur gedanklich dran zu hängen. Da würde ich es mir bei den Kollegen wohl ganz verscherzen. Er war in letzter Zeit öfters versucht, diesen Zusatz zu verwenden. Lag wohl an der schlechten Laune, die er schon ein paar Tage mit sich herumschleppte, ohne die Ursache zu kennen. Also weiterhin lieber erst auflegen, dann „Arschloch" sagen. Einfach nur sachlich bleiben.

„Was wissen wir über das Opfer?"

„Martin Wilde, 56 Jahre alt, Edelsteinhändler. Das ist bis jetzt alles." Auch Kalli war wieder sachlich geworden.

Spusi hieß eigentlich Wolfgang Schipulski und musste auch mit einem dämlichen Spitznamen leben. Der grauhaarige Endfünfziger war der Leiter des Erkennungsdienstes und galt als hochgradig kompetent.

„Wo ist er überhaupt?", fragte Schmied und blickte sich suchend um.

„Er wollte noch Spuren an der Tür zum Wintergarten untersuchen und kommt sicher gleich." Kalli pinselte weiter am Tisch herum, um Fingerabdrücke zu sichern. Besser den Loddar nicht weiter provozieren, scheint nicht seinen besten Tag zu haben, ging Kalli durch den Kopf, den er jetzt lieber gesenkt hielt und so tat, als widmete er sich ganz seiner Arbeit.

„Ich bin jetzt auch so weit, Sie können sie abtransportieren lassen", war die angenehme dunkle Stimme von Frau Dr. Bommer zu vernehmen. Sie trat ein paar Schritte zurück und schälte sich aus ihrem weißen Schutzanzug. Sie zog die Plastikhaube vom Kopf und hervor kam ein schwarzer Kurzhaarschnitt. „Wie eine Raupe, die sich aus ihrem Kokon schält und in einen wunderschönen Schmetterling verwandelt", dachte Schmied und beobachtete fasziniert den Umwandlungsprozess. Die schlanke Frau, Schmied schätzte sie auf Ende dreißig, sah einfach atemberaubend in ihren hellen Jeans und der blaukarierten Bluse aus. Eine der wenigen

Frauen, der kurze Haare gut stehen, ertappte sich Schmied schon wieder selbst bei einem seiner abschweifenden Gedankengänge, als ein provozierendes „Ist was?“ von Frau Doktor zu hören war.

Natürlich ist was, du blöde Kuh, rumorte es in seinem Kopf, als er merkte, dass er sie mal wieder zu lange angestarrt hatte. Wie kann man da einen klaren Kopf behalten, wenn man ständig so abgelenkt wird. „Nee, nee, alles klar. Vielen Dank“, versuchte er wieder auf eine arbeitsgemäße Routine einzuschwenken.

„Bis wann kann ich mit Ihrem Bericht rechnen? Todesursache, Todeszeitpunkt, Abwehrverletzung und den sonstigen üblichen Kram.“

„Denke, dass ich bis morgen Nachmittag fertig bin.“ Liane Bommer klemmte sich den weißen Anzug unter den rechten Arm, drehte sich um, verließ das große Wohnzimmer in Richtung Flur. Er kam nicht umhin, ihr beim Hinausgehen auf den Hintern zu starren und dachte darüber nach, ob er mittlerweile wirklich zu einem sexistischen Arschloch mutiert war oder ob alle Männer ab einem gewissen Alter so gepolt waren.

Scheinbar, denn hinter ihm ertönte eine ihm bekannte joviale Stimme:

„Nur gucken, nicht anfassen!“ Spusi war wohl mit seiner Untersuchung des Wintergartens fertig.

„Du auch noch, mir bleibt heute wirklich nichts erspart.“ Schmied drehte sich um und lachte den großen, drahtigen Mann an. Spusi war früher ein ambitionierter Radsportler und machte sich heute noch einen Spaß daraus, die Jüngeren aus seiner Radsportgruppe in Grund und Boden zu fahren. Nur an den grauen Haaren und den Falten im auch jetzt braungebrannten Gesicht konnte man andeutungsweise die siebenundfünfzig Jahre erkennen, die er mittlerweile auf dem Buckel hatte.

„Seit wann bist du zurück?“

„Seit drei Tagen, war wieder mal geil mit den Jungs auf Mallorca. Waren auch ein paar Mädels dabei. Davon eine frisch geschiedene in deinem Alter. Vielleicht solltest du auch mal wieder aufs Rad steigen. Schaden könnte es dir jedenfalls nicht.“

Spusi schielte auf seinen Bauchansatz, der sich deutlich über den Gürtel seiner Jeans wölbte.

„Das ist, glaub ich, nichts für mich, dass wird nix mehr mit mir.“

Schmied dachte mit Schrecken an die Tour vor drei Jahren, als Spusi ihn überredet hatte, an dem Frühjahrstraining seiner Radgruppe auf Mallorca teilzunehmen, unter anderem mit dem Hinweis, dass auch eine frisch Geschiedene in seinem Alter zur Truppe gehörte. Er fühlte sich damals gut vorbereitet, hatte er doch im Winter zwei- bis dreimal auf dem heimischen Ergometer jeweils eine Stunde zugebracht. Da war allerdings das Hochholen aus dem Keller, das Abstauben und das Einstellen des Fahrradcomputers schon eingerechnet.

Bereits auf dem Flug schwante ihm bereits Böses, als er die künftigen Radkameraden, von denen er einige flüchtig kannte, von ihren Wintertouren auf dem Mountainbike und den ersten tausend Rennradkilometern im milden Februar reden hörte. Als ihn dann nicht nur die drahtigen jungen Burschen, sondern auch die ganz jungen Mädels und gar die 64-jährige Seniorin der Truppe am ersten Hügel abhängten, war der Spaß endgültig vorbei.

Da es auch am nächsten Tag nicht besser wurde, schürzte er eine alte Verletzung vor und verbrachte die restlichen Tage mit San Miguel, der heimischen Biersorte, und Sangria am Hotelpool. Der Radverleiher hatte sogar kulanterweise ein Teil der im Voraus gezahlten Kosten erstattet und das Geld musste ja schließlich wieder unter die Leute. Dass er nach diesem „Sporturlaub“ drei Kilo mehr als vorher auf den Rippen hatte, daran wollte er erst recht nicht mehr denken. Dann eher daran, dass man „frisch Geschiedene in meinem Alter“ sicherlich auch anders kennenlernen konnte. Zumal die besagte Dame sich bereits am ersten Tag auf einen der Jüngeren eingeschossen hatte.

„Der oder die Täter kamen mit Sicherheit durch die Tür des Wintergartens herein.“ Spusi hatte wieder in den ihn auszeichnenden professionellen Ton gewechselt.

„Die Tür wurde wahrscheinlich mit einem handelsüblichen Stemmeisen aufgehebelt. Gibt’s in jedem Baumarkt zu kaufen.“

„Was ist mit der Alarmanlage? So ein reicher Edelsteinfritze hat doch sicher auch erhebliche Werte im Haus. Da gibt es mit Sicherheit eine Alarmanlage.“

„Ob der Edelsteinfritze, wie du ihn nennst, wirklich reich war, weiß ich nicht, da gibt es solche und solche. Und eine Alarmanlage gibt es auch, allerdings ist der Wintergarten relativ neu. Ist so ‘ne Modeerscheinung hier in dem Stadtteil. Du weißt ja, wie die Leute sind. Hat der Nachbar einen neuen 7er BMW, brauch‘ ich mindestens einen Audi A8 oder einen noch dickeren Mercedes. Hat er einen neuen Swimmingpool, brauch‘ ich wenigstens einen großen Wintergarten, wenn ich nicht schwimmen kann.“

Schmied runzelte die Stirn. „Wie kommst du darauf, dass er nicht schwimmen konnte und wie heißt er nochmal?“

Jetzt war ihm auch noch der Name entfallen, den Kalli vorhin genannt hatte.

„Zu Frage eins: Ich weiß nicht, ob er schwimmen konnte. War doch bloß ein Beispiel“, lachte Spusi.

„Und er heißt, besser gesagt hieß: Wilde. Ein Name, der hier öfters vorkommt, auch in der Branche. Lass‘ mich aber nochmal auf den Wintergarten zurückkommen, wie gesagt ziemlich neu. Beim Bau wurde die Alarmanlage an der Schiebetür zum Übergang abgeklemmt. War wohl öfters bei der Installation der Elemente losgegangen. Und der

Wintergarten war noch nicht an die zentrale Anlage angeschlossen."

„Meinst du, der Täter hätte das gewusst?"

„Spekulationen gehören nicht zu meinem Fachgebiet. Vielleicht hat er aber auch nur Glück gehabt. Das ist jetzt eigentlich deine Aufgabe. Viel Glück."

Das kann ich gebrauchen und den Namen des Opfers sollte ich mir auch merken, versuchte Lothar Schmied sich zu konzentrieren.

2

„Da bist du ja endlich." Martin Wilde war etwas ungehalten, als er seinen Mitarbeiter auf dem Hotelparkplatz des „Royal' begrüßte.

„Bin doch fast pünktlich, habe noch nicht mal das akademische Viertel voll ausgenutzt", grinste Christian Weißer, der von allen nur Chris genannt wurde, seinen Chef gutgelaunt an.

„Deine penetrante Fröhlichkeit am Morgen ist ja kaum zu ertragen. Aufregende Nacht gehabt?"

„Na ja, die einen sagen so, die anderen so", war die viel, nichts oder auch alles sagende Antwort von Chris und Wilde konnte sich mal wieder aussuchen, wie es gemeint war.

„Nächstes Jahr nehme ich wieder lieber Eva mit, die ist wenigstens pünktlich, insbesondere wenn wir erst um halb elf abfahren wollen", gab er schon wieder etwas milder gestimmt zurück und trotzdem klang so etwas wie Groll durch. Solche Frotzeleien gehörten zu ihrem Umgang und Wilde konnte Weißer einfach nicht böse sein, der auch mit seinem offensiven Charme für ein gutes Betriebsklima in seiner Firma sorgte.

„Ich weiß schon, dass ich nur zweite Wahl war, nachdem Eva dir einen Korb gegeben hat."

Er klang nicht beleidigt und Wilde wusste, dass dies nicht der Fall war.

3

Eva Steinhoff war Schmuckdesignerin in seiner Edelsteinfirma gewesen. Sie kam ursprünglich aus Hanau und stammte aus einer alten örtlichen Goldschmiededynastie. Ihre Ausbildung zur Goldschmiedin hatte sie bei einem Konkurrenten von Wilde, Heinz Müller, in Idar-Oberstein absolviert und bis zur Meisterprüfung hatte sie dort gearbeitet. Anschließend war sie in den elterlichen Betrieb nach Hanau zurückgekehrt.

Dort war ihr aber schnell die Decke auf den Kopf gefallen und sie fühlte, wie sich aus ihren ursprünglich kreativen Ansätzen zunehmend eine kommerzielle Einbahnstraße entwickelte. Gefragt war, was gängig war. Experimenten gegenüber war weder ihr Vater noch die übliche Kundschaft der Hanauer Goldschmiedemanufaktur aufgeschlossen.

In der Goldschmiede Zeitung hatte sie einen Bericht über den Studiengang Fachrichtung Edelstein und Schmuckdesign gelesen und sich wieder an ihre Ausbildungszeit in Idar-Oberstein erinnert. Seinerzeit war dort bereits eine Fachhochschule etabliert, für die sie sich jedoch nicht sonderlich interessiert hatte. Zu abgehoben und elitär schien ihr damals der akademische Umgang mit dem Thema, sie wollte vor allem und in erster Linie eine grundsolide Handwerkerin werden. Das war sie mittlerweile geworden und ihre Meisterprüfung hatte sie mit Bravour abgelegt.

Wie ambitionierte Schmuckschaffende, die sich durchaus als Künstler sahen, und sich von der naturnahen Darstellung zum Abstrakten weiterentwickelten, wollte Eva die ihr auferlegten Grenzen sprengen und neue ungewöhnliche Dinge ausprobieren. In der Enge des elterlichen Betriebs war das nicht mehr möglich. Ihr Vater hatte in den siebziger Jahren die kleine Werkstatt ihres Großvaters übernommen und zu einem erfolgreichen mittelständischen Unternehmen ausgebaut. Der Erfolg mit Mainstream-Produkten gab ihm Recht und mit dem Internethandel hatte er sich ein weiteres Standbein aufgebaut. Allerdings musste sich alles gut vermarkten lassen. Das ließ keinen Raum für Experimente.

Also wieder zurück nach Idar-Oberstein, warum auch nicht. So schlecht waren ihre Erinnerungen an die kleine, spießige und doch so weltoffene Stadt nicht. Vor über dreißig Jahren hatte man dort den Fluss zubetoniert und eine vierspurige Straße darüber gebaut. „Die breiteste Brücke der Welt“, wie die Idar-Obersteiner selbstironisch ihr Bauwerk nannten. Sie kannte einige Presseberichte über die Naheüberbauung, alle waren negativ. Vor Ort herrschte jedoch ein differenzierteres Meinungsbild vor, die Argumente der Befürworter des monströsen Bauwerks waren auch für sie durchaus nachvollziehbar.

Schön fand es keiner und insbesondere Romantiker bedauerten die verschwundene Postkartenidylle mit Blick über die Nahe auf die bekannte Felsenkirche, dem Wahrzeichen der Stadt, und die darüberstehenden Burgen, von denen die eine in den Fremdenverkehrsprospekten sogar als Schloss verkauft wurde. Meist kam aber der Hinweis, dass es damals die einzige Möglichkeit war, dem Verkehrskollaps zu entgehen. Die enge Tallage mit der dadurch verlaufenden Bundesstraße ließ wohl in der Tat nicht zu viele Optionen offen und Bilder aus den sechziger und siebziger Jahren machten schon damals die katastrophale Verkehrssituation deutlich. Heutzutage wäre der Verkehr wohl endgültig zusammengebrochen.

Gerne erinnerte sie sich auch noch an Spießbraten, der in der Stadt am Fuße des Hunsrücks Kult war. Sie hatte gelernt, dass diese Tradition sogar eine Verbindung zu ihrem Beruf hatte und der Spießbraten von Edelsteinhändlern aus Brasilien nach Idar-Oberstein gebracht wurde.

Die Spießbratenportionen waren reichlich: 400 Gramm durchaus üblich, mit einer kleinen Portion galt man schon fast als Vegetarier. Auch wenn vor vielen Jahren eine bösartige Journalistin der Satirezeitschrift „Titanic" einmal schrieb, dass es für den Hunsrücker höchsten kulinarischen Genuss bedeute, ein Stück Fleisch auf einem Grill bis zur Unkenntlichkeit verkohlen zu lassen, fand Eva mit der Zeit Geschmack an der heimischen Spezialität, auch wenn sie mit den Dimensionen der Portionen nach wie vor ihre Probleme hatte.

Fast hinter jedem Wohnhaus stand ein Dreibein mit einem Grillrost, allerdings behaupteten die Einheimischen selbstbewusst „Mir grille net, mir broore." („Wir grillen nicht, wir braten.") Auch an den Dialekt hatte sie sich mittlerweile gewöhnt. Wenn sie gelegentlich selbst ab und zu zur Erheiterung ihrer Freunde ein Wort wie „Grumbiere", gemeint waren Kartoffeln, einfließen lassen konnte, so war es ihr doch meist mühelos möglich, den Gesprächen der Eingeborenen, wie sie sie insgeheim nannte, zu folgen.

Wilde dachte nur ungern an die „Baselworld" vom letzten Jahr zurück. Nicht wegen des wirtschaftlichen Erfolgs, es lief eigentlich damals noch ganz gut und Eva hatte sich als wahres Verkaufstalent bewiesen. Sie sah nicht nur gut aus und konnte mit ihrer Ausstrahlung die Aufkäufer, meist Männer, leicht um den Finger wickeln. Hinzu kam ihre unumstrittene Kompetenz und das Fachpublikum konnte sehr wohl unterscheiden, ob sich hinter einer hübschen Fassade nur Verkäufersprüche verbargen oder ob Substanz dahintersteckte. Das war es nicht, warum er nicht so gern daran dachte. Es war etwas komplizierter.

Sie hatten sich damals erst am späten Nachmittag noch Basel aufgemacht. Eva hatte an verschiedenen exquisiten Stücken aus ihrer Kollektion noch einige Kleinigkeiten zu richten. Alles sollte für eine der weltweit wichtigsten Uhren- und Schmuckmessen perfekt sein.

Es war schon dunkel, als sie auf dem Parkplatz des „Royal" in der Innenstadt von Basel den Mercedes abstellten. Durch das erleuchtete Foyer des Hotels konnte man die Schlange, die sich zum Einchecken gebildet hatte, erkennen. Das kam Wilde ganz gelegen. Auf der Fahrt war er entgegen seiner sonstigen Gewohnheit eher schweigsam gewesen.

„Die werden wir wohl morgen alle auf der Messe wiedersehen. Kommen Sie, wir trinken erst noch was an Bar. Erstens habe ich Durst und zweitens müssen wir später nicht so lange anstehen." Auch Eva verspürte Durst nach der langen, sechsstündigen Fahrt, die sie ohne Pause hinter sich gebracht hatten.

„Einverstanden", sagte sie und hatte die Autotür bereits geöffnet.

Die Bar des Fünf-Sterne-Hotels war fast leer, als sie eintraten. In den schweren Ledersesseln in einer Ecke saßen drei Edelsteinhändler, die Wilde vom Sehen kannte. Ihre Namen hatte er auf die Schnelle nicht parat und er nickte ihnen nur freundlich zu. Die Jungs waren wohl schon früher eingetroffen und die halbleeren Whiskygläser auf ihrem Tisch und ihre bereits leicht geröteten Gesichter ließen darauf schließen, dass sie wohl schon diverse Drinks zu sich genommen hatten.

„Kommen Sie, wir setzen uns an die Theke. Was darf ich Ihnen zum Trinken anbieten. Ein Glas Sekt oder vielleicht einen Campari?"

Eva lachte: „Nein danke, ich habe wirklich Durst. Wie wär's mit einem Bier?"

„Läuft wohl doch nicht so gut", dachte Wilde.

„Super, das ist jetzt auch für mich das Richtige. Zwei Bier", wandte er sich an den Barkeeper.

Der Bursche zog kurz die rechte Augenbraue hoch und machte sich an der Zapfanlage zu schaffen. Kurz darauf standen die Pilsgläser vor ihnen und Wilde prostete Eva zu.

„Na, denn", sagte er und nahm einen großen Schluck.

„Kalt ist Ihr Bier aber nicht", diese Bemerkung konnte er sich nicht verkneifen.

„Oh, Entschuldigung", meinte Joe, so stand es jedenfalls auf seinem Namensschild und griff mit einer Eiszange unter die Theke. Ehe Wilde etwas sagen konnte, hatte der Barmann in der Tat jeweils einen Eiswürfel in die beiden Biergläser befördert. Wilde und Eva schauten sich einen Augenblick entsetzt an und mussten dann gleichzeitig losprusten.

„Bier ist wohl bei Ihnen nicht das bevorzugte Getränk", lachte Eva in Richtung des Barkeepers.

„Wieso meinen Sie?", fragte der ganz erstaunt und mit ernster Miene, was einen erneuten Lachanfall bei beiden auslöste.

Die heitere und gelöste Stimmung kam Wilde gelegen.

„Wie lange sind Sie jetzt schon bei uns? Ein Jahr? Ich denke, es wird Zeit, dass wir uns Duzen. Ich bin Martin." Fast alle in der Firma waren beim Du und Eva hatte sich schon länger gefragt, warum ihr Chef sich gegenüber ihr immer so förmlich verhalten hatte.

„Eva." Sie stieß mit ihm an und er näherte sich ihrem Gesicht, um ihre Brüderschaft mit einem Kuss zu besiegeln. Schnell wandte sie den Kopf zur Seite, so dass er nur die Andeutung eines Kusses auf ihre Wange hauchen konnte.

„Noch ein kaltes Bier?", fragte er und wieder mussten beide lachen.

„Lieber nicht, ich glaube wir sollten einchecken, es stehen nur noch zwei Leute an der Rezeption."

„Okay, aber da ist noch etwas, was ich dir noch sagen wollte."

Er räusperte sich.

„Du weißt ja, dass in dieser Zeit die Hotels in Basel vollständig ausgebucht sind. Ich habe leider nur noch ein Doppelzimmer für uns beide erhalten."

Der Versuch zu lächeln, geriet ihm nur zu einem breiten Grinsen, während er gleichzeitig die Hand auf ihren linken Oberschenkel legte.

„Was bin ich doch für eine dumme naive Kuh", dachte Eva in diesem Moment. „Hätte mir doch denken können, dass es darauf hinausläuft." Trotzdem schenkte sie ihm ihr schönstes warmes Lächeln und legte ihre Hand auf seine. Wilde wurde es ganz warm ums Herz und auch schon ganz schön eng in Hose.

„Lieber Martin", sagte sie mit einem Hauch von Erotik in ihrer Stimme, „wir können gerne beim Du bleiben" und stellte dann ihren Tonfall auf eiskalt um, während sie gleichzeitig mit ihrer Hand die seine von ihrem Bein schob.

„So wie du dir das vorgestellt hast, läuft das nicht. Ich mache dir jetzt einen Vorschlag. Wenn du nicht willst, dass ich dir vor deinen Freunden da hinten in der Ecke eine Szene mache, regeln wir das wie folgt: Du gibst mir deine Autoschlüssel. Ich hole meinen Koffer aus dem Auto und checke ein. Anschließend gebe ich dir den Autoschlüssel zurück und du suchst dir was anderes, und komm mir nicht mit ‚es ist alles ausgebucht'. Das ist dein Problem. Wir sehen uns dann morgen früh um neun an unserem Messestand. Wir können weiterhin ganz normal zusammenarbeiten und ich fasse es zu deinen und meinen Gunsten als Kompliment auf, dass du es versuchen wolltest. "

4

„Gut, dann lass uns jetzt über die Fakten reden. Was hast du bis jetzt herausgefunden?"

Während seiner Frage versuchte Schmied gleichzeitig das Stückchen Schinken, das sich seit dem Frühstück unter seiner neuen Brücke im Mund festgesetzt hatte, zu entfernen. Dabei fiel ihm ein hölzerner Zahnstocher ins Auge, der auf dem Esszimmertisch lag. Das Wohnzimmer ging in das Esszimmer über und in diesem Übergang lag immer noch Wildes Leiche: mit dem Kopf im Wohnzimmer und mit den Füßen im Esszimmer. Wo blieben nur die Jungs, die die Leiche abtransportieren sollten?

Spusi hatte den Blick auf den Zahnstocher bemerkt.

„Denk nicht mal dran und komm nicht auf dumme Gedanken, das ist Beweismaterial. Lag auf dem Boden."

„Kann der Kerl auch Gedanken lesen, die ich selbst noch nicht zu Ende gedacht habe", ging es Lothar Schmied durch den Kopf.

Vorsichtig nahm Spusi mit einer Pinzette das kleine Hölzchen auf und steckte es in ein Beweistütchen.

„Auch das kommt jetzt ab ins Labor."

Er übergab Kalli das Tütchen, der es in seinem Koffer verstaute, in dem er bereits mehrere andere Beweisstücke gesammelt hatte.

Spusi wandte sich wieder an den Kommissar.

„An den Handgelenken des Opfers sind Rötungen zu erkennen. Kann sein, dass er gefesselt war. Das wird dir aber deine Gerichtsmedizinerin morgen sicher sagen können."

„Das ist nicht meine Gerichtsmedizinerin", wobei er das „meine" deutlich in die Länge zog. Geht das hier nicht mal fünf Minuten ohne Provokation ab. Schmied war sichtlich angefressen.

„Ja, ja, schon gut. Was ist sonst noch auffällig?"

„Wie du siehst, ist einer der Stühle umgeworfen, das könnte auf einen Kampf hindeuten. Scheint aber nicht heftig gewesen zu sein."

„Vielleicht ist er mit einer Waffe bedroht worden und hat sich deshalb nicht gewehrt. Liegt der Stuhl immer noch so da, wie ihr ihn vorgefunden habt?"

„Im Wesentlichen, ja. Kann sein, dass er leicht verschoben wurde, als wir nach Fingerabdrücken gesucht haben."

Endlich waren sie da, die Männer vom Bestattungsunternehmen mit dem Sarg. Schmied und Spusi machten Platz und ließen sie ihre Arbeit machen. Sie standen vor dem großen Wohnzimmerfenster und blickten in den Garten mit den Obstbäumen, die in voller Blüte standen. „Drinnen liegt der Tote und hier erblühen Kirsch- und Apfelbäume zu neuem Leben – c'est la vie. Jetzt werde ich auch noch philosophisch", aber bevor diese Gedankengänge weiter in seinem Kopf herumirren konnten, fragte Schmied Spusi:

„Habt ihr draußen irgendwelche Spuren gefunden?"

„Leider nein, der April ist auch nicht mehr das was er früher einmal war. Viel zu trocken. Daher auch keine Fußspuren. Die wären ohnehin auf dem Rasen schwer zu erkennen gewesen."

Obwohl die Wiese offensichtlich in diesem Jahr noch nicht gemäht worden war, stand das Gras nicht allzu hoch. Trockenheit, Klimawandel, Greta Thunberg, Fridays for Future, Wortfetzen, die kurz in Schmieds Gehirnwindungen unsortiert herumschwirrten, bevor er sich wieder auf seine eigentliche Aufgabe besann. Das Gelände um das Wohnhaus war auch für diesen Stadtteil recht großzügig bemessen und hatte schon bessere Zeiten gesehen. Die Fichten im Südwesten waren zu hoch geworden und hätten gestutzt gehört. Durch die Beschattung war aus dem sicher ursprünglich gepflegten Rasen eher ein Moosteppich geworden. Auch die Obstbäume waren seit Jahren nicht mehr beschnitten worden, was sie jedoch nicht daran hinderte, eine unglaubliche Blütenpracht zu entfalten.

„Schön“, auch Spusi war vom Anblick angetan.

„Das war früher mal alles erstklassig hier – scheint etwas vernachlässigt worden zu sein. Entweder hatte er kein Interesse an ‚Schöner Wohnen‘ oder die Kohle ist ihm ausgegangen.“

„Ja, da müssen wir uns wohl mal etwas näher mit dem familiären und finanziellen Umfeld des Herrn beschäftigen. Wer hat eigentlich den Toten gefunden?“

„Ich glaube die Putzfrau, frag mal Klaus. Der war als Erster mit seiner Streife vor Ort und sitzt noch mit der Dame im Arbeitszimmer.“

Im Arbeitszimmer sah es in der Tat nach Arbeit aus. Überall lagen Papiere herum. Rechnungen, Lieferscheine, Zollpapiere, Kontoauszüge sowie ungeöffnete Umschläge. Schmied dachte an seinen Schreibtisch auf der Dienststelle, der manchmal auch überzulaufen drohte, aber das war direkt noch aufgeräumt, wenn man dieses Durcheinander hier zum Maßstab nahm. Dabei schien es noch nicht einmal durchwühlt worden zu sein, lediglich drei Bilder lagen in einer Ecke und die hellen Flecken an der Wand ließen darauf schließen, dass wohl nach einem versteckten Tresor gesucht worden war. Offensichtlich vergeblich.

„Hallo Klaus, was hat uns denn die Dame zu erzählen?“

Klaus Becker war ein Kollege, den nichts aus der Ruhe brachte. Die vier Sterne auf seinen Schulterklappen wiesen ihn als Polizeihauptmeister aus. Er hatte sich auf den Rand des Schreibtisches gesetzt, wobei er ein paar Papiere zur Seite schieben musste, um Platz für seinen im Laufe der Jahre etwas fülliger gewordenen Hintern zu finden. Auf dem Bürostuhl im 70er Jahre Design saß eine etwa vierzigjährige schmächtige Person in Kittelschürze und mit geblümtem Kopftuch, unter dem sie die Haare zusammengebunden hatte. Auch 70er Jahre

Design, ging es Schmied durch den Kopf. In den Händen knüllte sie ein Stofftaschentuch, mit dem sie wohl ihre Tränen abgewischt hatte. Trotz ihres etwas breiteren Gesichtes mit den rundlichen Wangen war sie in gewissem Sinne hübsch, zumindest wenn man sie sich dezent geschminkt vorstellte. Was für ihren Putzjob allerdings nicht erforderlich war.

„Irina kommt einmal die Woche und macht hier sauber. Sie steht wohl etwas unter Schock und außerdem ist sie natürlich nicht angemeldet. Jetzt hat sie Angst, dass sie gleich doppelt Ärger bekommt."

Natürlich Russin oder Polin. Schmied bemühte sich, keine Ressentiments aufkommen zu lassen. Er glaubte, keine Vorurteile zu haben und wunderte sich, warum er diese dann immer ausknipsen musste.

Er versuchte, sie zu beruhigen:

„Erstens sind wir nicht vom Finanzamt und zweitens gehen wir mal davon aus, dass Sie ihn nicht umgebracht haben."

„Ich wollte auf Schein arbeiten, aber Herr Wilde hat gesagt, dass so einfacher für ihn. Er immer so viel Bargeld, für ihn so besser. Da hab' ich gedacht, wird schon in Ordnung sein."

Ja, ja, die Edelsteinbranche und das Schwarzgeld. Beim Morddezernat wurde man damit zwar weniger konfrontiert, aber er kannte die Problematik mit der Schwarzarbeit aus eigener Erfahrung nur zu gut. Er hatte selbst nach der Trennung von seiner Frau eine Putzhilfe beschäftigt. Als gesetzestreuer Staatsdiener wollte er sie damals bei der Minijobzentrale anmelden. Seine Irina hieß Aleyna und kam aus Anatolien und war nur bereit, schwarz zu arbeiten, weil sie die Höchstgrenze durch andere Putzstellen bereits ausgeschöpft hatte. Also hatte er zugestimmt und war nicht ganz unfroh, sich diesen Aufwand sparen zu können.

Vor einem halben Jahr hatte er dann doch kalte Füße bekommen und die fleißige Hilfe, mit der er eigentlich sehr zufrieden war, wieder entlassen. Ein Kollege hatte erhebliche Probleme bekommen. Der hatte eine polnische Pflegekraft für seine demente Mutter beschäftigt und war bei einer Kontrolle aufgeflogen. Er hatte gerade noch dienstliche Konsequenzen vermeiden können, weil der Vorgesetzte beide Augen zugedrückt hatte und keine weiteren Schritte einleitete. Der hatte nämlich auch so seine einschlägigen Erfahrungen. Als junger Kommissar hat er sein schönes Eigenheim mit viel sogenannter Eigenleistung und Nachbarschaftshilfe gebaut. Dass er den beiden Kumpels aus dem Fußballverein, die ihm den Rohbau gemauert hatten, eine „Aufwandsentschädigung" von 15 Euro die Stunde gezahlt hatte, war halt ortsüblich und die meisten der schönen Einfamilienhäuser im Hunsrück, die im nahen Mainz oder Frankfurt ein Vielfaches wert gewesen wären, würden heute nicht stehen, wenn es diese Art der „Nachbarschaftshilfe" nicht gegeben hätte. Was sollte man auch in einer Gegend erwarten, in der der Schinderhannes Ende des achtzehnten Jahrhunderts sein Unwesen getrieben hatte. Scheinbar war da etwas hängen geblieben, was das Verhältnis zur Obrigkeit betraf.

Wie dem auch sei und obwohl dies alles schon längst verjährt war, wäre es der Karriere des Ersten Polizeikommissars nicht dienlich gewesen, wenn das in einen solchen Zusammenhang zur Sprache gekommen wäre. So hilft man sich hier gegenseitig und das Unrechtsbewusstsein ist für solche Lappalien in der Region nicht besonders ausgeprägt.

„Na dann erzählen Sie mal, wie Sie Herrn Wilde gefunden haben?"

Schmied versuchte nach Möglichkeit keine Strenge in den Tonfall zu legen und es schien zu wirken.

„Ich komme jeden Donnerstag um neun Uhr, Herr Wilde ist

dann schon weg und legt Umschlag mit Geld auf Kommode in Flur. Fange im Bad an und mache dann Wohnzimmer. Da hab' ich ihn liegen sehen und gleich Polizei gerufen."

„Haben Sie ihn angefasst?"

„Nein, viel Blut, dachte gleich, ist tot."

„Ist Ihnen sonst noch etwas aufgefallen."

„Ja, Stuhl lag auf Boden. Hab' ich aber nicht angefasst. Sonst alles wie immer."

Irina konnte ihnen wohl nicht viel weiterhelfen. Ihre Aussagen waren schlüssig und nachvollziehbar. Schmied hielt es für unwahrscheinlich, dass sie mit dem Mord irgendetwas zu tun haben könnte. Gehört hatte sie nichts, der Täter hatte offensichtlich die Wohnung vor ihrem Eintreffen verlassen.

„Okay, Sie können dann gehen. Klaus, hast du Anschrift und Telefonnummer?"

Becker nickte und klopfte auf sein Notizbuch.

„Alles ordnungsgemäß erfasst", grinste er und begleitete Irina zur Tür.

Im Wohnzimmer und den übrigen Räumen war die Spurensicherung immer noch bei der Arbeit. Schmied stieg die Treppe zum ersten Stock hoch und öffnete die Tür zum Schlafzimmer. Das große Doppelbett war wohl nur von einer Person benutzt worden, nur auf der linken Seite lagen Kissen und Bettzeug auf dem zerknitterten Laken. Kampfspuren waren nicht zu erkennen.

Er nahm unten eine weitere Stimme wahr. Seine Kollege Hans-Peter Maurer, den alle nur Pit nannten, war nun auch eingetroffen.

„Die Jungs von der Dienststelle haben mich eben erst informiert", entschuldigte er sich achselzuckend.

„Der Tote ist wohl schon weg?"

„Ja, im Moment gibt es für uns hier nicht mehr viel zu tun. Wir müssen uns mal langsam mit dem Umfeld des Toten beschäftigen. Er war wohl allein im Hause. Jedenfalls deutet nichts darauf hin, dass er hier mit jemand zusammengelebt hat. Versuch du mal im Familienkreis zu recherchieren. Ich werde mich um das betriebliche und finanzielle Umfeld kümmern und zunächst mal die Firma unter die Lupe nehmen. Wir treffen uns dann heute Nachmittag gegen vier bei mir im Büro. Du kannst dich ja hier noch ein bisschen umsehen. Weißt du, wo er seinen Betrieb hat?“

„Soweit mir bekannt ist, hat er unten in der Stadt einen Edelsteinhandel, die Wilde GmbH, irgendwo in der Hauptstraße in Idar. Ich kann mich erinnern, dass er oder jemand aus seiner Firma im letzten Jahr beim Deutschen Schmuck- und Edelsteinpreis ausgezeichnet wurde.“

Der Deutsche Schmuck- und Edelsteinpreis wurde jährlich vom Bundesverband der Edelstein- und Diamantindustrie, der seinen Sitz in Idar-Oberstein hat, ausgeschrieben. Die Veranstaltung war neben der jährlichen Edelsteinmesse, der „Intergem“, das gesellschaftliche Großereignis der Stadt. Als sogenannte Edelsteinbotschafterin gelang es meist irgendeine B-Prominente zu gewinnen und das Gleiche galt für die auftretenden Moderatoren und die bei der Preisverleihung auftretenden Künstler. Die „Winners-Night“ im ersten Hotel der Stadt bildete jeweils den krönenden Abschluss der Veranstaltung und die örtliche Presse berichtete ausführlich und mit viel Tamtam und bunten Bildern darüber. Die Einladungen waren begehrt. Jeder, der etwas auf sich hält, meint dabei sein zu müssen. So viele Höhepunkte hatte die Stadt ja nicht zu bieten.

Schmied versuchte sich zu erinnern. Er glaubte auch, den Namen Wilde im Zusammenhang mit der Preisverleihung schon gehört oder gelesen zu haben.

5

Die etwas zurückgesetzte Jugendstil-Villa mit den großen Fenstern und dem schmiedeeisernen Geländer am Balkon war einstmals sicher ein prachtvolles Gebäude gewesen, das vom einstigen Reichtum seiner Besitzer zeugte. Mittlerweile hatte der Zahn der Zeit erheblich daran genagt und der Renovierungsstau war offensichtlich. Die sandsteinernen Fensterbänke bröckelten bereits ab und das schmiedeeiserne Balkongeländer hätte sicher einen neuen Anstrich vertagen können. Die große, dunkle Eingangstür unter dem Vorbau mit den wuchtigen Säulen hatte etwas Abweisendes. Der Schriftzug „Wilde GmbH Schmuckmanufaktur" mit einem blauen stilisierten Diamanten davor und dahinter sagte Schmied, dass er hier richtig war. Und, dass nicht lediglich mit Edelsteinen gehandelt wurde, sondern dass sich die Firma auch mit der Herstellung von Schmuck beschäftigte.

Er drückte auf den modernen, offensichtlich nachträglich angebrachten Klingelknopf, der sich rechts neben der Tür befand und einen Stilbruch zum übrigen Ambiente des beginnenden zwanzigsten Jahrhunderts darstellte. Von Innen war kein Geräusch zu hören, doch ein Summen ließ vermuten, dass die automatische Türöffnung betätigt worden war.

„So einfach kommt man also in einen Edelsteinladen hinein", dachte Schmied und drückte die Tür auf.

„Ach so", murmelte er, als er gleich darauf in einem dunklen Vorraum stand, der von der alten Vierzig-Watt-Birne an der Decke nur mäßig erhellt wurde. Links war eine große Scheibe aus dickem Glas angebracht. In der Mitte befand sich ein kleines ovales Fenster mit Löchern, durch die man wohl Sprechverbindung zu der Person hinter der Scheibe aufnehmen konnte. Allerdings befand sich niemand in dem kleinen Raum, in dem nur ein alter Schreibtisch aus Mahagoni, mit einem dazu passenden Stuhl befand.

„Hallo, ist hier jemand?“, versuchte sich der Kommissar verständlich zu machen.

Nach einiger Zeit erschien eine Frau, Schmied schätzte sie auf Mitte Fünfzig, in dem Raum hinter dem Glas. Sie trug die grauen Haare hochgesteckt und ein unmodernes Kostüm mit Rüschenbluse. Die Frau musterte Schmied mit kritischem Blick. Ein langgezogenes „Jaaa?“, war alles, was Schmied zu hören bekam. Die Freundlichkeit in Person, ging es Schmied durch den Kopf. Er zückte seine ovale Dienstmarke.

„Hauptkommissar Schmied, ich möchte den Verantwortlichen sprechen, ich habe etwas mitzuteilen.“

„Der Chef ist noch nicht da“, wobei die Betonung auf dem Wort Chef nicht sonderlich respektvoll klang. Gesprächig schien die Dame nicht zu sein.

„Er kann auch gar nicht da sein. Darum geht es. Wer ist denn sein Vertreter?“

„Ich bin die Prokuristin und für den kaufmännischen Bereich zuständig, Monika Ballauf“, bequemte sie sich vorzustellen und fügte hinzu: „Insofern eher die Vertreterin.“

„Herr Wilde wurde heute Morgen tot in seiner Wohnung aufgefunden, vermutlich ermordet. Können wir uns hier irgendwo in Ruhe unterhalten?“

„Das musste ja eines Tages so kommen“, mehr oder weniger war der Satz der Prokuristin herausgerutscht. Sie schien selbst darüber erschrocken zu sein und wurde etwas blass in ihrem ungeschminkten Gesicht.

„Selbstverständlich“ kam sie auf die ursprüngliche Frage zurück.

„Einen Moment, bitte.“ Sie verschwand und tauchte gleich darauf in der Tür, die dem Eingangsportal direkt gegenüberlag, wieder auf.

„Was ist passiert?“, kam sie gleich auf den Punkt.

„Das wissen wir noch nicht. Können wir uns irgendwo setzen?“

Der Raum, den er jetzt betrat, war offensichtlich der Besucherraum. Er war in einem freundlichen beigen Ton gehalten und durch die Fenster fiel das Sonnenlicht warm und hell herein. Die Möblierung war funktionell und erinnerte an ein schwedisches Möbelhaus, wenn auch etwas edler gehalten. An den Wänden standen Vitrinen, deren Inhalt einen Überblick über die Produktion der Firma gab.

Schmied stammte zwar aus einem der vor fünfzig Jahren eingemeindeten Stadtteile und hatte die Erfahrung gemacht, dass man die Einwohner der Schmuckstadt automatisch alle für Edelsteinexperten hielt, sobald man in einer anderen Gegend erzählte, wo man herkam. So wie jeder Brasilianer im Verdacht steht, ein hervorragender Fußballtechniker zu sein; er selbst hatte jedoch nur mäßigen Bezug zur Branche.

Wie wohl die meisten Männer hier in der Gegend hatte er damals seiner inzwischen geschiedenen Frau gelegentlich zu Weihnachten oder zum Geburtstag ein Schmuckstück geschenkt.

Über einen Bekannten hatte er einen Händler kennengelernt, bei dem immer ein paar Prozente Preisnachlass drin waren und eine Rechnung hatte er nun wirklich nicht gebraucht.

Er konnte einen blauen Saphir von einem roten Rubin unterscheiden, das war es aber auch dann schon fast mit seinen gemmologischen Kenntnissen. Immerhin erkannte er, dass einige geschliffene Edelsteine dieser Kategorie in den Vitrinen lagen.

Malachit kannte er auch noch. Er besaß diese Uhr, eine Malachitscheibe mit aufgeklebten Ziffern und einem batteriegetriebenen Uhrwerk auf der Rückseite. Diese „Kunstwerke“ gehörten zu der Massenware, die an Touristen in den sogenannten Schmuckgeschäften, die um den Markplatz platziert waren, verkauft wurden. Irgendjemand hatte ihnen das kitschige Teil damals zu Hochzeit geschenkt und seine Ex-Frau Birgit hatte es ihm bei ihrem Auszug großzügigerweise überlassen. Dabei war er sich ziemlich sicher, dass es ein Geschenk von ihrer Verwandtschaft war. Was soll's, das gute Stück lagerte mittlerweile in irgendeiner Kiste in der hintersten Ecke seines Kellers.

Monika Ballauf hatte seinen Blick in die Vitrinen wahrgenommen.

„Einige unserer schönsten Stücke. Sind nicht mehr viele", was immer sie damit meinte. „Sie kennen sich aus?" Die Prokuristin konnte sogar lächeln.

„Leider nein", musste er zugeben. „Sie sagten vorhin, dass es eines Tages so kommen musste", versuchte er den Gesprächsfaden wieder aufzunehmen. „Wie haben Sie das gemeint?"

„Ach, das war nur so daher gesagt. In dieser Branche muss man immer mit Überfällen rechnen. Erst vor kurzem ist Herr Wilde überfallen worden und wir haben fast die ganze Kollektion eingebüßt. Ausgerechnet die wertvollsten Teile."

Sie versuchte es herunterzuspielen. Dass das nicht die ganze Wahrheit war, war offensichtlich. Schmied machte sich einen entsprechenden Vermerk in seinem imaginären Notizbuch.

6

„Einen Whiskey, aber einen doppelten. Und auf das Eis kann ich diesmal auch verzichten." Ohne die Miene zu verziehen oder gar anzüglich zu grinsen, obwohl er ganz sicher von dem peinlichen Gespräch etwas mitbekommen hatte, machte sich Joe an die Arbeit und holte die Chivas Regal 25 aus dem Bord hinter der Theke. „Scheint doch ein Profi zu sein", dachte Wilde. Mit einem Zug leerte er das gut eingeschenkte Glas.

„Noch einen“, bestellte er und prostete den Kollegen „auf den billigen Plätzen“, wie er es sich nicht verkneifen konnte, zu denken, betont freundlich zu, in der Hoffnung, dass zumindest sie nicht etwas von seiner Niederlage mitbekommen hatten. Nach dem dritten Doppelten brachte Eva ihm seinen Autoschlüssel und wünschte ihm viel Erfolg bei der Zimmersuche.

Wilde überlegte kurz die Folgen einer Alkoholfahrt in der Schweiz. Scheiß drauf, die 0,5 Promille, die habe ich sowieso schon überschritten.

„Einer geht noch. Schreiben Sie alles auf mein Zimmer“, nach dem vierten Chivas sollte es dann gut sein.

„Nummer 327, wenn ich das richtig gesehen habe. Geht in Ordnung.“ Joe hatte die Nummer auf dem Schlüssel in Evas Hand erkannt. „Von mir aus auf 327“, brummte Wilde, ohne sich Gedanken darüber zu machen, woher der Barkeeper wohl die Nummer wusste, und stand leicht schwankend auf.

„Dann wollen wir mal.“

Obwohl ihm sonst wenig peinlich war, hier im Hotel wollte er nicht nach einem anderen Zimmer fragen. Auf dem Parkplatz schaltete er die Innenbeleuchtung seines Autos an und rief auf seinem iPhone das Hotelbuchungsportal auf. Er machte sich wenig Hoffnung, denn während der „Baselworld“ war die Stadt meist ausgebucht. Die sauteueren Hotels und die in den letzten Jahren ständig erhöhten Standgebühren hatten schon einige Kollegen von der Teilnahme an der Messe abgeschreckt, trotzdem gestaltete sich die Hotelsuche immer noch schwierig. Er war auch nicht der ganz große Freak, was die digitale Technik anging, dafür hatte er in der Firma in der Regel seine Leute, aber ein Hotelzimmer mit dem Handy buchen konnte er dann doch gerade noch, dachte er zumindest. Im Halbdunkel des Wagens und mit den drei doppelten Whiskeys, oder waren es nicht vier, war das nicht so einfach. Bisher kam er meist auch noch ohne Brille zurecht, aber das

Display war verdammt klein. „Wo habe ich denn das Mistding?“, grummelte er und suchte im Handschuhfach nach der Lesebrille mit plus 1,5 Dioptrien, die er vorsichtshalber immer dabeihatte.

In der Tat waren die Hotels weitgehend ausgebucht, nur ganz teure Suiten oder ganz billige Absteigen waren noch zu haben. Und jetzt musste er auch noch zu allem Überfluss pinkeln.

Er schälte sich aus dem Mercedes, den er ganz am Rande in einer dunklen Ecke des Hotelparkplatzes abgestellt hatte, weil sie so spät eingetroffen und die meisten Parkplätze schon besetzt waren. Das war jetzt natürlich ein Vorteil und er bewässerte einen der Rhododendron, die den Parkplatz begrenzten. „Wenn mich jetzt noch einer sieht, dann ist der Abend perfekt“, ging ihm durch den Kopf und er sah sich vorsichtig um.

Dabei fiel ihm ein kleines rotes Schild in der nächsten Seitenstraße ins Auge, das irgendwie nach Hotel aussah. Allerdings konnte er die Inschrift nicht lesen und kniff die Augen zusammen, ohne dass sich die Sicht verbesserte. Ich glaube, der letzte Whiskey war wohl doch zu viel, kam die verspätete Einsicht, während er versuchte den Reißverschluss seiner Hose hochzuziehen. Als dieser sich auch noch verklemmte und er nach unten blickte, fiel ihm die Lesebrille von der Nase und landete in der Wiese. Zum Glück nicht auf der Stelle, die er soeben befeuchtet hatte. Er hob die Brille auf und steckte sie in seine Jacke. Jetzt konnte er auch die Schrift auf der Leuchttafel erkennen, die das Gebäude als Hostel auswies.

Oh Gott, eine Jugendherberge, aber irgendwo muss ich ja pennen. Er nahm seinen kleinen Trolley aus dem Kofferraum und ging auf das helle Gebäude mit der Sandsteinfassade zu. Am Empfang saß ein junger Mann, der seine langen Haare zu einem Zopf gebunden hatte und ihn erstaunt musterte.

Geschäftsreisende gehörten eher nicht zu seiner üblichen Kundschaft.

Er legte die Karl Marx-Biographie von Rolf Hosfeld, in die er gerade noch vertieft war, zur Seite und fragte Wilde, was er für ihn tun könne. In der Hoffnung, dass der Mann sich in der Tat verirrt hatte und er sich gleich wieder seiner Lektüre widmen konnte.

„Ich hätte gern ein Zimmer für eine Nacht und auch wahrscheinlich noch für die nächste."

Eigentlich hätte ich gerne was ganz anderes heute Nacht gehabt, musste Wilde über seine eigene Formulierung schmunzeln. Ein gewisser Fatalismus hatte sich mittlerweile bei ihm breit gemacht und der Gedanke, dass es nicht mehr schlimmer kommen konnte, hatte ja auch etwas Beruhigendes.

„Ich hab' nur noch was im Gemeinschaftsraum, falls das was für Sie wäre." Es konnte also doch noch schlimmer kommen. „Außer vielleicht hier noch ein Familienzimmer mit Dusche." Wilde atmete auf. „Das darf ich aber normalerweise nicht an Einzelpersonen vermieten", um jetzt doch wieder die Luft anzuhalten.

Er schätzte den jungen Mann als studentische Aushilfe ein, der bestimmt auch flexibel sein konnte, wenn er nur die richtige Argumentationshilfe erhielt.

„Was heißt normalerweise", fragte Wilde, während er einen 20-Euro-Schein über die Theke schob.

„Wir sind hier aber in der Schweiz", merkte der Typ an und legte die Hand auf den Schein. Üblicherweise konnten Währungsprobleme seit vielen Jahren mit der Kreditkarte gelöst werden, die natürlich für Bakschisch eher ungeeignet war. Wilde seufzte und schob einen weiteren Zwanziger nach, die beide schnell in der ausgebeulten Jogginghose des Studenten verschwanden. „Okay, hier ist der Schlüssel. Zimmer 25 in der zweiten Etage. Lift gibt's leider keinen. Macht 240 Franken für die zwei Nächte, ich muss halt den Familientarif berechnen, sonst fällt's auf. Frühstück kostet extra. Machen Sie aber keine Werbung dafür."

Warum sollte ich fürs Frühstück Werbung machen, irgendwie machte sich der Alkohol doch wieder bemerkbar und die Zusammenhänge gingen ihm nicht mehr so flüssig durch die Gehirnwindungen.

Das Zimmer war großzügig für eine Person und kurz darauf lag Wilde auf der viel zu weichen Matratze des Doppelbettes.

Kurz kam ihm noch die Klassenfahrt zum Abschluss der zehnten Klasse in den Sinn, die ihn in das beschauliche Mosbach und das erste Mal in eine Jugendherberge geführt hatte. Auch hier war nicht alles so glatt gelaufen, wie er es sich das damals als pubertierender Sechzehnjähriger vorgestellt hatte, als er in den Schlafraum der Mädchen geschlichen war. Aber das war lange her und mit diesem Gedanken konnte er die Erinnerung daran verdrängen und in einen eher unruhigen Schlaf fallen.

7

Schmied versuchte sich zu erinnern. Muss wohl von den Kollegen bearbeitet worden sein. Erst ein Überfall und jetzt ein Mord? Ich muss mir wohl auf der Dienststelle mal die Akten zu diesem Überfall vornehmen. Im Moment brauche ich mehr Hintergründe über die Firma. Mal sehen, ob sich der Prokuristin noch etwas entlocken lässt.

„Wie lange sind Sie schon in der Firma?"

„Seit über dreißig Jahren, ich habe eine Ausbildung zur Fremdsprachenkorrespondentin gemacht und gleich nach der Ausbildung hier angefangen. Damals noch unter dem Seniorchef, dem Vater von Martin. Meine Eltern hatten einen kleinen

Schmuckladen und waren mit Heinrich Wilde befreundet. Branchenkenntnis hatte ich dadurch schon ein bisschen und was mir noch fehlte, habe ich mir im Laufe der Zeit angeeignet. Martin war übrigens zeitweise sogar ein Klassenkamerad von mir."

Monika Ballauf dachte mit leichter Verbitterung an diese gemeinsame Schulzeit zurück. Sie hatte das sogenannte Neue Gymnasium besucht, das Ende der sechziger Jahre errichtet wurde, nachdem das städtische Gymnasium zu klein geworden war, und die Babyboomer-Generation verstärkt zu höheren Bildungsabschlüssen strebte. Sie war eine gute und fleißige Schülerin, die jedoch keinen so großen Wert auf schicke modische Kleidung legte und nicht zu den In-Girls gehörte, die sich schminkten und Taschentücher in die BHs stopften. Deshalb zeigte Martin Wilde auch kein großes Interesse an ihr, als er in der neunten Klasse von oben in ihren Klassenverband gestoßen war. Mit anderen Worten, er war sitzengeblieben.

Bereits am ersten Tag fing er an mit Marion zu flirten, die Klassenkameradin mit den längsten blonden Haaren und superkürzesten Röcken. Als Schüler war Martin ein Chaot, kam oft zu spät, war stinkfaul und rauchte mit seinen Kumpels auch schon mal in der hintersten Ecke des Schulhofs eine Tüte. Fremdsprachen waren ihm in der Tat fremd und in anderen Fächern reichte es gerade so, dass er erst wieder in der zwölften Klasse eine weitere Ehrenrunde drehen musste.

Auf der Klassenfahrt zum Ende des zehnten Schuljahres war sie Martin erst deshalb aufgefallen, weil sie wohl etwas zu hysterisch gekreischt hatte, als er um Mitternacht mit zwei anderen Jungs und nur mit Shorts bekleidet im Mädchenschlafsaal der Jugendherberge aufgetaucht war. Marion und die beiden anderen Ziele der Aktion hatten vergessen, Monika einzuweihen. Natürlich, man hatte sie wie so oft überhaupt nicht auf dem Schirm gehabt.

Großer Aufstand, ihr Klassenlehrer, Herr Schlüter, wollte Martin und seine Kumpels gleich am nächsten Tag mit dem Zug zurückschicken oder noch besser, gleich die ganze Fahrt abbrechen. Die deutlich jüngere Kollegin, Frau Lucke, die als weibliche Begleitperson mitgekommen war, konnte ihn jedoch beruhigen. Auch der Herbergsvater, der nicht wie ein solcher daherkam, ein großer, relativ junger Kerl mit schwarzem, lockigem, langem Haar, der immer ein Batik-T-Shirt in den seltsamsten Farbkombinationen an seinem muskulösen Oberkörper trug – die Mädels aus der Klasse und auch Monika waren hin und weg – sah die Sache ganz locker.

„Das gehört hier zur Folklore“, meinte er ganz entspannt und die Sache war damit erledigt.

Ganz gemein fand Monika allerdings, dass Martin später behauptete, die Lucke hätte dem Schlüter wohl einen geblasen, um bei ihm einen Meinungsumschwung herbeizuführen. Er fand das lustig, sie geschmacklos. Woraufhin Martin mit der Bemerkung: „Wieso geschmacklos?“ noch einen draufsetzte und damit einen weiteren Lachanfall bei seinen Kumpels auslöste.

Martin, obwohl ein Jahr älter, machte sein Abi ein Jahr später als sie, Notenschnitt 3,6. Nach dem Wehrdienst von 15 Monaten hatte er angefangen in Trier Volkswirtschaft zu studieren, dort gab es keinen Numerus Clausus, was bei seinem Abischnitt natürlich von außerordentlichem Vorteil war. Nachdem er das Studentenleben vier Semester in vollen Zügen genossen hatte und es nur zu jedem zweiten erforderlichen Schein gereicht hatte, entschied er sich dann doch lieber für etwas Einfacheres.

Mit Hilfe seines Vaters konnte er bei einem befreundeten Goldschmied in Pforzheim eine Lehre als Groß- und Außenhandelskaufmann beginnen und einigermaßen erfolgreich abschließen. Dass er nebenbei die halbwegs attraktive Tochter seines Chefs geschwängert hatte und sie direkt vor seinem Abschluss auf Druck seines Vaters und des künftigen Schwiegervaters heiraten musste, war ein anderes Thema.

Als er dann in die elterliche Firma eintrat, wollte Monika eigentlich kündigen, zu unerträglich war der Gedanke, dass dieser Hallodri, dem sie sich intellektuell deutlich überlegen fühlte, plötzlich ihr Chef sein sollte. Doch der Seniorchef hatte sie zum Bleiben überredet.

„Mädchen“, er duzte alle Mitarbeiter, die ihn selbst jedoch mit Chef oder Herr Wilde anzureden hatten, „mach keinen Quatsch. Erstens bin immer noch ich der Chef und zweitens brauche ich dich. Wenn mein Sohn dir dumm kommt, sag mir einfach Bescheid. Ich werde ihn dann schon auf die richtige Größe zurechtstutzen.“

Das überzeugendste Argument war jedoch die Gehaltserhöhung, die er ihr in Aussicht stellte. „Schmerzensgeld“, wie sie es nannte.

Die Zusammenarbeit gestaltete sich dann doch besser als gedacht. Die Heirat und die Verantwortung als Familienvater hatten Martin wohl motiviert, das Leben und seine Arbeit ernst zu nehmen – zumindest vorerst. Schnell hatte er sich eingearbeitet, er fand Gefallen an schönen Steinen und erwies sich sowohl als Ein- wie auch Verkäufer als Naturtalent. Er konnte charmant plaudern und trotzdem knallhart verhandeln. Auch beim Trinken und Essen mit den Geschäftspartnern konnte er gut mithalten, ohne die Kontrolle zu verlieren. Und wenn er doch mal wieder über die Stränge schlug, hatte der autoritäre Patriarch ihn schnell wieder eingefangen.

Besonders die Einkaufsreisen nach Brasilien und Tansania schienen ihm zu gefallen, wurden allerdings mit der Zeit immer ein, zwei Tage länger als nötig, wie Monika fand. Und die Spesenabrechnungen wurden auch allmählich immer höher. Des lieben Friedens willen ersparte sie sich, den Seniorchef zu informieren, der sich allmählich aus dem Tagesgeschäft zurückzog und die Tage, respektive Nächte, lieber auf einem seiner Hochsitze in seinem Jagdrevier verbrachte. Als ihn dort eines Tages beziehungsweise nachts der Schlag traf, wurde er erst am nächsten Tag tot von einem Spaziergänger aufgefunden.

Martins Frau Marlene tat sich schwer in der Stadt. Pforzheim war zwar auch keine Weltmetropole, aber in ihren Augen bei weitem dann doch nicht so spießig und kleinkariert, wie das Kaff, wie sie es nannte, in dem sie jetzt gelandet war. Sie hatten die Penthouse-Wohnung in einem Mehrfamilienhaus, das ihrem Schwiegervater gehörte, bezogen und versuchten sich dort wohnlich einzurichten. Während der Schwangerschaft und nach der Geburt ihres Sohnes hatte es ihr nichts ausgemacht, dass sie etwas zurückgezogen lebte. Sie las gerne und malte Aquarelle, recht ordentlich, meinte zwar Martin, aber es war ihr bewusst, dass es für eine große Künstlerkarriere nicht reichte. Der Versuch, in der Firma mitzuarbeiten, brachte auch keine Befriedigung.

Um eine führende Position einzunehmen, reichten ihre Erfahrungen und Kenntnisse nicht aus und sie hatte auch keine rechte Lust sich welche anzueignen und als Frau des Juniorchefs, kritisch beäugt von den Kollegen und Kolleginnen, mit irgendwelcher Pseudo-Arbeiten beschäftigt zu werden, war ihr zu blöde.

Auch ansonsten fand sie keinen Anschluss in die Kreise ihres Mannes. Das Schmuckgeschäft war eine reine Männerdomäne und die Frauen nur das schmückende Beiwerk. Bei Einladungen oder anderen gesellschaftlichen Ereignissen saßen spätestens nach dem Verdauungsschnaps die Männer zusammen und führten wichtige Gespräche, während die Damen sich mit Smalltalk über Kinder, Kleider und dem ganzen Gedöns abmühten.

Mit ihrem leichten schwäbischen Akzent wurde sie ohnehin nicht ganz für voll genommen und die anderen Damen plauderten ungeniert in ihrem breiten Dialekt vor sich hin, ohne darauf Rücksicht zu nehmen, ob man sie verstand oder nicht und waren auch noch stolz darauf. Und immer klang bei den Gesprächen unterschwellig das „Mir sin reech“ („Wir sind reich“) durch. Sie, die auch aus begüterteren Familienverhältnissen stammte, fand es einfach nur zum Kotzen. Obwohl sie selbstverständlich ein anderes Wort dafür gebraucht hätte.

Ihr Martin ging derweil seinen Geschäften nach, die immer besser gingen, wie er behauptete. Die Überstunden in der Firma, die immer länger wurden, insbesondere seit sie diese junge, gutaussehende Goldschmiedin eingestellt hatten. Dann die Geschäftsreisen, bei denen nicht nur Monika merkte, dass sie sich in die Länge zogen. Dazu der Stammtisch und an Samstagnachmittagen der Besuch auf dem Fußballplatz, wo der einheimische Verein die Regionalliga anstrebte. Die Wilde GmbH war zwar nicht Hauptsponsor, das hatte einer von Martins Händlerkollegen übernommen, aber so manche Mark, später waren es Euro, versickerte dann doch unnötigerweise über den Förderverein im Rasen des neu gebauten Stadions.

Darin waren sich Monika und Marlene ausnahmsweise einmal einig. Obwohl oder auch weil sie beide eher introvertiert waren, waren sie nicht miteinander warm geworden und hatten in der Firma einen eher förmlichen Umgang gepflegt.

Kurz vor der Einschulung ihres Sohnes war Martin doch überrascht, als er von einer Geschäftsreise zurückkehrte. Im Fahrstuhl hatte er Fritz Fischer getroffen. Fritz war der Nachbar, der mit seiner Frau und seinen beiden Kindern im Stockwerk unter ihnen wohnte. Auf seinen jovialen Spruch „Bin mal wieder da“, hatte Fischer nur mit einem „Schön“

geantwortet und ansonsten verlegen auf seinen Schuhen nach irgendwelchen nicht vorhandenen Flecken gesucht.

Martin verstand sich eigentlich gut mit Fritz, wieso war er so seltsam? Die Antwort bekam er, nachdem der die Wohnungstür aufgeschlossen hatte. Die Wohnung war halb leer, zumindest alle Möbel, die Marlene aus Pforzheim mitgebracht hatte, waren weg. Auf dem Küchentisch lag ein Zettel: „Bin heim“, stand darauf, sonst nichts. Kein Gruß, kein Name.

Wie er später erfuhr, hatte sie ihren Sohn schon vor Wochen in Pforzheim in einer Grundschule angemeldet. Sie war kurzfristig bei ihren Eltern eingezogen. Nach einem Jahr erfolgte die Scheidung, weitgehend einvernehmlich. Seinen Sohn besuchte er, wenn er in Pforzheim geschäftlich zu tun hatte und Marlene heiratete irgendwann einen Oberstudienrat, mit dem sie noch zwei weitere Kinder bekam. Damit war für Martin dieses Kapitel erledigt, natürlich bis auf den Unterhalt, den er für seinen Sohn zu zahlen hatte.

Das erfuhr Schmied, nachdem er Frau Ballauf gefragt hatte: „Erzählen Sie mir bitte etwas über Herrn Wilde. Im Moment habe ich noch keine Vorstellung. Wie hat er gelebt? Was war er für ein Typ? Verheiratet? Geschieden? Tun Sie sich keinen Zwang an. Erzählen Sie einfach.“

Natürlich hatte sie nur eine abgespeckte Version vor dem Hauptkommissar ausgebreitet, unter anderem ließ sie die Episode mit der Jugendherberge unter den Tisch fallen. Außerdem war sie bemüht, persönliche Wertungen zu vermeiden. Zwischen den Zeilen aber ließ sie genügend Interpretationsspielraum, der Schmied zu einem zumindest vorläufigen subjektiven Persönlichkeitsprofil genügte. Scheint ja ein schönes Früchtchen gewesen zu sein, dieser Wilde. Mal sehen was die Ballauf noch zu erzählen hatte.

8

Der Mercedes 280 SE rollte fast geräuschlos über die Autobahn. Vor einem Jahr hatte Martin Wilde das begehrte H-Kennzeichen, das sein Auto als historisches Vehikel, also als einen Oldtimer auswies, ergattert und pflegte sein Schätzchen, wie er es nannte, in seiner Freizeit liebevoll. Etliche Stunden verbrachte er in seiner Garage mit dem Schrauben am Fahrzeug und dem Polieren der Karosserie.

Sie hatten Basel hinter sich gelassen und die Grenze problemlos überquert. Für den Grenzübergang hatte ihnen die Industrie- und Handelskammer in Verbindung mit der Hermes-Bürgschaft ein sogenanntes Carnet ausgestellt, das eine relativ einfache Ein- und Ausfuhr des Schmuckes für die Messe ermöglichte. Dadurch wurden die Zollformalitäten wesentlich vereinfacht und mit einem Stempel auf dem Dokument war die Sache schnell erledigt. Gelegentlich wurde auch die Ware überprüft, aber das kam eher selten vor und woher sollten auch die Zollbeamten die Fachkenntnisse haben, zumal eine reelle Expertise nur von anerkannten Fachleuten möglich war. Und selbst diese sollten schon auf falsche Edelsteine hereingefallen sein. Martin hatte sichtbar aufgeatmet, als es auch diesmal ohne eine Überprüfung abgelaufen war.

Er versuchte den Gesprächsfaden mit Chris wieder aufzunehmen.

„Eigentlich bist du ja noch nicht mal zweite Wahl, wenn ich jemand mit auf Geschäftsreise nehme. Da müsste ich sonst meine sexuelle Orientierung ändern."

„Wäre das so schlimm?"

Chris legte seine linke Hand auf Martins Oberschenkel und lächelte ihn mit einem gespielten koketten Augenaufschlag an. Chris war wie viele kreative Menschen schwul, machte daraus aber kein großes Aufhebens. Er trug einerseits seine Homosexualität nicht ständig offensichtlich zur Schau, machte aber anderseits auch kein Geheimnis daraus. In der Firma war das nie ein Thema und einen solchen Spaß erlaubten sie sich nur, wenn sie unter sich waren. Chris hatte seine Hand auch gleich wieder zurückgezogen.

Auf der A5 herrschte noch wenig Verkehr, sie wussten, dass das weiter nördlich sicher wieder anders werden würde. Hinter dem Autobahn-Dreieck Weil am Rhein hatte Wilde im Radio den einprogrammierten Sender SWR 1 gewählt und aus dem Autoradio tönte gerade „Summer of 69“ von Bryan Adams.

„Früher dachte ich immer, SWR 1 sei ein Opa-Sender. Aber die machen richtig gute Musik.“

„SWR 1 ist immer noch der Opa-Sender, nur mit dem Unterschied, dass du jetzt die Opa-Generation bist“, lachte Chris, der mehr als zwanzig Jahre jünger als Wilde war.

Chris Weißer hatte in der Firma den Beruf des Edelsteinfassers gelernt. Eine anspruchsvolle Tätigkeit, die großes handwerkliches Geschick erforderte. Der Beruf war einer der vielen Spezifikationen, die die Edelsteinindustrie hervorgebracht hatte. Die Aufgabe des Fassers ist es, den Edelstein in die vorbereiteten Edelmetalle, meist Gold, so einzusetzen, dass sie keinen Schaden nehmen und in der vorbereiteten Fassung fixiert werden. Die Steine werden nicht verklebt, sie müssen somit fest in der Fassung sitzen und dürfen nicht klappern oder wackeln.

Chris war einer der besten seines Faches. Leider war sein Ehrgeiz nicht sonderlich ausgeprägt was Schule und Fortbildung anging. Er mochte seine Arbeit und war auch mit dem eher mäßigen Gehalt, das in der Branche und in Idar-Oberstein im Besonderen gezahlt wurde, zufrieden. Er tüftelte ständig an Verbesserungen und konnte den Edelsteinschleifern und Goldschmieden so manchen Hinweis geben, wie ihre Arbeit mit seiner kompatibler, wie er es nannte, wurde.

Kurz vor Freiburg meldete sich Chris‘ Blase.

„Kannst du mal demnächst anhalten, ich muss dringend pinkeln. War wohl doch ein Bier zu viel gestern Abend.“

„Du weißt aber schon, dass wir den Wagen nicht unbeaufsichtigt lassen dürfen, wenn wir unsere Ware im Auto haben. Die Scheißversicherung hat mich ‘ne Menge Geld gekostet und wenn ich gegen deren beschissene Bedingungen verstoße, drehen die mir gleich einen Strick draus, wenn was passiert.“

„Ich weiß das, aber meine Blase nicht. Da vorn an der Raststätte sind soweit ich weiß ein paar Büsche, in die ich pinkeln kann, dauert nicht lange.“

„Na gut.“ Martin setzte den Blinker und bog in mäßigem Tempo in die Einfahrt der Raststätte Breisgau ein. Langsam rollte er an den abgestellten LKWs vorbei und hielt am Rande der Straße an.

„Da ist ja ein Friedhof auf der anderen Straßenseite, pinkel bloß nicht in die Richtung. Das wäre schließlich …“, pietätlos wollte er sagen, als er einen Aufprall am Fahrzeugheck wahrnahm.

„So ein Idiot“, begann er zu schimpfen und hatte bereits den Türgriff in der Hand. Er schälte sich vom Fahrersitz und blickte auf den dunkelblauen BMW, der ihn von hinten leicht gerammt hatte. Das Auto war ihnen seit dem Grenzübergang in einem größeren Abstand gefolgt. Sie hatten es allerdings nicht bemerkt.

Aber es war nicht das Fahrzeug, das ihm den Mund offenstehen ließ. Es war auch nicht der dunkel gekleidete Mann, der ebenfalls ausgestiegen war. Und es war noch nicht mal die Sturmhaube, die dieser sich über das Gesicht gezogen hatte, was bei der Kälte vielleicht noch vertretbar gewesen wäre. Es war die Pistole, die die Person auf ihn gerichtet hatte. Walther P1, Kaliber 9 mm, schoss es ihm durch den Kopf.

Das letzte Mal, dass er so ein Teil gesehen hatte, war während seiner Bundeswehrzeit gewesen. Auf dem Schießstand hatte er mit dieser Waffe keine überragenden Schießergebnisse erzielt. Dass der Typ vor ihm eine ähnlich schlechte Trefferquote aufweisen würde, darauf wollte er sich doch lieber nicht verlassen. Zumal er das Schießeisen recht professionell vorgestreckt in beiden Händen hielt und er ihn auf die Entfernung von fünf Metern wohl kaum verfehlen konnte.

Ein Klon, was die Verkleidung und Figur des Mannes betraf, war auf der anderen Seite ausgestiegen, neben das Fahrzeug getreten und zielte mit einer ähnlichen Waffe durch das geschlossene Beifahrerfenster auf den Kopf von Chris, der sich ängstlich in den Sitz geduckt hatte.

„Ihr seid zu ...“, setzte Martin an.

„Maul halten, Kofferraum auf!“, raunzte der Mann durch seine Gesichtsmaske und deutete mit der Pistole auf den Kofferraumdeckel.

„Der ist mit einer Sperre versehen, da muss ich erst den Extra-Schlüssel aus dem Handschuhfach holen“, versuchte Wilde Zeit zu gewinnen.

„Sag deinem Kumpel, er soll den Schlüssel langsam rausholen und keine Dummheiten.“ Martin Wilde nickte Chris zu und dieser öffnete vorsichtig das Handschuhfach.

Unter einer alten Straßenkarte kramte er den Spezialschlüssel für den Kofferraum hervor. Beim Herausziehen des Schlüssels hatte er noch eine Packung Papiertaschentücher und drei verpackte Kondome mit herausgezogen, die auf den Boden im Wageninneren fielen. Trotz der Situation musste Chris leicht grinsen. So kannte er seinen Chef. Er kurbelte die Scheibe so weit runter, dass er den Schlüssel herausreichen konnte.

Gelegentlich hatte Wilde einen Revolver im Handschuhfach liegen. Für diese Reise in die Schweiz hatte er ihn aber vor der Fahrt herausgenommen, da es gelegentlich zu Kontrollen an der Grenze kam und der Besitz einer Waffe sicherlich erklärungsbedürftig gewesen wäre. „Zum Glück“, dachte er, denn der Revolver hätte in dem Moment nichts genützt und höchstens die Lage eskalieren lassen.

„Aufmachen!"

Der zweite Mann, der „Schweigsame", wie ihn Wilde mittlerweile titulierte, hatte ihm den Schlüssel in die Hand gedrückt, während der „P1er" die Kommandos gab.

„Es klemmt immer ein bisschen", versuchte Wilde weiterhin Zeit zu schinden, in der Hoffnung, dass irgendwer die Szene beobachten und die Polizei rufen würde.

Dummerweise hatte er sich etwas zu breitbeinig vor dem Kofferraum aufgebaut. Der eigentlich naheliegende, aber für Wilde doch überraschende und sehr schmerzhafte Tritt von hinten in die Weichteile, ließ ihn zusammenkrümmen. Das schien geholfen zu haben, denn fast wie von selbst ging der Deckel des Kofferraums beim nächsten Versuch problemlos auf.

Wilde wurde zu Seite geschoben und nach einem Blick auf die fünf Musterkoffer kam die Aufforderung:

„Handys her, abhauen und nicht umdrehen!" Die Beifahrertür wurde aufgerissen und Chris aus dem Wagen gezerrt. Mit zittrigen Fingern, und das nicht wegen der Kälte, händigten sie ihre Handys aus, die sofort auf den Boden geworfen und mit dem Absatz der schwarzen Stiefel unbrauchbar gemacht wurden. Mit der Pistole wurde ihnen der Weg in die westliche Richtung gezeigt. Weitere Worte waren hier wohl nicht nötig. Hinter dem Gebüsch am Rande des Rastplatzes verlief ein Feldweg und auf der anderen Seite des Weges lag dieser Friedhof, den sie wohl überqueren sollten. „Wie praktisch, wenn sie uns jetzt in den Rücken schießen."

Chris schien seinen Humor doch noch nicht ganz verloren zu haben. Schnellen Schrittes überquerten sie den Friedhof, an dessen Ende Martin stehen blieb.

„Meinst du das reicht schon?", flüsterte Chris, obwohl sie sicher bereits außer Hörweite waren.

„Mit der P1 können sie höchstens 50 Meter weit schießen und treffen schon gar nicht.“

Manchmal nützte einem sogar sein Wissen aus der Bundeswehrzeit. Vorsichtig drehten sie sich um und versuchten durch die Büsche zu spähen. Hatten sie richtig gehört, war der BMW weggefahren?

„Wir zählen bis zwanzig, dann gehen wir zurück.“

Chris schien die Sache nicht geheuer zu sein. Als er bei zehn angekommen war, meinte Martin: „Scheiß drauf, wir lassen es darauf ankommen“, und bewegte sich in Richtung Parkplatz.

Chris folgte vorsichtig. In der Tat war das Auto weg und nur noch der Mercedes stand mit geschlossenem Kofferraum völlig friedlich am Straßenrand.

Dass die Handys hinüber waren, war leicht zu erkennen, trotzdem machte jeder noch einen Versuch die 110 einzugeben. Den Fahrer des Golfes, den sie versuchten anzuhalten, zeigte ihnen lediglich den Vogel und fuhr ungerührt weiter.

Bis sie die fünfzig Meter bis zur Gaststätte zurückgelegt hatten und der Bedienung klarmachten, um was es ging, waren weitere drei Minuten vergangen, wahrscheinlich waren die Burschen mit ihrer Beute längst über alle Schwarzwaldberge verschwunden. Das Autobahnkreuz Freiburg-Süd war nur ungefähr einen Kilometer entfernt und zur Grenze, besser zur ehemaligen Grenze zu Frankreich, war es auch nicht sehr weit.

Etwa 200 Kilometer weiter nördlich stand ein PKW auf dem Rastplatz am Hockenheimring. Der Fahrer hatte ebenfalls den SWR im Radio laufen, allerdings SWR 3, die Version für die etwas Jüngeren bis Mittelalten. Mit seinem italienischen Akzent wandte er sich an seinen Beifahrer, der eine Damenstrumpfhose in seinen Fingern drehte. „Eigentlich müssten sie längst da sein oder haben wir eine Staumeldung verpasst?“

Der Fahrer gähnte nur und meinte: „Die werden schon noch kommen. Werd' mal nicht nervös. Wir warten noch eine Stunde und dann Abmarsch. Wenn unsere Kunden nicht pünktlich sind, ist das nicht unser Problem." Das Wort „Kunde" hatte er gedehnt und dabei ausgesprochen ironisch gegrinst. Über die beiden nicht geladenen Glock 19 auf dem Rücksitz des Opel Astra hatten sie ihre Jacken gelegt.

9

„Sie hatten etwas von einem Überfall erzählt?" Schmied ließ die Feststellung wie eine Frage klingen und Monika Ballauf verstand sie auch als solche.

„Auf der Rückfahrt von der ‚Baselworld' am 27. März wurde der Chef und Chris Weißer auf der Autobahn in der Nähe von Freiburg ausgeraubt. Die Täter konnten flüchten und sind bisher noch nicht gefasst."

„Was ist nochmal schnell die ‚Baselworld'?"

Natürlich kannte er die „Basel", wie es in der Branche hieß und er konnte sich noch an die Pressemeldung hierzu erinnern. Aber im Moment hielt er es für ratsam, sich eher etwas dumm zu stellen.

„Die ‚Baselworld' ist die bedeutendste europäische Schmuck- und Edelsteinmesse. War früher ein absolutes Muss für die Edelsteinindustrie. In den letzten Jahren leider etwas rückläufig."

Frau Ballauf konnte ihr Unverständnis darüber, dass man in Idar-Oberstein eine solche Frage stellen konnte, kaum verbergen.

„Wie hoch war der Schaden? Sie hatten etwas von wertvollen Stücken gesagt?"

„Die Kollektion war mit einer halben Million versichert und das müsste auch in etwa hinkommen. Ich habe danach eine Inventur gemacht. Der Chef ist, oh Entschuldigung, war immer etwas schlampig in diesen Dingen. Wenn es ihm einfiel, hat er noch schnell ein paar Stücke mehr als ursprünglich vorgesehen mit eingepackt. Ich kann die genauen Daten gerne raussuchen, wenn es erforderlich ist."

„Ob ein Zusammenhang mit dem damaligen Überfall besteht, wissen wir noch nicht. Wir sind ja erst am Anfang unserer Ermittlungen. Aber es wäre gut, wenn Sie die Unterlagen im Bedarfsfall zur Verfügung hätten. Das Ganze war doch sicher ein herber Verlust für die Firma?"

„Das können Sie laut sagen. Der Schmuck war zwar ordnungsgemäß versichert. Aber Sie kennen das ja, wenn es ans Bezahlen geht, tun sich die Versicherungsgesellschaften schwer. Bisher wurde noch nicht ein müder Euro erstattet", seufzte die Prokuristin theatralisch.

„Woran hängt es?"

Scheint interessant zu werden, ging es Schmied durch den Kopf.

„Die fahren zweigleisig. Einmal unterstellen sie uns Versicherungsbetrug und zweitens hatte unsere Hausbank die letzte Lastschrift zum Einzug des Versicherungsbeitrags zurückgegeben. Die Versicherung sei damit erloschen. Dabei haben wir nach dem Überfall die ausstehende Summe direkt überwiesen."

„Lastschriftrückgaben sind ja jetzt nicht unbedingt ein Bonitätsausweis. Hatten Sie finanzielle Probleme?"

Die Prokuristin schien sich etwas zu zieren.

„Na ja, wir haben schon bessere Zeiten gesehen."

Das hat sie aber schön formuliert. Schmied heftete sich einen weiteren Zettel an seine virtuelle Pinnwand. Da gibt es sicher noch Informationsbedarf.

„Wir benötigen natürlich weitere Informationen. Bankverbindungen, familiäres Umfeld und natürlich müssen wir auch noch die anderen Mitarbeiter befragen."

Die Informationen, die er in der nächsten halben Stunde erhielt, überstiegen die Aufnahmekapazität seiner Zettelwirtschaft im Kopf, dass er doch lieber auf das etwas abgegriffene Notizbuch in seiner Jackentasche zurückgriff.

Hauptbankverbindung und Kreditgeber war die örtliche Sparkasse, das Auslandsgeschäft wurde – wie in der Branche üblich – meist über die Deutsche Bank abgewickelt. Die Firma hatte mittlerweile nur noch weitere sieben festangestellte Mitarbeiter, in früheren Zeiten waren es mehr als zwanzig gewesen. Kündigungen seitens der Firma habe es in den letzten Jahren zwar keine gegeben, allerdings waren zwei Mitarbeiter aus Altersgründen ausgeschieden und die beiden Auszubildenden, ein Goldschmied und eine Einzelhandelskauffrau, waren nach ihrem Lehrabschluss nicht weiterbeschäftigt worden. Beide hatten aber recht schnell eine andere und ohnehin besser dotierte Arbeitsstelle gefunden.

Und dann gab es noch eine Schmuckdesignerin namens Eva Steinhoff, die früher fest angestellt war, aber seit ungefähr einem Jahr als Freiberuflerin auf Honorarbasis gelegentlich noch Aufträge übernahm. Sie sei im letzten Jahr noch mit auf der Messe in Basel gewesen und habe sich dort auch als gute Repräsentantin für die Firma erwiesen. Der Chef wollte sie auch in diesem Jahr wieder mitnehmen, obwohl sie nur noch als freie Mitarbeiterin tätig war. Aber sie habe wohl keine Zeit gehabt, wie Frau Ballauf eine Spur zu süffisant, wie Schmied fand, zu berichten wusste.

Hochinteressant war auch das familiäre Umfeld. Schmied, durch seine Scheidung auch einiges gewohnt, konnte über die Kapriolen von Wilde nur staunen. Eines Tages sei Wilde von einer längeren Reise nach Brasilien mit einer zwanzig Jahre jüngeren heißblütigen Brasilianerin im Schlepptau heimgekommen, die er als seine Frau vorstellte. Monika Ballauf gebrauchte allerdings nicht den Begriff heißblütig und auch nicht Schlampe, irgendetwas dazwischen, Schmied hat gerade nicht richtig zugehört und diesen Teil der Ermittlungen wollte er ja ohnehin seinem Kollegen Pit überlassen. Sollte der doch die Ehefrau ausquetschen, die Prokuristin schien bei diesem Thema offensichtlich nicht ganz so auskunftsfreudig zu sein. Er erfuhr allerdings noch, dass die Eheleute seit einiger Zeit getrennt lebten.

Schmied biss herzhaft in den Döner. Kurz vor zwölf hatte er die Wilde GmbH verlassen und sein Magen hatte sich gemeldet. Zum Glück gab es um die Ecke einen Türken, bei dem er schon öfters sein Mittagsmahl zu sich genommen hatte: „Döner mit scharf". Er konnte sich prima einreden, dass diese Art der Ernährung aufgrund des Salates doch wohl sehr gesund sei. Um diese Zeit war der Laden noch leer und er konnte ungestört auf dem Hocker am Tisch in der Ecke telefonieren. Die Nummer seines Kollegen Pit hatte er in seinem, wie er glaubte, immer noch neuen iPhone 5 eingespeichert. „Wo bist du im Moment?" Pit war noch in Wildes Wohnhaus.

Nachdem Schmied gegangen war, hatte er sich weiter umgesehen. Dass es im Haus eines Edelsteinhändlers keinen Tresor gab, konnte er sich eigentlich nicht vorstellen. Den alten Computer hatten sie sichergestellt, die Spurensicherung hatte ihn bereits abtransportiert, ebenso den neuen Laptop, der unter einem Papierstapel im Arbeitszimmer gelegen hatte. Im Keller hatte er schließlich hinter einer schiebbaren Schrankwand den Tresor gefunden. Er war wohl beim Bau des Hauses seinerzeit mit eingebaut worden. Eine altertümliche mannshohe Stahltür hatte bis auf Weiteres den Zutritt verhindert. Zwar hatten sie in der Schreibtischschublade den Schlüssel gefunden, allerdings war die Tür noch durch ein drehbares

Zahlenschloss zusätzlich gesichert. Pit war jedoch zuversichtlich, dass sie den Code irgendwo finden würden.

„Kannst du dich um die Ehefrau kümmern, Gabriela Souza-Wilde. Lebt getrennt von ihrem Mann. Soll angeblich eine Wohnung in der Bismarckstraße haben."

Diese Information hatte er noch von der Ballauf erhalten, um das Weitere sollte sich sein Kollege kümmern. Schmied selbst wollte sich bei der Sparkasse über die finanzielle Lage von Wilde informieren. Den anschließenden Anruf dort hätte er sich sparen können. Verbunden wurde er mit einem Call-Center und eine unpersönlich-freundliche weibliche Stimme beschied ihm, dass die „Kollegen" wohl Mittagspause hätten, und am Telefon selbstverständlich keine Auskünfte erteilt werden könnten. Das Bier, das er zum Döner getrunken hatte, machte ihn müde. Am besten, ich fahre nach Hause und lege mich mal 'ne halbe Stunde aufs Ohr, beschloss er. Seine Wohnung, die er nach der Scheidung gemietet hatte, lag im zweiten Stock eines Mehrfamilienhauses in Oberstein, dem Stadtteil, der neben Idar namensgebend für die Stadt ist. Zehn Minuten später lag er bereits auf der Couch in seinem Wohnzimmer und hatte die Augen geschlossen.

10

„Hallo Pelé."

Pit Maurer war überrascht, als auf sein Klingeln der brasilianische Stürmerstar des örtlichen FC ihm die Tür öffnete. Nur Souza hatte auf dem Klingelschild gestanden. Lediglich mit Boxershorts bekleidet und dem sichtbar zur Schau getragenen „Sixpack" lachte dieser ihn an. Im Hintergrund war leise Sambamusik zu hören. Voll das brasilianische Klischee, dachte Pit leicht neidisch und blickte auf seinen nicht mehr ganz so flachen Bauch, der gegenüber dem von seinem Kollegen Schmied ja doch noch einigermaßen ansehnlich war.

Pelé war einer von drei Brasilianern, die beim FC Fußball spielten. Was sie sonst noch so machten, wusste keiner so richtig. Angeblich hatten sie einen Job bei einem der Mäzene des Vereins, aber man ging davon aus, dass die Gegenleistung in Form von Arbeitsleistung eher übersichtlich war.

Pit selbst hatte in der Jugend beim FC einigermaßen erfolgreich gespielt und vor zwanzig Jahren im Oberligakader mittrainiert. Bis auf wenige Kurzeinsätze musste er dort aber in der Regel auf der Ersatzbank Platz nehmen und bevor seine sportliche Karriere richtig Fahrt aufnehmen konnte, hatte er sich einen Meniskusschaden zugezogen.

Zum Glück hatte er damals schon die Aufnahmeprüfung bei der Polizei bestanden und befand sich bereits in der Ausbildung an der Polizeischule auf dem „Hahn". Der Hahn war im Zuge der Aufgabe dieses ehemaligen Flugplatzes der US-Army eines der größten Konversionsprojekte des Landes, ein Zivilflughafen unter Federführung der Landesregierung, der zu Beginn große Hoffnung auf eine blühende Landschaft in der doch sehr ländlich geprägten Region des Hunsrücks machte. Rheinland-Pfalz hatte dort unter anderem die Polizeiausbildung zentralisiert.

Probleme mit EU-Richtlinien, dubiosen chinesischen Investoren und unglückliches Agieren der Verantwortlichen hatten mittlerweile dem ehemaligen Vorzeigeprojekt eine Dauerkrise beschert.

„Hey Pit, bom dia. Was machst du hier?"
Pit spielte gelegentlich noch bei den „Alten Herren" des FC mit und war bei den Heimspielen oft Gast im Stadion. Daher kannte er die aktuellen Aktiven gut und hatte mit diesen nach Spielende oder seinem Fußballtraining, das gelegentlich

parallel mit der ersten Mannschaft stattfand, im Vereinsheim so manches Bierchen getrunken. Wie Pelé mit bürgerlichem Namen hieß, wusste er nicht. Alle Brasilianer waren nur unter ihrem Vornamen oder „Künstlernamen" bekannt, Pelé war derjenige mit den besten Deutschkenntnissen.

„Ich wollte Frau Souza-Wilde sprechen, die wohnt doch hier?"

Pit kramte seine Polizeimarke aus der Jackentasche und hielt sie dem Brasilianer unter die Nase.

„Du bist Bulle, oh, sorry, Polizei. Wusste ich gar nicht."

Pelé hatte trotz der Marke nichts von seiner brasilianischen Lockerheit verloren und rief in die Wohnung:

„Hallo Gabi, hier ist Polizei für dich, bist du wieder zu schnell gefahren?", lachte er.

Pit fiel das knallrote Mazda MX5-Cabrio ein, das vor der Haustür geparkt war. In der Tür erschien Gabriela Souza-Wilde und Pit fand den Ausdruck „Erscheinung" angebracht. Der kurze Kimono in den Landesfarben Blau-Gelb-Grün verhüllte nur unzureichend die Proportionen der schwarzhaarigen attraktiven Frau. Karneval in Rio, schoss es Pit sofort durch den Kopf. Er erinnerte sich, sie schon öfters mit Landsleuten im Stadion gesehen zu haben.

„Ich habe Ihnen etwas mitzuteilen."

Wilde hatte Gabriela Souza vor einigen Jahren in ihrer Heimatstadt in der südbrasilianischen Provinz Rio Grande do Sul kennengelernt. Porto Alegre war die bevorzugte Basis für die Brasiliengeschäfte der Wilde GmbH. Das südliche Flair und das Nachtleben der Millionenstadt machten Martin Wilde den Aufenthalt in Südamerika mehr als angenehm. Gabriela war examinierte Dolmetscherin und beherrschte neben ihrer Muttersprache portugiesisch auch spanisch, deutsch und englisch.

Schönen Frauen konnte Wilde noch nie widerstehen und so

war es naheliegend, dass er sehr schnell nicht nur ihre Sprachkenntnisse zu schätzen wusste. In ihrer Ahnengalerie väterlicherseits gab es sogar einen Nachfolger der deutschen Auswanderer aus dem neunzehnten Jahrhundert, die die Edelsteinindustrie in Brasilien begründet hatten. Edelsteinschleifer, die der Armut des Hunsrücks entflohen waren, hatten in dem südlichsten brasilianischen Bundesstaat sagenhafte Edelsteinvorkommen entdeckt. Dort mussten die Steine nicht mühsam aus dem Berg befreit werden, sondern lagen quasi auf der Straße.

Mit dem Export in die alte Heimat hatten sie der damals daniederliegenden Edelsteinindustrie in Idar-Oberstein neuen Auftrieb gegeben. Zu Beginn war der Transport mit Schiffen sogar kostenlos. Damals gab es noch Segelschiffe, die vollbeladen von Europa nach Südamerika fuhren. Das Problem war dann für die Schiffer, dass sie für die Rückfahrt Ballast brauchten, um kein Spielball der Wellen zu werden. Dadurch waren die Steine der ehemaligen Hunsrücker sehr willkommen. Als die Reeder allerdings merkten, dass man mit dem Transport auch Geld verdienen konnte, was es mit der kostenlosen Steinreise bald vorbei. Man wollte sich doch nicht von den bauernschlauen Hunsrückern übertölpeln lassen.

In diesem Teil Brasiliens hatte sich sogar der Hunsrücker Dialekt erhalten und Gabriela, urgroßväterlicherseits vorbelastet, hatte Wilde gelegentlich mit Hunsrücker Dialektausdrücken beeindruckt, die in der ursprünglichen Heimat längst ausgestorben waren.

Als Wildes Brasilienreisen immer häufiger und länger wurden und die tansanischen Geschäftspartner (und die dortige Geliebte) sich vernachlässigt vorkommen mussten, fragte er Gabriela, ob sie nicht nach Idar-Oberstein zu ihm kommen wolle.

„Gerne“, sagte sie, „wenn du mich vorher heiratest.“

In Bezug auf Frauen hatte Wilde noch nie ausschließlich mit dem Kopf gedacht, erbat sich aber dann noch etwas Bedenkzeit. Gebranntes Kind und so. Er konnte sie bis zum übernächsten Besuch zwar noch hinhalten, es dann aber doch nicht mehr aushalten. Zu sehr hatte sie ihn gefesselt und die gemeinsamen erotischen Nächte (und Tage) mochte er nicht mehr missen. Zudem waren seine Brasilientrips immer teurer geworden, ohne dass sich das in geschäftlichen Erfolg hätte ummünzen lassen; wie auch, wenn man die meiste Zeit im Bett verbringt und ansonsten die Dame seines Herzens in teure Nachtclubs und exquisite Restaurants ausführen muss.

Obwohl die Bilanzen der GmbH mittlerweile etwas anderes aussagten, gab er ihr gegenüber weiterhin den reichen Edelsteinhändler aus Deutschland. Trotz seiner kaufmännischen Ausbildung konnte er die Zahlen prima ignorieren und sobald das Flugzeug im sonnigen Porto Alegre gelandet war, waren alle finanziellen Sorgen und das Gezeter, wie er es nannte, seiner alten Schulkameradin und Prokuristin Monika vergessen.

Solange die Kreditkarte nicht gesperrt war, und dafür hatte bisher sein Freund Jürgen von der Sparkasse noch immer gesorgt, war alles in Ordnung.

Die standesamtliche Trauung in Brasilien hatte sich nicht wesentlich von den deutschen Gepflogenheiten unterschieden. Die Aufgebotsfrist betrug 15 Tage und Gabriela hatte sich um eine Verkürzung der erforderlichen Aufenthaltsfrist, die üblicherweise 45 Tage dauerte, gekümmert. Gültigen Reisepass und Geburtsurkunde, zwei Trauzeugen, Cousinen von Gabriela, und schon klappte es mit der Hochzeit. Als Monika Ballauf ihn bei der Rückkehr nach der doch hoffentlich erfolgten Gütertrennung beziehungsweise dem Ehevertrag fragte, hatte Wilde sie nur als hoffnungslose, doofe, unromantische und, das tat wirklich weh, vertrocknete alte Jungfer bezeichnet.

Eigentlich hätte der Kulturschock in der Nahe-Stadt für Gabriela noch größer sein müssen als damals für Marlene. Der kleinste Vorort in der Millionenmetropole Porto Alegre hatte wesentlich mehr Einwohner als der gesamte Landkreis, in dem sie nun gelandet war. Allerdings war in dem Stadtteil eine lebenslustige brasilianische Community entstanden, wo Gabriela sofort Kontakt zu Landsleuten fand und von Anfang an feucht-fröhliche blaugelbe Partys feiern konnte.

Bei offiziellen Anlässen genoss sie die bewundernden und die begehrlichen Blicke der Männer und die unverkennbare Eifersucht von deren zumeist blassen oder im Solarium gebräunten Ehefrauen, empfand sie eher prickelnd als störend. Und für Minderwertigkeitskomplexe hatte sie aufgrund ihres Studienabschlusses und ihrer Weltoffenheit schon gar keinen Grund.

Sie hatte auch nicht den Ehrgeiz ernsthaft in der Firma mitzuarbeiten, begleitete ihren Martin aber gerne auf seinen Auslandsreisen und konnte ihm dort sogar aufgrund ihrer Sprachkenntnisse von Nutzen sein.

Lediglich in Tansania gab es einen kleinen Zwischenfall, als in einem Hotel eine schwarze Schönheit auftauchte und behauptete, die Freundin ihres Mannes zu sein. Wilde konnte das „Missverständnis" ausräumen und seine Wiedergutmachung stand nun in Form eines schicken roten Cabrios vor einem Haus in der Bismarckstraße.

Ansonsten merkte Gabriela aber mit der Zeit, dass es mit dem vermeintlich reichen Edelsteinhändler nicht mehr allzu weit her war. Nach außen spielte er immer noch den vermögenden Kaufmann und versuchte sich großzügig zu zeigen, die sorgenvolle Miene nach der Rückkehr von Terminen bei der Bank oder dem Steuerberater sprach aber Bände.

Dass Martin weiterhin jedem jungen Ding hinterherglotzte und mit ihm flirtete, störte sie nicht zu sehr, zumal er sich immer noch als guter Liebhaber erwies und erstaunliches Stehvermögen im Bett zeigte. Sie war ja schließlich selbst kein Kind von Traurigkeit. Wie sie eines Tages feststellte, war seine Libido doch wohl in erster Linie den blauen Pillen zu verdanken, die sie eines Tages im Nachttisch zwischen seinen Socken entdeckt hatte. „Wenn er sich zu viel zumutet“, dachte sie, „ist es sein Problem und sollte er dadurch einen Herzinfarkt riskieren, dann doch hoffentlich, bevor er ganz pleite ist.“ Da war sie vollkommen pragmatisch.

Aus dem Ruder lief die Beziehung aber erst, als einer seiner Kumpels, der zugleich einer der Hauptsponsoren des FC war, Martin ansprach.

„Ich habe doch die beiden Jungs aus Brasilien vom FC bei mir beschäftigt. Ich hab‘ zwar mit denen einen Arbeitsvertrag, aber wenn die dann mal wirklich eine Kleinigkeit für uns erledigen sollen, verstehen die nur Fußball. Hatte erwartet, dass sie mal ‘nen Botengang machen oder die eine oder andere Fahrt übernehmen. Zumindest der, der einen Führerschein hat und dem ich auch noch einen alten BMW besorgt habe. Deine Frau ist doch Dolmetscherin, die könnte denen doch das mal verständlich vermitteln.“

Irgendetwas schien dann bei der Vermittlung zwischen Sender und Empfänger schief gegangen zu sein. Die brasilianischen Halbprofis verstanden weiterhin nur Fußball und Martin musste sich plötzlich mit immer mehr rein brasilianischen Nächten abfinden.

Gabriela versuchte erst gar nicht die trauernde Witwe zu geben, als Pit ihr vom Ableben ihres Gatten berichtete.

„Wir haben uns bereits vor ein paar Monaten getrennt und ich habe mir eine neue Wohnung besorgt. Martin hat versprochen, die Miete zu zahlen, aber der Vermieter zickt schon ein paar Wochen damit rum, dass die beiden letzten Mietzahlungen immer noch fehlen.“

„Rumzicken“, mit leichtem portugiesischem Akzent, klang irgendwie süß aus ihrem Mund und Pit musste sich darauf konzentrieren, um seine Blicke stärker auf ihre Augen zu richten.

„Martin wollte die Scheidung und sein Anwalt hatte mir auch schon geschrieben. Aber das Angebot, das er mir gemacht hat, war mehr als lächerlich. So konnte ich mich wirklich nicht abspeisen lassen. Und das habe ich ihm auch deutlich gesagt."

Trotz des treuherzigen Augenaufschlags, den Gabriela ihm zukommen ließ, konnte Pit nicht verhindern, dass das Wort „Motiv" in roter Schrift in seinem Hinterkopf aufleuchtete.

11

Die Leiche lag immer noch in der Blutlache. Um sie herum tanzten Gestalten in weißen Anzügen mit Kapuzen und blauen Überschuhen und sangen ein seltsames Lied, das nicht zu verstehen war. Er glaubte Spusi und die Bommer zu erkennen. Jetzt kamen sie mit ihren Wiegeschritten auf Lothar zu. Spusi versuchte im Gehen etwas zu essen in den Mund zu schieben und die Bommer wedelte mit einer halbvollen Bierflasche vor seinen Augen herum. Er spürte den Geschmack von Zwiebeln, Knoblauch und schalem Bier.

Dann wachte er auf. Die Leiche und die tanzenden Gestalten waren verschwunden, der scheußliche Geschmack im Mund nicht. Der Versuch, sich räumlich und zeitlich zu orientieren klappte nicht auf Anhieb. Nur langsam öffnete er die Augen und sah die hässliche Wohnzimmerlampe an der Decke, die er schon lange gegen etwas Zeitgemäßeres austauschen wollte. Ach ja, er wollte ja eigentlich nur ein kleines Nickerchen machen und vor der um sechzehn Uhr angesetzten Besprechung noch die Sparkasse aufsuchen.

Lothars Blick fiel auf die Digitaluhr auf seinem Wohnzimmerschrank und er musste konstatieren, dass aus seinem „Nickerchen“ ein ziemlich ausgedehnter Mittagsschlaf geworden war. Er wusste, dass das sogenannte Power Napping ihn wieder fit für den Rest des Tages gemacht hätte, aber der Tiefschlaf, in den er offensichtlich gefallen war, ihn nur müder gemacht hatte. In einer halben Stunde fing die Besprechung auf der Dienststelle an und er fühlte sich wie gerädert. Hilft ja alles nichts, aber unter die Dusche muss ich noch auf jeden Fall und Zähneputzen sollte ich auch noch, nahm er sich vor.

Nach zehn Minuten war er einigermaßen wieder hergestellt und er hatte es sogar geschafft, die Tennissocken gegen passendere Strümpfe auszutauschen. Nachdem er in die Sportschuhe geschlüpft war, waren die beigen Socken allerdings schon wieder nicht mehr passend. Aber er war spät dran. Was soll‘s, fällt ja keinem auf. Wenn auch der schale Geschmack im Mund noch nicht ganz verflogen war, so konnte er sich doch wenigstens halbwegs wieder in der Öffentlichkeit sehen lassen. Sein kurz geschnittenes Haar „kämmte“ er schnell, wie üblich mit dem noch feuchten Handtuch, und Punkt vier parkte er den Dienstwagen, einen VW Golf, vor dem Polizeigebäude.

Im Besprechungszimmer warteten bereits Spusi, Pit und die neue Polizeianwärterin, die heute Morgen auch bei der Tatortbegehung dabei war.

„Staatsanwalt Zimmer ist noch in Urlaub und seine Vertreterin, die junge Staatsanwältin, Kirchberg heißt sie glaub ich, hat noch einen Gerichtstermin und wird wohl heute nicht mehr kommen.“ Pit hatte schon wieder Informationen, bei denen Lothar sich fragte, wo er diese immer so schnell herhatte. Darauf schon öfters von Lothar angesprochen, pflegte er lapidar zu sagen: „Wer nichts fragt, kriegt auch keine Antworten.“

„Also fangen wir an. Was haben wir bis jetzt?“

Lothar blickte Spusi an, der das richtigerweise als Aufforderung ansah. Er legte zunächst noch einmal den bisher bekannten Sachverhalt dar und ergänzte:

„Mit der Spurensicherung sind wir noch nicht weit gekommen. Bisher haben wir die Fingerabdrücke von dem Opfer und der Putzfrau identifizieren können. Ein paar andere haben wir gefunden und mit unserer Datei abgeglichen, bisher aber ohne Ergebnis. Ferner ein paar DNA-Spuren, aber da gibt es so schnell noch keine Ergebnisse. Ach so, Frau Dr. Bommer hat sich gemeldet und lässt dir ausrichten, dass es mit der Obduktion vielleicht doch noch bis übermorgen dauern könnte.“

„Gut, ich denke die Todesursache ist einigermaßen klar, und dürfte zunächst keinen Einfluss auf unsere Arbeit haben. Wie war dein Besuch bei der trauernden Witwe, Pit.“

„Na, von großer Trauer kann keine Rede sein. Die ist eine ganz heiße Nummer.“ Sein Blick fiel auf die junge Polizeianwärterin, Pauline Hess hieß sie, der Name war Lothar gerade wieder eingefallen, und er errötete leicht. „Ich wollte sagen, eine außerordentlich attraktive Frau. Die hat sich schon vorher getröstet und vögelt jetzt, äh … ich wollte sagen, beherbergt jetzt den brasilianischen Fußballstar vom FC in der Wohnung, für die ihr Alter, also unser Opfer, immer noch die Miete zahlen soll.“

Das ist ein Kreuz mit den vielen neuen Frauen bei der Polizei, man muss viel mehr als früher, als die harten Jungs noch weitgehend unter sich waren, auf seine Ausdrucksweise achten. Pit, der eigentlich gar nicht schüchtern war, hatte leicht rote Ohren bekommen.

Pauline Hess musste lachen.

„Du brauchst dir keinen abzubrechen, Pit. Ich bin mit zwei älteren Brüdern groß geworden und weiß, wie ihr Machos tickt. Da müssen wir wohl doch noch ein paar Jahre Aufbauarbeit leisten, bis sich eure Sprache der neuen Zeit angepasst hat."

Lothar und Spusi grinsten sich an. Die junge Kollegin war nicht auf dem Mund gefallen und hatte Pit in Verlegenheit gebracht, ohne die belehrende Feministin heraushängen zu lassen. Pit nahm den Faden wieder auf und versuchte ein Lächeln, das etwas schief geriet.

„Wilde wollte sich scheiden lassen, aber Gabriela fand den Status quo eigentlich ganz angenehm. Allerdings hat ihr lieber Gatte wohl in den letzten beiden Monaten vergessen, die Miete zu zahlen. Hast du schon etwas bei der Bank erfahren, Lothar?"

„Das habe ich nicht nur im übertragenen Sinn verpennt", dachte Lothar, sagte aber:

„Am Telefon habe ich, wie zu erwarten war, keine Auskunft bekommen und zum Besuch bin ich noch nicht gekommen. Das mach ich morgen früh."

„Egal, aber als Motiv könnte die Scheidung schon in Frage kommen."

„Da bleiben wir dran, wissen wir schon etwas über die Tatwaffe?"

„Der Verletzung nach zu urteilen, dürfte es ein Schlag mit einem scharfkantigen Gegenstand gewesen sein. Wir haben allerdings nichts Entsprechendes im Haus gefunden. Der Täter muss das Teil mitgenommen haben. Auf jeden Fall dürften Blutspuren darauf sein." Spusi hatte diese Information beigesteuert.

„Mein Besuch bei der Firma war hoch interessant, auch wenn ich noch kein vollständiges Bild von Wilde habe. Die Geschäfte scheinen nicht mehr allzu gut zu gehen, zumindest hat man Liquiditätsprobleme. Was das Private betrifft, war der gute Mann auch kein Kind von Traurigkeit. Nicht nur die jetzige Witwe scheint es mit der ehelichen Treue nicht immer so ganz ernst genommen zu haben. Und so richtig beliebt scheint er bei Teilen der Belegschaft auch nicht gewesen zu sein. Wir haben also verschiedenen Ansatzpunkte. – Ach so, da war wohl vor ein paar Wochen noch etwas mit einem Überfall. Dazu müsste es auch etwas in unseren Unterlagen geben, zudem Presseberichte und so weiter. Spusi, kannst du Kalli morgen früh darauf ansetzen? Und du Pit, versuchst weiter im privaten Bereich zu recherchieren."

Klar, das war eine kleine Retourkutsche für die dummen Sprüche von heute Morgen. Lothar wusste, dass Kalli das Aktenstudium hasste. Wenn ein Zusammenhang mit dem Mord ersichtlich werden sollte, könnte er sich selbst noch früh genug darum kümmern.

„Morgen früh bin ich um halb neun bei der Sparkasse und versuche dort was zum finanziellen Background zu erfahren. Anschließend gegen zehn besuche ich nochmals die Firma. Pauline, Sie werden mich bitte begleiten, wir können uns dort treffen. Die Adresse haben Sie?"

„Aber klar doch, Chef."

Pauline Hess konnte die Freude darüber, dass sie jetzt richtig in die Ermittlungen eingebunden wurde, kaum verbergen. Sie versuchte zwar, sich nichts anmerken zu lassen, aber Lothar hatte doch ein etwas anderes Lächeln wahrgenommen, zumindest anders als das Grinsen, als sie kurz zuvor auf seine Socken geblickt hatte.

Gewöhnlich duzten sie sich im Team, aber Lothar tat sich in letzter Zeit etwas schwer, insbesondere den jungen Kolleginnen, die noch nicht einmal halb so alt waren wie er selbst, sofort das Du anzubieten. Zumal er festgestellt hatte, dass es einigen unter ihnen peinlich war, wenn sie den „alten" Hauptkommissar ebenfalls duzen sollten und einige das sogar als plumpe Vertraulichkeit empfanden. Meist ergab sich das ohnehin einfach später, wenn man eng zusammenarbeitete.

„Wir machen dann Schluss für heute, wäre ja eh Feierabend, und sehen uns morgen, gleiche Zeit, gleicher Ort."

Was für ein Spruch. Feierabend, als ob sich der Feierabend der Kripo nach einer Uhrzeit richten würde.

Bier in der Kneipe oder Rotwein und Fernsehen zu Hause auf dem Sofa? Achtzehn Uhr und noch hell draußen, eindeutig zu früh für die Couch, entschied Lothar. Das „Bistro“, seine Stammkneipe um die Ecke, hatte seit zwei Stunden auf und wartete sicher schon auf ihn. Ende April hatte Petra die Bistrotische und Stühle, die mitverantwortlich für den Namen der Kneipe waren, schon vor der Tür aufgestellt.

Trotz der angenehmen achtzehn Grad, die das digitale Außenthermometer auf dem Dach der Sparkasse abwechselnd mit der Uhrzeit anzeigte, beschloss Lothar doch den Platz an der Theke vorzuziehen, der ihm öfters einen Blick in Petras großzügigen Ausschnitt erlaubte, der ihren üppigen Busen vorteilhaft zur Geltung brachte. Sie flirtete gelegentlich mit ihm, was sie allerdings mit allen männlichen Gästen tat. Da sie als Chefin immer den Laden als Letzte abschloss, war er zu diesem Zeitpunkt meist zu müde oder zu besoffen gewesen.

Das Letztere in den vergangenen Monaten nicht mehr, nachdem ihn Rudi, ein stadtbekannter Kleinkrimineller, den er schon zweimal in den Knast gebracht hatte, dumm angepöbelt hatte. War wohl besser, wenn man nicht zu betrunken ist, wenn man auf seine Kundschaft trifft. Obwohl es damals noch einigermaßen gutgegangen war. Zunächst hatte Rudi ihn, soweit er sich noch erinnern konnte, als „Scheißbullen“ tituliert, ein Wort gab das andere und so kamen sie sich langsam näher. Allerdings nicht so wie man sich denken könnte – körperlich, sondern eher menschlich. Nachdem sie sich gegenseitig einen ausgegeben hatten, einigten sie sich schließlich darauf, dass sich Rudi das nächste Mal besser von einem anderen „Scheißbullen“ erwischen lassen sollte. Es leuchtete Lothar am nächsten Tag aber ein, dass eine solche Verbrüderung nicht unbedingt zum Berufsethos gehörte.

„Hallo, Loddar." Er war gerade dabei, das dritte Pils anzutrinken, als sein alter Klassenkamerad Volker sich neben ihn auf den Barhocker schwang.

„Auch das noch", dachte Lothar. Was Volker im Moment machte, wusste er nicht so genau. Nach einem abgebrochenen Studium, Soziologie oder sowas, hatte er alles Mögliche angefangen: Versicherung, Steinhandel, eine Kneipe, die nach zwei Jahren pleite war. Wie immer klopfte er ihm fester als nötig auf die Schulter.

„Na, du alter Säufer, wie geht's."

„Deine Ansprache ist wie immer unter aller Sau. Du untergräbst meine Autorität als öffentliche Ordnungsmacht total."

Lothar versuchte es ironisch klingen zu lassen, meinte es aber eigentlich ernst. Vielleicht wäre Rotwein auf der Couch, also er auf der Couch und der Rotwein in ihm, doch die bessere Alternative gewesen. Andererseits war die Plaudertasche Volker manchmal auch eine ergiebige Informationsquelle.

Woher er seine Erkenntnisse hatte, war selten nachvollziehbar. Allerdings schien er viel Zeit zu haben. Morgens sah man ihn in den Cafés verschiedener Bäckereien, nachmittags ab Ende Februar, wenn sie wieder geöffnet hatten, vor einer der Eisdielen und abends in einer Kneipe, immer in Gesellschaft von gleichgesinnten Müßiggängern oder Rentnern. Meist musste Lothar aber das Sammelsurium von Gerüchten, Tratsch und Halbwahrheiten erst sortieren, dann die Hälfte wegschmeißen und versuchen, sich aus dem Rest ein halbwegs realistisches Bild zu machen.

Insbesondere wenn er selbst aus beruflichen Gründen besser und detaillierter informiert war, staunte er immer wieder, welche Geschichten so in Umlauf waren. Dann musste er aufpassen, insbesondere nach dem fünften Bier, was er selbst herauslassen durfte, oder was er aus ermittlungstaktischen Gründen, oder gar als Dienstgeheimnis, besser für sich behalten sollte. Das fiel ihm leichter, je absurder die Erzählungen wurden, musste dafür aber seine Lachmuskeln im Griff behalten.

„Trinkst du einen mit? Petra mach noch ein Bier." Lothar kannte die Trinkgewohnheiten seines alten Klassenkameraden und musste nicht seine Antwort abwarten. Außerdem war der chronisch klamm und nahm gern eine solche Einladung an. Oder erwartete sie sogar, wie sich Lothar sicher war. Außerdem würde er freiwillig so schnell nicht wieder abziehen. Dafür schaute er ihn zu erwartungsvoll an.

„Haste schon gehört, die haben den Wilde abgemurkst."

Aha, es geht schon los. Der Mord war also schon Stadtgespräch. Vielleicht war die Kneipe doch kein Fehler, auch wenn ich das nicht als Überstunden abrechnen kann. Lothar nahm, im Gegensatz zu den beiden vorherigen, nur noch einen kleinen Schluck aus seinem Bierglas.

„Ein Blutbad, die ganze Wohnung soll voller Blut sein. Der Schuss soll ihm den halben Schädel weggefetzt haben. Wisst ihr schon wer's war?"

„Wir sind dran."

Pokerface Lothar Schmied fang jetzt bloß nicht an zu lachen.

Volker ging erst gar nicht auf seine Bemerkung ein und geriet langsam in Fahrt. War sicher nicht die erste Kneipe für heute Abend.

„Der war ja schon seit Jahren pleite. Der Alte würde sich im Grab rumdrehen. Der hielt den Laden noch zusammen. Was hat der immer mit den Weibern rumgemacht. Auch mit denen von seinen Schmuckfritze-Spezis. Die gehen doch fast alle auf die Jagd. Also ich könnte mir schon den einen oder anderen vorstellen, der ihm da eine Schrotladung verpasst hat. Und seine Frau soll jetzt mit so 'nem Brasilianer vom FC rum machen. Der soll aus den Papelas von Rio kommen. Da soll ja der Colt besonders locker sitzen."

„Bisschen viel ‚soll', meinst du nicht auch? Außerdem heißt das Favelas. An wen von seinen Kollegen denkst du da, dem oder denen er die Hörner aufgesetzt haben könnte? Petra, mach ihm noch ein Bier."

Während sein Bier noch halb voll war, war Volkers längst leer. Der war plötzlich etwas schweigsam geworden. Allgemeines „Geratsche", wie man hier zu sagen pflegte, war das eine. Einen konkreten Namen zu nennen oder gar jemand direkt zu beschuldigen, war das andere. Volker kratze sich über dem rechten Ohr am Kopf und druckste herum.

„Na ja, da kommen viele in Frage."

„Einer würde mir zunächst reichen."

Es machte ihm Spaß, diesen Schwätzer ein wenig zappeln zu lassen und nahm sich vor, in dieser Wunde noch etwas herumzurühren. Ändern würde er den allerdings sicher nicht mehr.

„Also ich weiß nicht. Wenn du mich jetzt so direkt fragst …" Er nahm einen großen Schluck aus dem Bierglas, das Petra inzwischen vor ihm auf die Theke gestellt hatte und sich dabei für Lothars Seelenfrieden mal wieder einen Tick weiter als unbedingt nötig nach vorn gebeugt hatte.

Schnell wandte er seinen Blick wieder dem Gegenüber auf dem Barhocker zu. Auch der hatte sein Blick jetzt wieder ins Bierglas gerichtet, hob ihn aber an und sie grinsten sich wie zwei pubertierende Jünglinge an. Das hört wohl niemals auf, ging es Lothar durch den Kopf. Namen würde Volker sicher keine mehr nennen und schon gar nicht an der Theke einer Kneipe, wo es viele neugierige Ohren gab.

„Und was ist mit der Pleite?"

Viel erhoffte sich Lothar auch nicht mehr von dieser Frage.

„Man hört so einiges, nichts Genaues weiß man nicht. Soll ein paar Außenstände bei Kollegen haben und ein Wechsel soll geplatzt sein. Aber so richtig pleite kann er eigentlich nicht gewesen sein. Hat jedenfalls immer mit Bargeld um sich geschmissen und so manche Runde ausgegeben. Hat auf jeden Fall keinen Deckel im Vereinsheim vom FC gemacht."

Auch hier blieb Volker eher schwammig und unkonkret. Mehr werde ich hier nicht mehr erfahren und als Spesen kann ich das auch nicht absetzen. Muss ich halt bis morgen warten.

„Mach ihm noch ein Bier, Petra. Ich muss jetzt los."

Er trank den letzten abgestandenen Schluck und legte einen Zwanziger auf die Theke. „Passt so."

„Mit dir ist auch nichts mehr los", maulte Volker, als sein Klassenkamerad vom Hocker rutschte und sich mit einem letzten wehmütigen Blick auf Petras Ausschnitt verabschiedete.

Jetzt hatte es auch noch angefangen zu regnen, wochenlang diese Trockenheit und ausgerechnet, wenn er zu Fuß von der Kneipe heimging, musste es schütten. War heute wirklich nicht sein Tag. Lothar versuchte so gut es ging den Pfützen auf dem unebenen Gehsteig auszuweichen, was ihm nicht immer gelang. Als er unter dem Vordach zu seinem Hauseingang stand, hörte der Regen auf. Seufzend schloss er die Wohnungstür auf und zog im Flur die nassen Schuhe aus. Die ausgelatschten Nikes waren für dieses Wetter wahrlich nicht das richtige Schuhwerk.

Auf der Anrichte in der Küche stand noch die angebrochene Flasche Rotwein. Lothar mochte das Dornfeldergesöff, das an der Nahe angebaut wurde, nicht. Der örtliche Supermarkt war mit Franzosen ganz gut bestückt und er bevorzugte einen Merlot aus dem Südwesten Frankreichs. Von seiner Hausmarke hatte er immer einen ausreichenden Vorrat daheim. Es war nicht der allerbilligste ganz unten aus dem Regal, aber mehr als sechs Euro wollte er für seinen Trinkwein, wie er ihn nannte, auch nicht ausgeben.

Rotwein darf nicht prickeln, er muss wie tot im Glas liegen und man muss auch mal einen größeren Schluck machen können, war seine Devise. Auf die Wirkung kommt es schließlich an. Und er sollte natürlich nicht diesen modrigen Barrique-Geschmack haben, auf dem manche Leute so standen. Erst recht nicht, seitdem er gehört hatte, dass er mit Holzspänen im Fass künstlich erzeugt wurde. „Hab' ich doch schon immer gewusst", war sein Kommentar zu diesem Thema.

Mit dem Rest in der Flasche konnte er ein Wasserglas – wenn er allein zu Hause trank, verzichtete er auf richtige Weingläser – bis kurz unter den Rand füllen. Im Stehen nahm er den ersten Schluck und verzog das Gesicht. Die Flasche hatte er vor drei Tagen angebrochen und das warme Wetter der letzten Tage war dem Wein nicht allzu gut bekommen. Zudem ging er zusammen mit dem Biergeschmack im Mund eine eher unheilvolle Allianz ein. Der Rest des Glases landete im Spülbecken.

Dann doch lieber noch einen Obstler als Absacker, ist wahrscheinlich auch gut gegen nasse Füße, eine Erkältung wollte er sich schließlich nicht einfangen. Damit konnte er aber diesmal warten, bis er den Fernseher eingeschaltet hatte. Auf das „Heute-Journal" verzichtete er zugunsten der Landesschau. Vielleicht brachten sie etwas über seinen Fall. Sie brachten nichts. Er wusste nicht, ob er darüber enttäuscht oder erleichtert sein sollte und entschied, dass es ihm egal war.

12

Es war halb zwölf. Ende März hatte die Touristensaison noch nicht begonnen und es war noch ruhig in der Seitenstraße. Lorenzo, der Koch, bereitete gerade den Teig für den Flammkuchen vor, der Spezialität der Region. Das ohnehin einzige Gericht, wenn auch in verschiedenen Variationen, die das kleine urige Restaurant in der Seitenstraße von Colmar zu bieten hatte. Tommaso, der Patron, der auch die Gäste bediente, saß an einem Tisch in der Ecke, rauchte eine Zigarette, was eigentlich in der Küche verboten war, aber hier war nicht der Koch der Boss, sondern der Kellner, und hörte Gianna Nannini zu, die gerade auf dem italienischen Sender „Bello e impossibile“ zum Besten gab.

Ursprünglich hatte Tommaso in Deutschland eine Pizzeria betrieben. Als es in Deutschland irgendwann in jedem mittleren Kaff bald drei Pizzerien gab und ihm die Konkurrenz zu groß wurde, siedelte er ins benachbarte Elsass um. In Colmar gab es viele Touristen und seines Wissens keine Pizzeria. Das müsste doch gehen, dachte er, bevor er damit vom Regen in die Traufe kam, wie seine ehemaligen deutschen Mitbürger zu sagen pflegten. Denn bald musste er feststellen, dass das mit den Pizzen hier auch nicht sehr gut lief. Die Deutschen, die zu Hause ganz verrückt nach diesem italienischen Armeleuteessen waren, wollten in Colmar nur Flammkuchen. Zum Glück hatte er noch seinen Onkel Matteo aus Ligurien, der ihm zunächst das Startkapital vorgeschossen hatte und ihn auch in der Anfangszeit finanziell unterstütze. Was soll‘s, ob ich auf meinen Pizzateig nun Eselswurst oder Zwiebeln lege, ist ja schließlich egal. Das kann man zum gleichen Preis verkaufen und die Hälfte des Teigs einsparen.

Er firmierte jetzt nicht mehr als Pizzeria, sondern als Restaurant und da es verschiedene Variationen der Spezialität gab, verkaufte er einfach seine Pizzen mit dünnerem Teig als „Elsässer Flammkuchen Spezial“. Die neidischen Kollegen schickten ihm alsbald die Ordnungsbehörden auf den Hals und statt „Original Elsässer Flammkuchen“ gab seitdem „Flammkuchen nach Elsässer Art“ bei ihm. Achtundneunzig Prozent der Touristen war es egal und Einheimische gingen ohnehin in ihre angestammten Restaurants. Dass er seine „Schweineschnitzel Wiener Art“ als „Wiener Schnitzel“ anbot, schien im Elsass allerdings niemand zu stören.

Es lief nicht schlecht, aber irgendwann wollte Onkel Matteo auch wieder etwas von seinem Geld sehen und dummerweise hatte er das mit den Zinsen im Kleingedruckten seinerzeit wohl überlesen. Aber unter Verwandten hilft man sich halt und über die Zinsen ließ der Onkel ja auch mit sich reden. „Kein Problem, mein lieber Neffe, das kriegen wir schon geregelt“, pflegte er zu sagen.

Einen kleinen Gefallen sollte er ihm halt ab und zu tun. Das Mehl und die Zwiebeln kaufte Tommaso künftig bei einer der Firmen von Onkel Matteo in Italien zu einem Freundschaftspreis ein, lediglich mit einem kleinen Aufschlag von etwa hundert Prozent gegenüber einem Einkauf im Supermarkt im benachbarten Freiburg, aber dafür 1 A-Bioware aus Italien – wenn man den Etiketten vertrauen wollte. Diese Mehrkosten wurden ausgeglichen durch Barzuwendungen, die der Onkel ihm in regelmäßigen Abständen mit der Warenlieferung zukommen ließ.

Am Anfang waren es nur Euro, später auch Dollar und Yen, in letzter Zeit sogar Renminbi mit dem Porträt von Mao. Schließlich kamen nach den Amis und den Japanern immer mehr Chinesen nach „Good old Europe“ und die Altstadtkulisse von Colmar stand für viele Touristikunternehmen auf der Tagesordnung. Tommaso überlegte sogar schon, ob er geröstete Ameisen als Variante auf seinem Flammkuchen anbieten sollte. Klar könnte er die auch liefern, hatte Matteo ihn wissen lassen. Dass die Chinesen meist Euro in Geldrollen mit sich führten und das Kreditkartenunwesen um sich griff, machten sowohl Tommaso als auch seinem Onkel in der schönen Lombardei langsam Sorgen. Wie sollten sie gegebenenfalls das häufige Vorkommen der chinesischen Währung erklären, die Onkel Matteo ihm zum Einzahlen überlassen hatte?

„Aber das kriegen wir schon geregelt", meinte Matteo. „Du kannst mir ab und zu einen anderen Gefallen tun."

Und so wartete Tommaso an diesem kalten Vorfrühlingstag auf eine Lieferung, dieses Mal jedoch keine Ware und Geld.

„Du kannst zwei oder drei Koffer für mich sicher aufbewahren", hatte Matteo ihn wissen lassen.

„Nur für ein paar Tage. Nächste Woche kommt sie jemand abholen. Du solltest aber besser nicht reingucken und sie dir nicht klauen lassen. Es sind aber keine Leichenteile drin, keine Angst. Das gibt's nur im Kino", lachte der Bote, der das letzte Mal zehntausend Dollar in verschiedenen Noten-Stückelungen vorbeigebracht und ihn entsprechend instruiert hatte. Geldwäsche ist das eine, aber Tommaso befürchtete, immer weiter in die zwielichtigen Machenschaften des Paten, wie er ihn mittlerweile nannte, hineingezogen zu werden.

„Ich muss mal mit ihm reden, irgendwie muss ich hier wieder herauskommen", dachte er gerade, als es an der Hintertür der Küche dreimal kurz klopfte. Im Hof stand ein silberfarbiger Renault Mégane mit laufendem Motor. Den Fahrer konnte er durch die getönten Scheiben nicht erkennen und auch der Typ, der vor ihm stand, hatte den Kragen der Jack Wolfskin Jacke hoch- und die Strickmütze bis zu den Augen heruntergezogen.

„Die bestellte Lieferung", sagte er nur und stellte die drei größeren Koffer, die er in der Hand hatte und die zwei kleineren, die er sich unter die Arme geklemmt hatte vor Tommaso ab.

„Brauchst du eine Quittung?"

„Ich glaub ich bin doof", dachte er, kaum dass er es ausgesprochen hatte.

„Ich glaub, du spinnst", bestätigte ihm der Gegenüber seine Vermutung und hatte ihm schon den Rücken gekehrt. Betont unauffällig stieg er in den Mégane und ebenso unauffällig langsam rollte dieser vom Hof. So unauffällig, dass es schon beinahe wieder auffällig war.

„Ganz schön kalt in Basel für die Jahreszeit", sagte der gut gekleidete junge Mann, den Tommaso auf Mitte zwanzig schätzte, fünf Tage später, als er die Rechnung für den Flammkuchen Elsässer Art bezahlte. Er hatte ihn nur halb aufgegessen.

„Ich habe in der Küche noch einen Grappa zum Aufwärmen, normalerweise nicht für meine Gäste, aber ich kann ja mal eine Ausnahme machen. Kommen Sie einfach mit."

Zehn Minuten später verließ der Mann mit fünf Koffern, zwei unterm Arm, drei in den Händen, die Küche durch den Hintereingang. Der BMW, der nahe an der Tür auf ihn wartete, wurde von einer jungen Frau gesteuert, blond, Sonnenbrille und Kopftuch. Die Koffer kamen in den Kofferraum und an dem dunklen Anzug des Mannes zeichneten sich weiße Mehlspuren ab, die er ärgerlich abklopfte, bevor er sich auf den Beifahrersitz setzte und das Auto davonfuhr.

Tommaso bekam davon nichts mehr mit. Nachdem er die Koffer hinter den Mehlsäcken hervorgezogen, nur notdürftig abgewischt und ausgehändigt hatte, ließ er sich auf den Stuhl am Tisch in der Ecke fallen, zündete sich eine Zigarette an und trank den Grappa, den der nette junge Mann verschmäht hatte. Er machte ein Kreuzzeichen, denn eigentlich war er fromm. Dann schenkte sich gleich noch einen ein. Warum muss ich gerade an die drei Affen denken, kam ihm in den Sinn. Er wusste, dass er weder etwas gesehen noch gehört haben durfte und über alles, was er nicht gesehen und gehört hatte, Stillschweigen bewahren musste.

13

„Was kann ich für Sie tun?“

Die nette junge Frau mit den asiatischen Gesichtszügen lächelte ihn freundlich an. „Wahrscheinlich Vietnamesin der zweiten Generation“, dachte Lothar. Er stand am Tresen in der noch leeren Schalterhalle der Sparkasse. Anfang der achtziger Jahre hatten viele sogenannte „Boatpeople“ aus dem damals wiedervereinten kommunistischen Vietnam die Flucht über das chinesische Meer gesucht. Einige davon waren auch hier in der Stadt untergekommen. Tüchtige Leute, die sich schnell integriert hatten. Einige hatten asiatische Restaurants eröffnet, andere hatten sich Jobs gesucht und insbesondere die Jüngeren hatten sich bemüht, schnell die Sprache zu erlernen.

In der Edelsteinstadt, in der durch die Schmuckbranche Menschen aus allen Kontinenten vertreten waren, fielen sie nicht besonders auf. Viele hatte es später in größere Städte gezogen, aber einige waren hier heimisch geworden.

Lothar zückte seinen Dienstausweis und hielt ihn Frau Hang Chau Dhoung, so stand es auf ihrem Namensschild, hin. Er hatte mal irgendwann gehört, dass der erste Name der Familienname sei und der letzte der Vorname, wobei man die Person aber mit dem Vornamen ansprechen würde oder umgekehrt. Sicher war er sich nicht und es erschien ihm reichlich kompliziert. Er entschied sich, wenn möglich eine Anrede mit dem Namen zu vermeiden.

„Ich benötige eine Auskunft über einen Kunden. An wen kann ich mich da wenden?“

„Sie wissen aber schon, dass wir Ihnen keine Auskunft geben dürfen? Bankgeheimnis und so.“

Lothar versuchte einen Seufzer zu unterdrücken. Überall wo er mit seiner Polizeimarke wedelte, zuckten die Leute zusammen und nur ganz Hartgesottene schalteten auf stur. Aber bei den Banken biss er schon bei den kleinsten Angestellten auf Granit. Den Umgang mit dem sogenannten Bankgeheimnis, das es rechtlich eigentlich so nicht gab, wurde scheinbar jedem Mitarbeiter bereits bei Beginn seiner Tätigkeit eingeimpft und von allen dann wie eine Monstranz vor sich hergetragen.

„Ja, ich weiß. Ich würde trotzdem gerne den zuständigen Kundenbetreuer von Herrn Martin Wilde sprechen."

Frau Hang oder Dhoung tippte den Namen in ihren PC ein.

„Da haben wir gleich drei. Haben Sie das Geburtsdatum?"

„Hab' ich, ist mir aber im Moment entfallen. 1963 geboren, glaub ich. Hilft Ihnen die Adresse weiter."

„Aber sicher doch", das freundliche Lächeln war geblieben.

Schmied nannte die Anschrift und nach ein paar Anschlägen auf der Tastatur erfuhr er, dass Wilde vom Filialleiter persönlich betreut wurde.

„Herr Dahlmeier ist bereits da. Ich kann Sie gerne anmelden."

„Ich bitte darum", sagte Lothar Schmied und setzte ebenfalls sein freundlichstes Lächeln auf.

Jürgen Dahlmeier, der Filialleiter, war Mitte fünfzig und, wie sogar Lothar bemerkte, eigentlich zu schlampig für seine Position gekleidet. Das zerknitterte Jackett hatte er hinter sich auf der Stuhllehne hängen und die Krawatte nur nachlässig gebunden. Man konnte unter dem offenstehenden Hemdkragen den obersten Hemdenknopf erkennen. Das machte ihn Lothar, der den Mann vom Sehen kannte, gleich etwas sympathischer.

Er selbst war heute Morgen mit trockenen Socken in die nassen Sneakers vom Vorabend geschlüpft und musste beides wechseln. Als er mit grauen Socken in den gelben Puma-Schuhen vorm Spiegel stand, hatte er sich zum Glück gerade noch an die Blicke der Kolleginnen vom Vortag erinnert und entgegen seiner sonstigen Gepflogenheit dann doch lieber um gestylt und ein paar schwarze Lederschuhe angezogen.

Mit der Sympathie war es aber schnell vorbei, als Dahlmeier sein zu erwartendes Sprüchlein aufsagen wollte.

„Sie wissen schon, dass …“ Lothar seufzte diesmal vernehmlicher.

„Ja, ja ich weiß. Euer Bankgeheimnis. Aber ich ermittle in einem Mordfall. Und Sie wissen, dass ich bei sowas ganz schnell ein Auskunftsersuchen bekomme. Vielleicht können wir zunächst mal ganz allgemein und unverbindlich plaudern. Details können Sie mir ja immer noch nachliefern.“ Jetzt war es an Dahlmeier zu seufzen.

„Also gut, versuchen wir mal, ob ich Ihnen helfen kann.“

„Sie haben sicher schon von dem gestrigen Mord gehört?“

„Ja, habe ich. Facebook ist da ja schneller als die Tageszeitung. Dort gibt es schon die wildesten Spekulationen. Was ist denn da dran?“

Jetzt war es an Lothar sich bedeckt zu halten.

„Weiß nicht, was so im Netz kursiert. Zumindest stimmt, dass er tot ist. Hatte Martin Wilde finanzielle Probleme?“

„Sagen wir es mal so. Die Firma hat schon bessere Zeiten erlebt. Unter dem Alten ging es ihr sogar richtig gut, ich glaube so an die zwanzig Mitarbeiter und höchstens mal ein Investitionsdarlehen für eine Baumaßnahme oder eine größere Maschinenanschaffung. Und immer mit kurzfristiger Rückzahlung. Nach dem Tod des Seniorchefs ging es dann langsam aber stetig bergab. Und Martin war leider relativ beratungsresistent und konnte trotz seiner kaufmännischen Ausbildung die Realität von Bilanzdaten gut ausblenden.“

„Sie haben sich geduzt?“

„Martin war ein Schulkamerad. Hat ein Jahr vor mir Abitur gemacht. Und, soweit ich weiß, nicht gerade mit Bravour. Wir kennen uns also schon recht lange. Natürlich auch aus der Schülerstammkneipe neben der Schule. Martin hatte damals immer Geld und gab auch gerne mal einen aus.“

„Es soll Probleme mit dem Beitrag für die Versicherung gegeben haben?“

„Ach ja, Sie meinen sicher diese Valoren-Versicherung für den Schmucktransport. Wenn ich sagen würde ‚ein bedauerlicher Irrtum‘, würde es den Sachverhalt nicht ganz richtig treffen. Lassen Sie mich einfach allgemein das System erklären und die Schlussfolgerungen überlasse ich Ihnen. Ob früher alles besser war, weiß ich nicht. In mancher Hinsicht auf jeden Fall einfacher und man hatte als Mitarbeiter in verantwortungsvoller Position mehr Spielraum. Bei Privat- und auch Gewerbekunden setzen wir ein automatisiertes Scoring-Modell ein. Es gibt eine Bewertungsscala und dieser liegen sogenannte harte Faktoren zugrunde, die durch Logarithmen bestimmt werden und die man im Einzelnen als Mitarbeiter nicht nachvollziehen kann. Vereinfacht ausgedrückt wirkt es sich zum Beispiel aus, ob Sie Ihre Kreditlinie immer ausgereizt oder gar überschritten haben. Gab es Rücklastschriften oder sind Schecks und Wechsel geplatzt? Liegen aktuelle Geschäftsdaten vor et cetera? Weiche Faktoren wie persönliche Einschätzung spielen kaum eine Rolle und sind auch nur bedingt manipulierbar.

Ab einem bestimmten Score-Wert erfolgt die Disposition der Kontokorrentkonten automatisiert. Das heißt zum Beispiel, dass Lastschriften zurückgegeben werden, ohne dass der Sachbearbeiter eingreift. Er bekommt den Vorgang gar nicht mehr zu sehen. Damit werden Arbeitsabläufe vereinfacht und“, er lachte dabei, „man muss gegenüber dem Kunden nicht mehr groß argumentieren, man verweist einfach auf den ‚Computer‘. Das System kann aber nicht die eventuellen Folgen, die sich aus einem solchen Vorgang eventuell ergeben können, bewerten.“

„Ich habe es, glaube ich, im Prinzip verstanden und mit dem, was ich weiß, kann ich einiges nachvollziehen.“

„Dass die Überwachungsmaschinerie einmal so perfektioniert werden würde, hätte sich selbst George Orwell nicht träumen lassen, als er in der weitgehend analogen Mitte des 20. Jahrhunderts seinen berühmten Roman 1984 schrieb", dachte Lothar und versuchte sich seine persönliche Scoring-Note bei seiner Bank vorzustellen. Er war zwar bei den Genossen, also der örtlichen Volksbank. Aber die hatten bestimmt auch ein ähnliches System. Über die gelegentliche (Über-)Inanspruchnahme seines Dispositionskredites hatte er sich bisher keine großen Gedanken gemacht und bekam ein kleines bisschen ein schlechtes Gewissen. „Ich glaube, ich muss doch mal wieder öfter meinen Kontostand überprüfen", nahm er sich vor.

„Im privaten Bereich fließt, glaube ich, auch der Beamtenstatus und der regelmäßige Geldeingang in die Bewertung ein", ergänzte Dahlmeier seine Ausführungen.

„Als ob der Kerl Gedanken lesen kann", ging dem verbeamteten Hauptkommissar durch den Kopf, sagte aber mit einem gespielten Ton der Erleichterung, zumindest hoffte er, dass er tatsächlich gespielt rüberkam: „Da bin ich aber beruhigt. Ich habe aber noch ein paar Fragen."

„Bitte sehr, wenn ich sie beantworten kann, gerne."

„Die Prokuristin sagte mir, dass die Versicherung aber umgehend doch noch ihr Geld bekommen hätte. Wie passt das zusammen?"

„Lassen Sie mich bitte weiterhin im Allgemeinen bleiben."

Dahlmeier grübelte und überlegte wohl, wie er sich unverfänglich äußern konnte, ohne das ach so heilige Bankgeheimnis zu verletzen.

„Ich hatte gesagt, dass bei diesen automatischen Rückgaben nicht die Folgen bewertet werden, die sich daraus ergeben können. Wenn wir von einer Firma gebeten werden, den abgewiesenen Betrag trotz überzogenem Konto doch noch zu überweisen, muss man halt abwägen, ob man eine weitere Überziehung zulässt, oder der Kunde überweist Geld von einer anderen Bank, wenn dort noch Spielraum besteht, oder er bringt Bargeld, oder stellt ergänzende Sicherheiten. Es gibt verschiedene Möglichkeiten.

Ich persönlich würde dann überlegen, was es bedeutet, wenn ein Beitrag für eine Lebensversicherung nicht gezahlt wird und der Kunde tödlich verunglücken würde, oder wenn der Versicherungsschutz für eine Warenversicherung wegfällt und der Kunde wird beklaut, und ist dann total pleite, oder ob er durch die Kreditüberschreitung zwar ein bisschen mehr, aber noch nicht ganz pleite ist, wenn ich mich mal so etwas flapsig ausdrücken darf. Für etwas müssen wir ja noch gut sein, bevor wir in ein paar Jahren ganz durch Maschinen ersetzt werden."

Es klang ein klein wenig verbittert.

„Okay, auch das habe ich verstanden. Noch eine andere Sache. Sie hatten Schecks und Wechsel angesprochen. Ich kann mich zwar noch an diese Euroschecks erinnern, die vor dreißig Jahren mal modern waren und ich weiß auch ungefähr, was Wechsel sind. Wusste gar nicht, dass es die noch gibt. Sind das nicht reichlich antiquierte Zahlungsmittel? Ich dachte, die wären längst ausgestorben."

„Da haben Sie Recht. Früher gab es innerhalb unserer Buchhaltung noch eine eigene Scheckabteilung und eine Wechselabteilung. Damit war je eine Person ausgelastet."

Dahlmeier lachte.

„Aber die Schmuck- und Edelsteinbranche hat so ihre eigenen Gesetze. Diesbezüglich ist man sehr konservativ. Bei Geschäften untereinander kommt der Wechsel gelegentlich noch vor, besonders wenn der Käufer einer Ware etwas klamm ist. Man streckt damit das Zahlungsziel, hat aber etwas in der Hand, mit dem man vermeintlich seine Forderungen gegenüber dem Schuldner besser durchsetzen kann, zumindest theoretisch. Wenn der Wechsel nach paarmaliger Verlängerung doch letzten Endes platzt, ist ohnehin meist nichts mehr zu holen. Und mit Schecks werden häufig die afrikanischen Händler, die ja hier in Scharen unterwegs sind, bezahlt. Die tauschen aber meist die Barschecks schnell in Cash um. Und überhaupt Bargeld. Das ist in der Branche auch noch weit verbreitet. Wird zwar immer schwieriger mit den neuen Geldwäschegesetzen. Damit werden wir aber ja hauptsächlich dann konfrontiert, wenn Ein- oder Auszahlungen vorgenommen werden. Da ist mittlerweile für uns ein recht bürokratischer Aufwand entstanden und unser Geldwäschebeauftragter achtet streng darauf, dass alle Vorschriften eingehalten werden."

„Ich ermittle in einem Mordfall und bin nicht bei der Steuerfahndung, sonst hätte ich sicher auch noch ein paar interessante Fragen zu diesem Thema. Vielleicht komme ich darauf später nochmal zurück", ging es Lothar durch den Kopf und er war sich sicher, dass dies noch nicht sein letzter Termin bei der Bank war. Er blickte auf die Uhr.

„Ich glaube, meine Kollegin wartet schon seit einer Viertelstunde auf mich. Wir müssen Schluss machen. Zunächst vielen Dank für diesen ersten Einblick. Ich komme später nochmal auf Sie zurück."

„Aber dann bitte mit …"

„Ja, ja, ich weiß. Mit Auskunftsersuchen der Staatsanwaltschaft. Ist klar."

Noch in der Schalterhalle nahm er sein Handy zur Hand und versuchte die Polizeianwärterin zu erreichen.

„Bin etwas spät. Hatte noch einen interessanten Banktermin. Warten Sie schon?"

„Ich parke in der Nähe. Kein Problem."

„Bin in fünf Minuten da, sorry."

Bis zur Wilde GmbH war es nur ein kurzes Stück. Er ließ sein Auto auf dem Parkplatz vor der Sparkasse stehen und machte sich zu Fuß auf den Weg. Pauline Hess, die Polizeianwärterin war aus dem dunkelblauen VW Golf ausgestiegen und erwartete ihn.

„Ich habe mir heute Morgen noch mit Kalli die Akte zu dem Überfall angesehen. Sie wurden auf einem Autobahnrastplatz in der Nähe von Freiburg überfallen, als sie von dieser Schmuckmesse aus Basel zurückkamen. Die Täter sind noch nicht gefasst. Die Nähe zu Frankreich und der Schweiz erleichtert die Ermittlungen nicht gerade."

„Sie? War Wilde nicht allein?"

„Nein, ein Mitarbeiter war dabei. Das war wohl schon aus versicherungstechnischen Gründen notwendig, da sie ja Schmuck dabei hatten."

„Wer war der Mitarbeiter?"

„Ein gewisser Christian Weißer, ein Goldschmied, der in der Firma beschäftigt ist."

„Mit dem fangen wir an. Dann wollen wir mal."

14

Es war wieder Monika Ballauf, die sie im Besucherzimmer empfing.

„Ich habe Ihnen eine Liste mit den Mitarbeitern zusammengestellt. Neben diesen gibt es noch eine freie Mitarbeiterin, Frau Steinhoff. Von ihr habe ich Ihnen Handynummer und Adresse aufgeschrieben."

„Wir würden uns gerne zuerst mit Herrn Weißer unterhalten. Ist er da?"

„Ich habe ihn heute Morgen schon gesehen. Ich kann ihn holen."

„Können wir uns auch in den übrigen Räumen einmal umsehen. Ich würde mir gern ein Bild vom gesamten Umfeld hier machen. Wir haben allerdings noch keinen Durchsuchungsbeschluss, werden ihn selbstverständlich nachreichen, falls Sie darauf Wert legen."

„Das ist sicher nicht erforderlich. Wir haben früher sogar Betriebsbesichtigungen durchgeführt. In letzter Zeit führen wir aber nur gelegentlich Kunden durch, die sich die Entstehung ihrer Schmuckstücke gerne einmal näher ansehen möchten. Wenn Sie allerdings Geschäftsunterlagen durchsehen wollen, würde ich schon gerne um einen entsprechenden Beschluss bitten. Ich bin ja nur die Prokuristin und den Eigentümern, wer auch immer die im Moment sind, gegenüber verantwortlich."

„Alles klar, dann Herrn Weißer bitte."

Chris Weißer war ein großer, schlanker Mann Anfang Dreißig und gutaussehend, wie Pauline Hess fand.

„Was machen Sie in der Firma? Sind Sie Goldschmied?" eröffnete Lothar Schmied das Gespräch. „Eigentlich nicht. Ich bin Juwelenfasser. In unserer Branche gibt es sehr viele Spezifikationen. Der Fasser ist sowas wie das Bindeglied zwischen dem Goldschmied und dem Schleifer."

„Dann hätten wir zumindest das schon geklärt." An einem Vortrag über die Spezifikationen in der Edelsteinbranche war Schmied eigentlich weniger interessiert.

„Sie waren bei dem Überfall vor ein paar Wochen dabei. Erzählen Sie mal."

„Das hab' ich Ihren Kollegen gefühlt schon hundertmal erzählt. Ich glaube, die hatten mich als Komplizen in Verdacht. Nur weil ich mal pinkeln musste."

„Was hat Ihre Blase mit dem Überfall zu tun?"

Lothar bedauerte einerseits die Akte noch nicht gelesen zu haben, anderseits konnte er unbefangen dieses Gespräch angehen.

„Ich hatte Martin gebeten, diesen Rastplatz anzufahren, weil ich, wie gesagt, pinkeln musste. Dabei hat uns dann von hinten ein BMW gerammt und zwei maskierte Typen sind ausgestiegen, haben uns mit Pistolen bedroht und die gesamte Kollektion, die wir dabeihatten – es waren glaube ich, fünf Koffer – geklaut."

Geraubt wäre der richtige Terminus technicus gewesen, Pauline Hess dachte an ihre Strafrechtsvorlesung auf der Polizeischule, sagte aber vorsichtshalber nichts.

„Bisher wurden die Täter noch nicht geschnappt und auch von der Beute ist noch nichts aufgetaucht. Und diese bescheuerte Versicherung hat auch noch nicht gezahlt. Deshalb steht auch noch die letzte Gehaltszahlung aus." Weißer vergewisserte sich nochmals, dass die Prokuristin den Raum verlassen hatte und ergänzte: „Die Firma ist wohl recht klamm. Und jetzt noch der Mord am Chef. Demnächst werden wir uns wohl alle nach einem anderen Job umsehen müssen."

„Sie sagten, Sie wurden verdächtigt?", meldete sich Pauline Hess zu Wort.

„Sie konnten mir nichts nachweisen. Sozusagen freigesprochen aus Mangel an Beweisen", das Lachen von Chris Weißer klang bitter.

„Dabei habe ich wirklich nichts damit zu tun. Glauben Sie es oder lassen es sein. Letztlich ist die Polizei davon ausgegangen, dass man uns schon von Basel oder zumindest seit dem Grenzübergang gefolgt ist."

Die Polizeianwärterin nickte Lothar unauffällig zu, um ihm zu verstehen zu geben, dass dies auch so aus der Akte hervorgegangen war.

„Wie war Ihr Verhältnis zum Chef?"

„Wir hatten keins, Martin hat Frauen bevorzugt." Weißer hielt das für wohl für einen gelungenen Scherz, hielt aber dann kurz erschrocken inne.

„Entschuldigung, in Anbetracht der Situation war das eine blöde Bemerkung. Ich bin hier für meinen dummen Sprüche bekannt, passen aber wohl nicht immer."

Der Versuch, das Grinsen zu vermeiden, gelang ihm allerdings nicht ganz. Eigentlich war er sogar ein bisschen stolz auf seine Schlagfertigkeit. „Sprüche wie Kalli", dachte Lothar und fand das allerdings nicht sehr witzig. Aber Pauline musste sich bemühen, ernst zu bleiben, insbesondere im Hinblick auf ihre bisherigen Erkenntnisse bezüglich der Eskapaden von Wilde. Wobei das, was sie bisher erfahren hatten, wahrscheinlich nur die Spitze eines Eisbergs war.

„Wir haben uns gut verstanden. Klar, die Bezahlung hätte können besser sein. Auch wenn Martin nicht viel mit seinem Vater gemeinsam hatte, was die Entlohnung der Mitarbeiter angeht, wird die diesbezügliche Einstellung in dieser Branche an die Nachkommen weitergereicht. Da macht die Wilde GmbH keine Ausnahme. Bei Martin waren allerdings die Weihnachtsfeiern etwas exklusiver als beim Alten. Im letzten Jahr allerdings mal wieder bescheidener. Erstens wegen finanziell und so und außerdem hatte die letzte attraktive Mitarbeiterin bereits im Sommer des vorletzten Jahres gekündigt, wenn Sie verstehen, was ich meine."

„Gab es da Probleme? Auch mit Partnern der jeweiligen Frauen."

„Ist mir nicht bekannt. Martin konnte sehr charmant und auch diskret sein. Wenn seine Masche mal nicht funktioniert hat, hat er keine Energie an hoffnungslose Fälle verschwendet und es halt bei der nächsten probiert. Aber meistens hat es geklappt. Jedenfalls ist hier kein gehörnter Ehemann oder Freund aufgelaufen und hat Rabatz gemacht."

„Sie sind Fasser. Warum hatte er Sie mit nach Basel genommen?"

Lothar stellte mit Wohlwollen fest, dass die junge Kollegin sinnvolle Fragen stellen konnte.

„Naja, meist hat er ja Kolleginnen mitgenommen. Schöne Frauen am Messestand sind verkaufsfördernd, war seine Devise. Ein Schelm, wer Böses dabei denkt. Früher hat er auch Gabi, also seine Frau, mitgenommen. Aber da lief es in letzter Zeit wohl nicht mehr so gut. Die ist ja schon vor einiger Zeit ausgezogen. Letztes Jahr war Eva dabei, also Eva Steinhoff, unsere Schmuckdesignerin. Die waren zwar nach der Rückkehr per Du, was sie vorher nicht waren, aber rumgekriegt hat er sie wohl nicht. Jedenfalls erschien mir das Verhältnis sogar etwas angespannter als vorher. Obwohl sie bei uns aufgehört hat und nur noch freiberuflich für uns tätig ist, wollte er sie auch in diesem Jahr wieder mitnehmen. Attraktiv, kompetent und ein Verkaufstalent. Aber sie wollte nicht und ich war dann der Notnagel. Attraktiv und kompetent bin ich schließlich auch und quatschen kann ich, das war wohl der Grund, warum er mich mitgenommen hat. Wegen der Versicherung mussten wir auch zu zweit im Auto unterwegs sein und wir durften das Auto nicht unbeaufsichtigt lassen. Also wenn einer pinkeln musste, sollte der andere immer im Auto bleiben, um wieder auf den Anfang unseres Gespräches zurückzukommen."

„Ich bin Kriminalhauptkommissar und nicht Urologe." Langsam ging Lothar das Gespräch auf die Eier, blieb er gedanklich in der Terminologie. Er versuchte das Gespräch in eine andere Richtung zu lenken, nur in welche war ihm nicht mehr so ganz klar. Begriffe wie Eifersuchtsdrama, Versicherungsbetrug und Raub schwirrten in seinem Kopf umher, ohne dass er die einzelnen Farbtupfer zu einem Bild entwickeln konnte. Wieder rettete ihn die junge Kollegin:

„Ich glaube, wir haben vorläufig genug von Ihnen gehört. Bei Bedarf dürfen wir doch sicher wieder auf Sie zurückkommen?"

„Aber gerne, schöne Frau." Chris Weißer war die Höflichkeit in Person und Lothar registrierte, dass Pauline leicht errötete. „So ganz kapiert sie doch noch nicht alles", dachte er und nahm sich vor, sie bei Gelegenheit aufzuklären.

„Frau Ballauf hat uns zugesagt, dass wir uns in der Firma noch ein bisschen umsehen können. Würden Sie uns rumführen?"

15

Jürgen Dahlmeier lehnte sich auf seinem Stuhl zurück und verschränkte die Hände hinter dem Nacken. Unter seinen Achselhöhlen zeichneten sich große dunkle Schweißflecken ab. Er hoffte, dass dieser Kommissar, der scheinbar noch im Nebel herumstocherte, seine Unruhe nicht bemerkt hatte. Jetzt hatte der Blödmann sich auch noch umbringen lassen, dachte er wenig fein an seinen alten Schulkameraden.

Vor ungefähr acht Wochen war Wilde wie immer um diese Jahreszeit in seinem Büro aufgetaucht und hatte nach dieser Carnet-Bürgschaft gefragt, eine Erklärung gegenüber der Industrie- und Handelskammer, um die Ein- und Ausfuhr von Schmuck und Edelsteinen für Messen ins Nicht-EU-Ausland zu vereinfachen. Meist nur eine Formsache für die örtlichen Edelsteinhändler. Es hatte noch nie Probleme damit gegeben. Allerdings musste es bankintern wie eine Kreditvergabe behandelt werden und war damit an bestimmte Voraussetzungen gebunden. Er hatte Martin auf Basel II, eine Eigenkapitalrichtlinie für Banken, die die Kreditvergabe einschränkt, hingewiesen, wobei dieser nur mit der Schulter gezuckt hatte und meinte:

„Basel II interessiert mich nicht, ich will zur ‚Baselworld'."

Geduldig hatte Dahlmeier ihm versucht zu erklären, dass es sich bei der Bürgschaft um einen Kredit handele und dass das bei seiner zweifelhaften Bonität nun mal etwas problematisch sei.

„Um es mal zurückhaltend auszudrücken", hatte er hinzugefügt.

„Du kommst doch seit Jahren auf keinen grünen Zweig mehr. Du musst dir mal was Neues einfallen lassen. Was ist denn mit deinen Tafelpapieren, die wir vor ein paar Jahren nach Luxemburg geschafft haben?"

Martin hatte nur mit den Schultern gezuckt.

„Alles versilbert. Da ist nichts mehr. Von irgendetwas muss man ja leben, wenn das Geschäft nichts mehr abwirft und du mir den Geldhahn zu drehst."

„Du lebst ja auch nicht schlecht. Dass man aber auf Dauer nicht mehr ausgeben kann, als man auf der anderen Seite einnimmt, hab' ich dir ja schon öfters gesagt. Bei deiner kaufmännischen Ausbildung müsste dir das aber auch klar sein, obwohl man die dazu gar nicht braucht. Man muss nur einfach an die schwäbische Hausfrau denken, da geb' ich sogar mal ausnahmsweise der Bundeskanzlerin recht. Aber du hältst mich ja für eine spießige, kleinkarierte Krämerseele."

In der Tat hatte ihn Martin in der Vergangenheit schon so bezeichnet. Das trug er ihm nicht mehr nach, denn er hatte sich entschuldigt, ob aus ehrlichem Bedauern oder weil er ihn schließlich noch brauchte, wollte er einmal dahingestellt sein lassen. Außerdem musste er sich schon schlimmere Beschimpfungen anhören, wenn er jemand ‚den Geldhahn zudrehen' musste, wie es Martin ausdrückte.

„Wie sieht es mit dem Warenlager aus? Kannst du da nicht was zu Geld machen?"

„Bei Diamanten würde ich sogar einen Verlust machen. Da ist die Wertentwicklung in den letzten Jahren rückläufig. Bei Rubinen und Saphiren ist auch nicht viel drin. Außerdem muss ich ja noch arbeiten können, sonst kann ich den Laden gleich dicht machen. Und Gold habe ich auch immer nur so viel, wie ich für die Produktion benötige. Am besten wäre, wenn ich das gut versichern und zum Schein klauen lassen würde, wie der Kollege vor ein paar Jahren. Der ist aber seinerzeit aufgeflogen."

Dahlmeier wusste nicht, welcher Teufel ihn damals geritten hatte.

„Dann muss du es halt geschickter anstellen", war er auf die nicht ganz ernst gemeinte Bemerkung von Wilde eingegangen. Die Eigendynamik, die sich daraus entwickelt hatte, war jetzt an den Schweißflecken unter seinen Achseln schuld.

„Und wie soll ich das machen?"
„Lass' dich doch überfallen."
„Und von wem?"
Obwohl ihm die Richtung, in die sich das Gespräch entwickelte, immer weniger gefiel, sagte er:
„Ich wüsste da schon jemand. Dem hab' ich öfter einen Gefallen getan."
„Und wer soll das sein?"
Jetzt konnte er, nachdem er sich so weit aus dem Fenster gelehnt hatte, schlecht kneifen.
„Du kennst doch Antonio von der Pizzeria am Schlossberg. Frag einfach mal den."
„Klar kenn' ich den, sogar ganz gut. Warum den?"
„Frag ihn einfach."
Er konnte ihm ja schlecht sagen, dass er dem italienischen Pizzeria-Besitzer ebenfalls vor Jahren schon den Weg nach Luxemburg aufgezeigt hatte. Die Sparkasse hatte sich zwar nicht den Slogan einer Großbank zu eigen gemacht, die großspurig mit dem Spruch „Theo, wir fahren nach Lux" geworben hatte, aber für gute Freunde hatte er immer einen Tipp parat, nachdem der damalige Finanzminister mit den buschigen Augenbrauen nach und nach versucht hatte, die Steuerschlupflöcher zu schließen. Und als Antonio seine D-Mark bei Einführung des Euro nach dem Jahreswechsel auf 2002 loswerden wollte, konnte er ihm auch weiterhelfen. Den Hinweis, dass er seine Bareinzahlungen einem einigermaßen nachvollziehbaren Geschäftsumsatz anpassen musste, hatte er ihm ebenfalls gegeben. Das war ja sicher nicht verwerflich. Und dafür, dass sein bei ihm beschäftigter Neffe wegen Waffenhandels einsitzen musste, dafür konnte der gute Antonio schließlich nichts. Gut, vielleicht war nicht ganz sauber, dass das Wechselgeld, das er beim Bezahlen in der „Costa Ligure" zurück bekam, genauso hoch war, wie der Betrag, den er Antonio zuvor gegeben hatte. War halt ein angenehmer

Ausgleich für die Gefälligkeiten, die er seinem Freund Antonio gelegentlich erwies. Von irgendetwas muss man ja leben, pflegte schließlich sein Freund Martin zu sagen. Er griff zum Telefonhörer und wählte eine Nummer.

16

„Ich glaube, der steht auf mich“, bemerkte Pauline Hess, als sie auf dem Weg zum Auto waren. Weißer hatte sie im Gebäude herumgeführt und ihnen die sechs übrigen Mitarbeiter vorgestellt. Zwei weibliche Bürokräfte in Teilzeit, von denen allerdings nur eine da war. Der alte Goldschmied, Karl August Hoffmann, der wohl kurz vor der Rente stand. Ein weiterer Goldschmied, ein Edelsteinschleifer und eine weitere Frau mittleren Alters als Hilfskraft. Sie hatten nur kurze Gespräche geführt und sich erkundigt, ob es irgendwelche Auffälligkeiten in letzter Zeit gegeben hätte. Informationen, die die Ermittlungen weiterbrachten, hatten sie nicht erlangt. Lediglich mit Hoffmann hatten sie ein längeres Gespräch geführt. Der hatte kein Blatt vor den Mund genommen.

„Läuft schon die ganze Zeit schlecht. Martin war dabei den Laden an die Wand zu fahren. Beim Senior war das noch was anderes und das Gehalt war immer pünktlich auf dem Konto. Zuletzt musste ich den Chef öfters daran erinnern, dass der Zahltag eigentlich schon vor ein paar Tagen gewesen wäre. Aber wie es jetzt weitergehen soll, keine Ahnung. Wir wissen ja noch nicht einmal, wer den Laden hier übernimmt. Mir kann es egal sein, bei mir ist ohnehin demnächst Schicht im Schacht. Aber die anderen müssen sich wohl sonst wo umsehen.“

„Das rundet das Bild ab“, dachte Lothar, neue Erkenntnisse waren es insofern nicht.

Schmied musste bei Paulines Bemerkung lachen.

„Und ich glaube, Sie müssen noch einiges lernen. Menschenkenntnis und so."

„Wie meinen Sie das."

Pauline Hess war etwas perplex.

„Sie haben sich ganz gut bei Ihrer ersten Vernehmung geschlagen."

Na also, und wo bleibt das „aber". Pauline war etwas verunsichert.

„Der Typ ist stockschwul."

Okay, ist jetzt nicht politisch korrekt, aber dafür deutlich.

„Wie kommen Sie denn da drauf."

„Menschenkenntnis halt und jahrelange Berufserfahrung."

„Und langjährige Berufserfahrung lässt einen erkennen, ob jemand homosexuell ist."

„Sehen Sie, er war nett und höflich, aber er hat nicht mit Ihnen geflirtet, was wahrscheinlich die meisten jungen Männer in seinem Alter tun würden."

„Danke, ich nehme es mal als Kompliment."

„Als ich ihn nach seinem Verhältnis zum Chef gefragt hatte, hat er so eine flapsige Bemerkung gemacht, über die er selbst etwas erschrocken war. Sollte ein Scherz sein, aber in diese Richtung zu denken, na ja. Und dann, haben Sie seine regenbogenfarbenen Socken gesehen."

„Und daraus schließen Sie auf seine sexuellen Präferenzen? Wenn ich Sie nach Ihren Socken beurteilen würde, müssten Sie Tennisspieler sein."

Diese Bemerkung konnte sie sich nicht verkneifen, hoffentlich hat der Herr Hauptkommissar Humor. Lothar lachte und zog das rechte Hosenbein hoch.

„Sehen Sie, alles vorschriftsmäßig heute."

Gut, dass er heute Morgen ausnahmsweise bei der Kleiderwahl aufgepasst hatte.

„Es waren weder die Socken noch seine Bemerkung. Es war

die Summe der Auffälligkeiten. Ich müsste mich schon schwer täuschen, wenn ich falsch liegen würde. Aber unabhängig davon. Wie schätzen Sie ihn ein?"

„Ich denke, wir sollten uns mit diesem Überfall und auch mit Weißer nochmal beschäftigen. Im Moment sehe ich da allerdings keinen Zusammenhang. Wenn bekannt war, dass er überfallen wurde, und die Zeitungen hatten das ja auch berichtet, warum soll ihn dann jemand nochmal überfallen, wenn man wusste, dass fast seine gesamte Kollektion weg ist? Andererseits dürfte er sein Warenlager ohnehin nicht in seinem Privathaus aufbewahrt haben. Ich verstehe das alles nicht."

„Sie stellen zumindest schon die richtigen Fragen. Damit fängt es an. Die Antworten werden auch noch kommen."

Ein Kompliment vom Chef, auch nicht schlecht. Pauline war stolz.

„Ich habe mein Auto noch bei der Sparkasse stehen. Sie machen jetzt mal Mittag und wir sehen uns dann bei der Besprechung um sechzehn Uhr. Sagen Sie bitte den Kollegen Bescheid."

Die Polizeianwärterin stieg in den Dienstgolf und verließ recht flott die Parklücke, gerade so, dass die Reifen nicht quietschten. Ganz schön schneidig, die junge Dame, in jeder Beziehung. Aus der kann noch was werden. Lothar kannte auch Kollegen, die nach vielen Dienstjahren immer nur mitgelaufen und kaum eigenes Engagement gezeigt hatten. Sein jetziges Team schien zu funktionieren, einschließlich Kalli, auch wenn ihm dessen Art manchmal missfiel.

Als er an der Dönerbude vorbeikam, die ihn gestern Mittag außer Gefecht gesetzt hatte, beschleunigte er seine Schritte. Heute nicht schon wieder. Dann lieber das „Bistro", auch wenn Petra dort mittags normalerweise keinen Dienst hatte. Karin, die den Laden um diese Zeit zusammen mit einem

Koch schmiss, frage ihn, ob er krank wäre, weil er sich zu seinem Bauernsalat ein Wasser, oder Sprudel, wie man hier zu sagen pflegte, bestellt hatte.

„Nee, in meinem Alter muss man ja ab und zu auf die Gesundheit achten", kokettierte er mit seinen fortgeschrittenen Jahren.

„Unsinn, deine vierzig Jahre sieht man dir doch gar nicht an", lachte Karin, die immer für einen Spaß zu haben war.

„Deshalb auch der Salat", wobei sie das Wort „Salat" etwas übertrieben dehnte.

Lothar wusste, was sie damit meinte. Der Bauern-„Salat" bestand im Wesentlichen aus Bratkartoffeln mit Zwiebeln, Speck und zwei Spiegeleiern, wobei das Ganze mit ein paar Blättern grünem Salat, einer halben Tomate und drei Gurkenscheiben garniert war, um die Bezeichnung Salat zu rechtfertigen. Dabei war der Salatanteil selbst beim gestrigen Döner sogar größer. Aber man soll es ja nicht übertreiben mit der gesunden Ernährung.

Nach dem Espresso, auch auf den ansonsten obligatorischen Grappa verzichtete er diesmal, kramte er seinen Notizzettel hervor und gab die Nummer, die er sich aufgeschrieben hatte, in sein Handy ein. Als sich eine Frauenstimme mit „Hallo" gemeldet hatte, sprach er in sein iPhone.

„Frau Steinhoff? Hier ist Hauptkommissar Schmied von der Kripo. Ich müsste Sie kurz sprechen."

„Es geht wohl um Herrn Wilde? Ich habe schon auf Ihren Anruf gewartet."

„Wo können wir uns treffen?"

„Ich habe im Moment keinen Wagen. Mein Freund ist damit unterwegs. Sie können aber gerne vorbeikommen. Ich arbeite zurzeit zu Hause."

„Gut, Ihre Adresse habe ich. Birkenweg 19, das stimmt doch? Ich kann in einer Viertelstunde da sein."

17

Der Birkenweg befand sich am Rande eines der Dörfer, die Ende der sechziger Jahre eingemeindet worden waren und sich jetzt Stadtteil nennen durften. Idyllisch am Waldrand gelegen. Er kannte die Straße, dort hatte seine erste Freundin gewohnt und er erinnerte sich kurz an seinen ersten Kuss, den er ihr im Wald hinter der Straße gegeben hatte. Mehr war daraus nicht geworden, er war gerade fünfzehn und sie dreizehn, dreizehneinhalb, darauf hatte sie Wert gelegt. Das hat aber jetzt wirklich nichts mit meinem Fall zu tun, beamte er sich wieder in die Aktualität zurück.

„Steinhoff/Mertens" stand auf dem Klingelschild des Einfamilienhauses aus den fünfziger Jahren. Fenster und Haustür waren irgendwann in der Zwischenzeit erneuert worden, konnten aber den biederen Charme der damaligen Bauweise nicht kaschieren, auch wenn man ein paar schicke Ornamente auf die Hauswand gepinselt hatte, kleine Kunstwerke, denen man sowohl das kreative wie auch handwerkliche Geschick ansah, Villa Kunterbunt.

Die Frau, die ihm die Tür öffnete, beeindruckte ihn auf Anhieb. Groß, aber nicht zu groß, schlank, nicht zu dünn, blaue Augen, blond und ein reserviertes, jedoch freundliches Lächeln. Die langen Haare hatte sie sich hochgesteckt und der gepflegte Eindruck, den sie machte, wurde auch nicht durch die speckigen Jeans und das karierte weite Holzfällerhemd, das mit den Farbflecken übersät und ihre Figur nur schemenhaft erkennen ließ, verwischt. Sie musste wohl gerade an etwas gearbeitet haben.

„Entschuldigen Sie meinen Aufzug. Ich bin am Arbeiten."

Die Stimme passte zum Gesamtbild, tief, aber nicht zu tief mit einer leicht erotischen Rauheit. Dass Wilde bei der versucht hatte zu landen, war Schmied, mit dem was er bisher über ihn erfahren hatte, sofort klar.

„Sie wissen Bescheid?“

Ein Versuch, sie aus der Reserve zu locken.

„Wenn Sie meinen, dass ich weiß, dass Herr Wilde tot ist, ja.“

Sie ging auf das Spiel ein.

„Und sonst.“

„Soweit ich weiß, wurde er in seiner Wohnung überfallen.“

„Was noch?“

„Lassen Sie doch dieses Spielchen. Frau Ballauf und auch Chris haben mich angerufen und mich informiert. Ich weiß das, was die wissen. Und das ist nicht viel.“

Klang glaubhaft. „Oder glaube ich nur schönen, sympathischen Frauen leichter als der üblichen Klientel.“ Lothar war sich da nicht sicher. „Wahrscheinlich werden in ein paar Jahren solche Gespräche in einen Computer eingegeben, analysiert und ein vermeintlich objektives Ergebnis ausgespuckt. Bis dahin muss ich mich aber wohl weiterhin auf meinen Instinkt verlassen. So wie Maigret und Miss Marple vor fast hundert Jahren. Ja, ja ich weiß, ich ermittele nicht in Paris oder London, sondern bin ein Dorfpolizist, der einen banalen Raubmord zu klären hat.“

„Andere Frage. Wie war Ihr Verhältnis zu Martin Wilde?“

„Wir hatten keins, falls Sie das meinen.“

Das hatte er heute Morgen doch schon einmal gehört. Déjà-vu, er erinnerte sich an die Schallplatte, die er einmal im Plattenschrank seines Vaters gesehen hatte. Dieses Album von Crosby, Stills, Young & Nash, einer Musik vor seiner Zeit, mit der er wenig anfangen konnte. Andererseits hatte das nicht etwas mit Sehen zu tun und nicht mit Hören? Das würde er im Moment nicht lösen können, daher besser zurück zur Gegenwart und zum Thema.

„Meine ich nicht. Zumindest im Moment, mehr so allgemein.“

„Wir kamen klar miteinander.“

„Auf einer Notenskala von eins bis sechs ist das eine vier minus würde ich sagen."

„Also gut, er hat versucht mich anzubaggern. Erstens machen das viele … und zweitens hat der das bei allen gemacht, die nicht bei drei auf den Bäumen waren."

„Auch bei Frau Ballauf?"

Lothar konnte nicht nachvollziehen, wieso ihm gerade das intuitiv herausgerutscht war.

„Das war ein eher eigenartiges Verhältnis. Sie kannten sich wohl schon seit der Schulzeit. Nach außen war sie ihm gegenüber immer etwas kratzbürstig und hat ihm auch schon mal die Leviten gelesen, insbesondere wegen seinem lockeren Umgang in Gelddingen. Aber manchmal hat sie ihm auch so seltsam nachgeschaut, fast wie ein bisschen verliebt, hätte man meinen können. Auch wenn sie das nie eingestanden hätte. Wahrscheinlich noch nicht mal sich selbst gegenüber. Aber als Mann scheint er sie doch irgendwie fasziniert zu haben. Da hatte er schon so etwas. Und im vorletzten Jahr auf der Weihnachtsfeier …" Eva zögerte.

„Was war auf dieser Weihnachtsfeier?"

„Also ich weiß nicht recht. Es ist sehr persönlich."

„Bei Mord gibt es kein sehr persönlich. Wenn es wichtig ist, sollten Sie mit der Sprache rausrücken. Jedes Detail kann wichtig sein."

Er zahlte fünf Euro in sein virtuelles Phrasenschwein.

„Ich glaube nicht, dass es für Ihre Ermittlung von Bedeutung ist. Es ist, wie soll ich sagen, mir etwas peinlich. Es war halt ein sehr vertrauliches Gespräch. Kann ich mich wenigstens auf Ihre Diskretion verlassen?"

„Selbstverständlich sind unsere Ermittlungsergebnisse vertraulich. Da dringt nichts nach draußen."

Früher hatte Lothar Skrupel, wenn er solche Aussagen tätigte. Versprechungen, die man nicht einhalten kann, waren ihm eigentlich zuwider. Aber er hatte schließlich keine falsche

Versprechung gemacht, argumentierte er in erster Linie sich selbst gegenüber. Selbstverständlich waren die Ermittlungen vertraulich. Das bedeutete aber nicht, dass gewisse Dinge dann doch manchmal vor Gericht zur Sprache kommen mussten. Da die Verhandlungen in Strafsachen in der Regel öffentlich waren, war das dann mit der Vertraulichkeit so eine Sache.

Die Schmuckdesignerin gab sich einen Ruck.

„Also, es war auf der Weihnachtsfeier. Wir hatten schon alle etwas getrunken, wie das halt so üblich ist. Irgendwie saßen Monika, ich meine Frau Ballauf, und ich alleine an der Bar und redeten. Ich hatte vorher noch nicht erlebt, dass sie Alkohol getrunken hatte, sie schien auch nicht viel zu vertragen. Im Laufe des Gesprächs wurde sie immer zutraulicher. Bot mir dann auch das Du an. War ihr vielleicht am nächsten Tag etwas peinlich, aber wir blieben dabei. Wir hatten ja dann auch ein kleines gemeinsames Geheimnis. Irgendwie kriegte sie nach zwei weiteren Caipirinhas, kann auch was anderes gewesen sein, den Moralischen. Erzählte mir von ihrer Einsamkeit und den langen traurigen Abenden. Deshalb macht sie wohl auch so viele Überstunden, unbezahlt natürlich. Jedenfalls erzählte sie mir, da war sie schon ziemlich betrunken, zu Hause würden nur zwei Katzen und drei Dildos auf sie warten. Denen hätte sie Namen gegeben, den Katzen und den Dildos. Der kastrierte Kater und der kleinste Dildo hießen Martin. Dabei fing sie hysterisch an zu lachen. Das hielt sie wohl für ihre kleine persönliche Rache. Ich habe sie dann kurz darauf in ein Taxi gesetzt und nach Hause geschickt."

Lothar bemühte sich, nicht zu grinsen und die unschönen Bilder, die in seinem Kopf entstanden waren, zu verdrängen.

„Interessant" konnte er nur krächzen.

„Oh, Entschuldigung. Darf ich Ihnen etwas zu trinken anbieten. Wasser vielleicht?"

Lothar nahm dankbar an.

„Ich möchte jetzt doch nochmal gerne auf Ihr Verhältnis beziehungsweise Nicht-Verhältnis zurückkommen."

„Wie ich schon sagte, er war hinter fast jedem Rock her. Die arme Monika hat wohl noch nie in sein Beuteschema gepasst, auch ganz früher nicht. Und jetzt war sie ihm ohnehin zu alt. Aber Sie wollten ja etwas über mein Verhältnis zu meinem Chef wissen. Letztes Jahr hatte er mich zur ‚Baselworld' mitgenommen. Ich war unheimlich stolz. War noch nie da gewesen. Ich hatte kurz zuvor noch einige, meiner Meinung nach sehr gelungene, Entwürfe umgesetzt und mitgenommen. Ich bin ja normalerweise nicht so naiv, habe aber damals lange daran gearbeitet und war noch ganz euphorisch, weil ich die Sachen dort präsentieren durfte. Dass es ihm aber nicht um meine gestalterischen Fähigkeiten ging, zumindest als Schmuckdesignerin, habe ich erst etwas spät begriffen. Angeblich war wegen der Messe nur noch ein Doppelzimmer frei, das wir uns nach ein paar netten Drinks an der Bar teilen sollten. Ich habe ihn abblitzen lassen und er hat sich dann irgendwie doch noch ein anderes Zimmer gesucht. Er hat es letztendlich akzeptiert, dass ich ihm einen Korb gegeben hatte. Er ist auch nicht unverschämt oder gar zudringlich geworden. Er hat es versucht, und es hat nicht geklappt. Probiere ich es halt bei der Nächsten, war wohl seine Devise. Gewurmt dürfte es ihn aber schon haben, dass ich allein in dem teuren Hotel in dem Doppelzimmer geschlafen habe. Ob er anderweitig an diesem Wochenende auf seine Kosten gekommen ist, weiß ich nicht. Zugetraut hätte ich es ihm aber schon."

„Wie ging es weiter? Sie haben ja anschließend noch eine Zeitlang weitergearbeitet."

„Das schon. Mit ‚wir kamen miteinander aus' habe ich es, glaube ich, ganz gut beschrieben. Aber ich wollte sowieso kündigen, unabhängig von der Sache in Basel. Und das war ihm eigentlich auch ganz recht. Die Auftragslage war immer schlechter geworden. Eigentlich war ich längst zu teuer für die Firma geworden. Nach der Messe gab es noch ein kurzes Strohfeuer. Wenn ich mal unbescheiden sein darf, ein paar Aufträge hatte die Firma auch mir zu verdanken. Trotz der doofen Situation habe ich meinen Job dort recht ordentlich gemacht. Er wollte mich sogar in diesem Jahr wieder mitnehmen, obwohl ich nur noch gelegentlich freiberuflich für die Firma tätig war. Aber aus nachvollziehbaren Gründen habe ich natürlich abgelehnt."

„Wie muss ich mir Ihre freiberufliche Tätigkeit vorstellen?"

„Im Wesentlichen arbeite ich jetzt für den größten Betrieb hier am Ort. Die sind groß ins Internetgeschäft eingestiegen und arbeiten auch mit diesen TV-Formaten zusammen."

Lothar fiel ein, dass er beim abendlichen Herumzappen schon öfters auf einen solchen Sender gestoßen war, Juwelo-TV oder so ähnlich. Länger als 20 Sekunden war er aber dort noch nie hängen geblieben.

„Ich zeichne Entwürfe. Die Umsetzung erfolgt dann meist in der Firma. Das sind alles hervorragende Fachleute. Goldschmiede, Schleifer, Fasser. Die können mit meinen Entwürfen gut umgehen. Man muss einfallsreich sein, es muss immer etwas anders sein als die Sachen, die es schon gibt, aber es muss auch alltagstauglich sein. Eigentlich das, was ich nicht mehr machen wollte. Das Brot und Buttergeschäft, wie die Leute hier sagen. Aber das gibt mir die Freiheit andere ausgefallene Dinge zu entwickeln, die nicht den Massengeschmack treffen müssen. Die vertreibe ich dann selbst, meist über Internet, gehe auf Spezialmessen. Und arbeite für die eine oder andere Firma hier am Ort, die die wirklich exquisiten Dinge machen. Für die Scheichs, Königshäuser oder Schauspieler. Also keine Massenware, nur Einzelstücke. Da darf auch ab und zu mal was Verrücktes dabei sein."

„Wie passt die Wilde GmbH da noch rein?"

„Eigentlich habe ich schon länger für die nichts mehr gemacht. Kurz nachdem ich dort aufgehört hatte, kamen da noch ein paar Aufträge. Da musste ich aber immer auf mein Geld warten. Ich habe Monika dann sagen müssen, dass ich nur gegen Vorkasse oder zumindest Zahlung bei Lieferung für sie arbeiten könnte, insbesondere wenn ich mit Materialkosten in Vorlage gehen musste. Das hat sie verstanden, scheinbar gab es noch mit mehr Lieferanten Probleme. Martin hat mir dann auch ein- oder zweimal Bargeld ohne Rechnung angeboten. Bargeld hatte er irgendwie immer, keine Ahnung woher. Das war mir dann aber auf Dauer zu heikel."

Vor der Haustür hörte man ein Auto, irgendeinen älteren Diesel anscheinend. „Parkplatzprobleme gibt es nicht auf den Dörfern", hatte Lothar gedacht, als er direkt vor der Tür parken konnte.

Sie hörten den Schlüssel im Haustürschloss und eine Stimme, die im Flur rief: „Welcher Vollidiot hat sich auf meinen Parkplatz gestellt?" Lothar hörte einen deutlichen niederländischen Akzent heraus.

Die ansonsten sehr selbstbewusste Eva errötete leicht.

„Wir haben Besuch, mein Schatz,"

In der Tür stand ein Mann, den Martin versuchte einzuschätzen. Nicht sonderlich groß, leger gekleidet, wenn man es mit seiner Garderobe freundlich meinte. Jeans mit Löchern waren ja mittlerweile Mode, diese waren jedoch eher nicht bewusst bereits bei der Produktion hinzugefügt worden, sondern eher echte Löcher. Das Batik-T-Shirt war wohl eine Reminiszenz an vergangene Woodstock-Tage, auch wenn der Träger 1969 vermutlich noch nicht auf der Welt gewesen war. Die verfilzten Rastalocken und der dunkle Bart rundeten das Bild ab. Lothar schätzte, dass er ein paar Jahre jünger als er selbst war, Mitte vierzig ungefähr.

„Darf ich vorstellen: mein Lebensgefährte Herr Mertens. Stan, das ist Herr Schmied von der Kriminalpolizei."

Lothar merkte, dass der gute Stan etwas zusammenzuckte. „Hat wohl nicht immer die besten Erfahrungen mit meiner Berufsgruppe gemacht", schloss er daraus.

„Er ist wegen dem Tod von Wilde da. Haste sicher auch schon davon gehört."

„Klar, meine Studenten haben heute Morgen davon erzählt. Hast du ihn umgebracht?"

War als Scherz gemeint, konnte Lothar trotz dieses komischen niederländischen Slangs heraushören und wieso eigentlich „seine Studenten"?

Eva hatte das Fragezeichen in seiner Mimik richtig gedeutet. „Stan ist Dozent an der Fachhochschule für Schmuck- und Edelsteindesign hier in Idar-Oberstein." Also so eine Art Künstler, das erklärte auch das Hippie-Outfit.

„Eigentlich Professor, du kannst aber Stan zu mir sagen."

„Sie sind Holländer?" Lothar blieb lieber beim förmlichen Sie.

„Nein, Belgier. Ich stamme aus Antwerpen."

Das europäische Zentrum der Diamantindustrie, kramte Lothar aus seinem Halbwissen über die Schmuckbranche hervor.

„Was hat Eva damit zu tun. Die arbeitet doch schon lange nicht mehr für den."

„Sie kannten Wilde?"

„Was heißt kennen? Ich bin ihm ein- oder zweimal begegnet. Bei sogenannten gesellschaftlichen Anlässen oder was immer die hier darunter verstehen. Und ich weiß, dass er Eva angebunkert hat. Sagt man so? Soll ein ziemlicher Schwerentöter gewesen sein."

„Man sagt angebaggert und es heißt Schwerenöter", fühlte Lothar sich bemüßigt Mertens aufzuklären.

„Waren Sie eifersüchtig?"

Mertens lachte.

„Nee, nee. Auf den doch nicht. Eva hat ihn abblinken lassen. Außerdem führen wir eine offene Beziehung. Wir lassen uns da so einige Freiheiten."

„Abblitzen."

„Was?“

„Es heißt abblitzen lassen.“

Eva schien sich köstlich zu amüsieren, scheinbar waren ihr solche Gespräche nicht fremd, und Lothar wollte es sich das nächste Mal verkneifen, diesem holländisch-belgischen Hippie-Professor die deutsche Sprache näher zu bringen. Die Vorlesungen bei dem Typen waren bestimmt lustig. Wie es anderseits bei solchen Paaren mit der sogenannten „offenen Beziehung“ bestellt war, hatte er in seiner Laufbahn schon öfter erlebt. Meist wollte man das jeweils nur für sich selbst in Anspruch nehmen. Wenn der Partner dann davon Gebrauch machte, sah man das Ganze auf einmal nicht mehr so locker. Auch er hatte geglaubt, dass er da toleranter sein könnte, damals. Aber das war ein anderes Thema.

„Letzte Frage. Was haben Sie in der Nacht von Dienstag auf Mittwoch gemacht?“

„Wir haben zu Abend gegessen, eine Flasche Wein getrunken, dann haben wir gevogelt und dann sind wir ins Bett und haben die ganze Nacht geschlafen. Ich war ziemlich k.o..“

„Das glaub ich dir gerne“, dachte Lothar. Seinen Vorsatz, Stan nicht mehr zu verbessern, konnte er schneller als gedacht in die Tat umsetzen und verzichtete diesmal wohlweislich darauf, ihn zu korrigieren. Ja, und vielleicht nicht nur Wein getrunken, wenn er die Cannabispflanzen in den Töpfen auf dem Balkon richtig erkannt hatte. Dass sie zuerst „gevogelt“ hatten und dann ins Bett gegangen waren, regte zwar seine Fantasie an, war aber für seine Ermittlungen wohl eher von untergeordneter Bedeutung.

Als er fünf Minuten später im Auto saß, hätte er gerne eine geraucht, wenn er es sich nicht vor Jahren abgewöhnt hätte. Oder noch lieber mal wieder einen ordentlichen Joint durchgezogen.

18

„Pizzeria Costa Ligure, Antonio."
„Hallo Antonio, hier ist Jürgen. Jürgen Dahlmeier von der Sparkasse."

„Hallo Jürgen, Bon giorno. Brauchst du eine Tisch? Für dich doch immer."

„Nein. Kannst du reden?"

„Ja sicher, alles Familie."

Die war allerdings groß und es waren auch ein paar entfernte Verwandte darunter.

„Hast du schon gehört. Die Sache mit Martin."

„Dumme Geschichte, wieso fragst du."

Dahlmeier glaubte eine leichte Verunsicherung in der Stimme wahrzunehmen.

„Ich hab' ihn dir doch vor einiger Zeit geschickt. Erinnerst du dich?"

„Si, si. Aber Geschäft kam nicht zustande, wie du weißt."

„Und jetzt ist er tot."

„Ja, schade. War gute Kunde und Susanna hat sich immer über Trinkgeld gefreut."

Dass Wilde bei der schönen Tochter von Antonio mit dem Trinkgeld großzügig war, verwunderte Dahlmeier überhaupt nicht.

„Damit habe ich nichts zu tun. Und Nicolo auch nicht. Das kannst du glauben."

„Schon gut, ich glaub dir das. Ich denke zwar nicht, dass irgendeine Verbindung hergestellt wird. Aber ich habe damit nichts zu tun. Hörst du. Ich habe ihn dir nicht vorbeigeschickt, falls dich jemand fragen sollte."

„Warum soll mich jemand was fragen?"

„Vergiss es einfach, Ciao."

„Porca puttana", fluchte Antonio auf Italienisch, als er den Hörer aufgelegt hatte. Jetzt will er davon nichts mehr wissen dieser „Maledetto stronzo“. Einerseits hatte er Jürgen Dahlmeier gebraucht und wollte ihm diesen kleinen Gefallen tun. Andererseits sollte man solche Geschäfte nur innerhalb der Familie machen. Dahlmeier sollte ihn in Ruhe lassen. Heilige Scheiße und verdammtes Arschloch waren sicher die richtigen Begriffe, die ihm in diesem Zusammenhang eingefallen waren. Die Sache war erledigt und es war ja schließlich auch nichts passiert.

Er hatte im Moment andere Sorgen. Sein Cousin fünften oder sechsten Grades, falls er überhaupt ein Cousin war, hatte ihm diesen zwielichtigen angeblichen Neffen Luca geschickt. Der hätte was in der Stadt zu erledigen und sollte ein paar Tage bei ihm wohnen. Tagsüber lag er im Wohnzimmer und spielte auf der PlayStation irgendwelche Ballerspiele. Abends und nachts war er unterwegs, wobei er es offensichtlich nicht als notwendig erachtete, seinen Gastgeber über seine „Erledigungen“ zu informieren. Er hatte kein gutes Gefühl bei der Sache, mit diesem Burschen. Und in der Pizzeria helfen wollte er auch nicht. „Kein Bock.“ So viel zur Familie.

19

Um sechzehn Uhr hatten sich alle wieder im Besprechungsraum zusammengefunden. Pit berichtete als Erster.

„Die Mutter von Wilde lebt hier in der Seniorenresidenz, so heißen ja heutzutage die Altenheime des Roten Kreuzes. Schon ein paar Jahre. Sie soll ziemlich dement sein. Ich habe mit der Heimleitung gesprochen. Die sind der Meinung, dass ein Gespräch mit ihr nichts bringt. Sie hat selbst ihren Sohn manchmal nicht mehr erkannt. Das sei aber auch kein Wunder, meinte die Leiterin, so selten wie der sie besucht hat.“

„Wer trägt die Kosten, wenn Wilde doch angeblich so klamm war?"

Diesmal war auch die junge Staatsanwältin mit von der Partie. Lena Kirchberg hatte wohl schon in den Bericht geschaut, den Kalli und Pauline heute Mittag in groben Zügen erstellt hatten.

„Wohlweislich hatte Wilde Senior vor seinem Ableben einen Treuhandfonds eingerichtet. Aus diesem werden die Kosten für die Unterbringung getragen. Und er hatte wohlweislich nicht seinen Sohn als Treuhänder eingesetzt, sondern einen befreundeten Rechtsanwalt. Mit dem habe ich auch schon gesprochen. Dieser Dr. Wulf hat schön den Daumen draufgehalten. Zwar habe Wilde immer mal wieder versucht, an Gelder heranzukommen oder zumindest die Mietimmobilie, die Bestandteil des Fonds war, zu Gunsten einer Bank zu belasten, um an weitere Kredite zu kommen. Aber Dr. Wulf hat das verhindert. Da hat er sich ausschließlich dem Alten beziehungsweise dessen Frau verpflichtet gefühlt."

„Gut, das passt auch ins Bild. Was weiter?"

Lothar hatte die Gesprächsführung wieder an sich gezogen und sah Pit an.

„Er hat noch eine Schwester, die seit vielen Jahren in den USA lebt. Hat einen hier stationierten GI geheiratet, den sie auf einem Empfang kennengelernt hatte. Muss ein ziemlich hohes Tier in der Army gewesen sein. Colonel oder so. Letztes Jahr hat sie ihre Mutter besucht, ansonsten wenig Kontakt. Lebt in Houston, Texas. Mit der habe ich auch telefoniert. Heute Mittag um eins. Hab' sie aus dem Bett geholt, weil ich nicht auf die Uhrzeit geachtet habe. Dort war es erst sechs. Zuerst war sie sauer, aber dann war sie doch einigermaßen mitteilsam. Über den Tod ihres Bruders war sie schon von der Ballauf informiert worden. Sie war wohl betroffen, auch wegen der Umstände, aber ansonsten hat sie ihrem Bruder keine großen Tränen nachgeweint. Sie hat auch nicht vor, zu seiner Beerdigung zu kommen. Erbansprüche habe sie keine, sie sei bei ihrer Heirat ausbezahlt worden. Ihrer Meinung nach war es zu wenig, seiner Meinung nach war es zu viel. Wie das halt so ist. Daher rührte auch das gestörte Verhältnis zu ihrem Bruder."

„Was ist mit der Exfrau?"

„Die lebt glücklich und zufrieden mit ihrem Oberstudienrat, der mittlerweile Studiendirektor ist, in Pforzheim und hat seit Jahren keinen Kontakt mehr zu ihrem Exmann gehabt. Der gemeinsame Sohn hat sein Studium schon länger beendet und ist erfolgreich in der IT-Branche tätig. Hat auch kaum Kontakt zu seinem Vater. Letztmals im Sommer hat er seine Oma im Altersheim besucht."

„Ich dachte, das heißt Seniorenresidenz."

„Lass' stecken, Kalli, du weißt ja, was ich meine."

Da war er wieder mit seinen blöden Bemerkungen. Lothar versuchte sie zu ignorieren.

„Ich glaube, mit der Familie kommen wir nicht weiter. Bleibt höchstens noch die aktuelle Ehefrau."

„An der bleib ich dran."

Das war von Pit gekommen. Lothar wartete auf einen weiteren Spruch von Kalli, der diesmal aber ausblieb. Spusi meldete sich zu Wort.

„Bei mir gibt es auch noch keine neuen Erkenntnisse. Fingerabdrücke und DNA weiterhin negativ. Am Tresor im Keller sind wir noch dran, aber leider noch nicht drin. Wir haben verschiedene Zahlenkombinationen ausprobiert, Geburtsdatum und so. Ist noch so ein altes Drehschloss, dreimal rechts drehen, zweimal links oder so ähnlich. Aber gepasst hat noch nichts. PC und Laptop werten wir noch aus. Ich hatte aber ein interessantes Telefongespräch mit einem Anton Marstein. Das ist ein Schmuckdesigner aus einem Ort im Hochwald. Habt ihr bestimmt schon mal gehört. Sahnt immer Schmuckpreise ab, auch international. Macht solche Skulpturen, echt geile

Objekte, das sehe sogar ich als Laie. Er hatte Wilde ein solches Teil leihweise als Blickfang für seinen Messestand in Basel zur Verfügung gestellt. Das soll aber nicht bei dem Raubüberfall weggekommen sein. Martin hatte zugesagt, dass er es die nächsten Tage zurückbringt. Vielleicht ist es ja noch im Tresor."

„Da müsste dieser Weißer doch etwas drüber wissen. Pauline, würden Sie den morgen früh sich nochmal vorknöpfen. Trauen Sie sich das alleine zu?"

„Aber klar. Und passieren kann mir ja bei dem auch nichts, wenn ich Sie richtig verstanden habe."

„Häh?", mit dem hier üblichen Fragewort für „Was heißt das bitte, ich habe das nicht verstanden, kannst du das nochmal wiederholen und in verständlichem Deutsch ausdrücken?", meldete sich Kalli nochmal zu Wort.

„Insiderwissen", knurrte Lothar und blinzelte Pauline mit dem rechten Auge zu. „Petzauge" sagte man hier dazu.

„Und dieser Typ aus dem Hochwald. Der soll uns doch bitte noch ein Foto von diesem Objekt schicken."

„Hat er schon gemacht. Bild ist als Anlage bei den Unterlagen auf dem PC."

„Und da sage noch einer Digitalisierungswüste Hochwald. Der Fortschritt ist nicht mehr aufzuhalten."

Ob das jetzt positiv oder sarkastisch gemeint war, wusste Lothar selbst nicht so genau.

„Ich werde morgen mit der Versicherungsgesellschaft reden. Die Sache mit dem Überfall und der ausstehenden Versicherungssumme. Kalli und Spusi, ihr versucht euch weiter an dem Computer. Und du, Pit, bezirzt nochmal die Gemahlin. Lass' mal deinen Charme spielen. Dann machen wir Schluss für heute oder gibt es noch Fragen?"

„Mir sitzt die Presse im Nacken. Was können wir sagen?" Lena Kirchberg meldete sich zu Wort. Ein erfahrener Staatsanwalt hätte so eine Frage nicht gestellt. Immerhin leitet die

Staatsanwaltschaft die Ermittlungen und entscheidet, wie weit die Öffentlichkeit zu informieren ist. Lothar war aber immer an einem guten Verhältnis interessiert, weil es die Zusammenarbeit wesentlich erleichterte.

„Üblicherweise bleiben wir da so ganz allgemein: Wir gehen verschiedenen Hinweisen nach. Die Ermittlungen laufen auf Hochtouren. Wenn es etwas zu berichten gibt, werden wir informieren."

„Danke, so in etwa habe ich mir das auch vorgestellt."

Lothar nutzte sie Situation sofort.

„Die Bank und diese Frau Ballauf bestehen auf einem staatsanwaltschaftlichen Auskunftsersuchen. Und wenn wir gerade dabei sind. Am besten noch eins für diese Versicherungsgesellschaft, die berufen sich erfahrungsgemäß auch immer auf ihr Geschäftsgeheimnis."

„Kein Problem, Herr Schmied, ich kümmer' mich drum. Liegt morgen früh alles auf Ihrem Schreibtisch."

20

Er stand am Fenster und blickte über die Stadt. Marco sah nur seinen Rücken. Der teure Anzug von Gucci saß tadellos. Das noch volle graue Haar schien auf die Farbe des Anzugs abgestimmt, wahrscheinlich aber eher umgekehrt. Wie alt dürfte Signore Russo wohl sein? Marco schätzte ihn auf Anfang sechzig. Der Vorstandsvorsitzende des ImmoBanca-Uno-Konzerns, kurz IBU genannt, drehte sich nicht um, während er leise aber überaus deutlich sprach. Er schien weiter regungslos die Skyline von Mailand zu betrachten. Der Blick aus dem Fenster war wirklich grandios. Sie befanden sich in dem riesigen, abhörsicheren Büro im 44. Stock des Hochhauses.

„Ärgerlich, dass diese Mafiosi noch höher gebaut haben als wir.“

Das Gebäude der IBU gehörte zu den größten Wolkenkratzern in ganz Italien, war aber nun mal in Mailand nicht das höchste. Auch wenn die anderen, die Stefano Russo als Mafiosi bezeichnete, zum Teil gemogelt und einfach nur eine fünfundachtzig Meter hohe Spitze auf ihrem Gebäude platziert hatten. Marco kannte die Eigenarten von Signore Russo und wusste, dass keine Äußerungen von ihm hierzu erwartet wurden.

„Du musst das regeln. Sonst läuft es aus dem Ruder.“

Jetzt kam er auf das eigentliche Thema. Marco wusste, dass er verantwortlich war. Das war er immer, wenn etwas schief ging.

„Wir machen sowas schon lange nicht mehr. Es stört nur unsere seriösen Geschäfte.“

Du meinst, was du so unter seriösen Geschäften verstehst. Marco sprach selbstverständlich diesen Gedanken nicht laut aus.

„Einige von euch sind wohl noch im vorherigen Jahrhundert stecken geblieben. Oder haben zu oft den ‚Paten‘ gesehen. Mit Pistolen rum fummeln und Leute umbringen, wir sind doch nicht im Kino. Immobilien, Banken und Versicherungen, das sind jetzt unsere Geschäfte. Dafür habe ich diesen Konzern gegründet. Drogen und Prostitution können wir bald den Russen oder Libanesen ganz überlassen. Wenn unser Geld irgendwann ganz sauber ist, und das dauert nicht mehr lange, dann machen wir nur noch die wirklich anständigen Sachen. Sieh bloß zu, dass keine Spuren hierher führen.“

„Das ist wirklich blöd gelaufen. Ich wollte Antonio einen Gefallen tun. Er ist einer unserer besten Partner. Und das Ganze war zumindest halbseriös. Die Pistolen, die eingesetzt werden sollten, waren ja noch nicht mal geladen. Und die Sache mit dem Schmuck war eigentlich ein gutes Geschäft.

Wir sind eine Menge Bargeld auf einen Schlag losgeworden und bei unserer Schmuckmanufaktur geht die Ware einfach in der Masse unter. Dass Matteo dazwischengefunkt hat, war nicht abzusehen. Dabei habe ich denen schon oft klar gemacht, dass wir keine Alleingänge dulden."

„Ich will gar keine Einzelheiten wissen. Bring die Sache in Ordnung."

„Auch wenn ich auf Methoden aus dem vorherigen Jahrhundert zurückgreifen muss?"

„Ganz dünnes Eis, diese Ironie", dachte Marco.

„Wenn es in der Familie bleibt, ist es ausnahmsweise gestattet. Dann halten sich die Herren von der Polizei zurück. Ihnen ist es ohnehin am liebsten, wenn wir uns gegenseitig umbringen."

Stefano stand immer noch mit dem Rücken zu ihm. Marco glaubte aber, in der Spiegelung des Fensters ein leichtes Lächeln zu erkennen. Er war bemüht, nicht durch ein zu lautes Aufatmen sich seine Erleichterung anmerken zu lassen. Die Herren von der Polizei. Wo andere „Bullenschweine" sagen würden, behielt der Patron immer die Contenance.

„Si, Signore. Ich kümmere mich darum, das geht klar. Sie können sich auf mich verlassen."

„Das hoffe ich. In deinem eigenen Interesse."

Das war deutlich. Marco wusste, dass damit die Audienz beendet war und verließ das Büro. Einen letzten Blick auf die unter ihnen liegende Stadt gönnte er sich aber noch. Die Aussicht war wirklich grandios.

21

„Ich würde Ihnen ja gern helfen. Aber Sie verstehen sicher, dass wir nicht so einfach Dinge über unsere Kunden ausplaudern können, auch wenn sie tot sind. Zumal ja noch nicht mal der Tote unser eigentlicher Vertragspartner war, sondern die GmbH."

Schmied hatte es richtig eingeschätzt. Natürlich würde dieser Versicherungsheini sich auf sein Geschäftsgeheimnis berufen. Er hoffte, dass er nicht zu genüsslich grinste, als er das Auskunftsbegehren aus seiner Jacke zog und auf den Schreibtisch vor ihn legte. „Das habe ich mir gedacht. Deshalb habe ich Ihnen etwas mitgebracht. Leider schon etwas zerknittert, erfüllt aber, glaube ich, seinen Zweck."

Bevor er die Versicherungsgesellschaft aufgesucht hatte, war er noch im Büro vorbeigegangen. In der Tat hatte Frau Kirchberg das versprochene Auskunftsersuchen ausgestellt. „Ganz schön tüchtig, die junge Frau", dachte Lothar. Die älteren Staatsanwälte ließen sich mit diesen Dingen gerne Zeit, auch weil sie dafür erst ihre Mitarbeiter einspannen mussten, um dann nur noch die Unterschrift darunterzusetzen. Wahrscheinlich hatte sie sich gleich nach der Besprechung selbst an ihren PC gesetzt und ihre Hausaufgaben erledigt. Moderne Zeiten. Da muss man sich erst einmal daran gewöhnen, dass die Mühlen der Justiz auch mal etwas schneller mahlen können.

„Ich muss mal telefonieren. Bin gleich wieder da."

Jonas Müller, so stand auf dem Namensschild auf dem Schreibtisch, wollte aufstehen und wohl aus einem anderen Zimmer mit einem Vorgesetzten sprechen.

„Sagen Sie Ihrem Chef oder wem auch immer, dass ich mich mit ein paar Auskünften zufrieden gebe. Dann müssen wir nicht das ganze Büro durchsuchen und vielleicht sogar Ihre Computer mitnehmen."

Nach fünf Minuten saßen sie sich wieder gegenüber. Müller hatte sogar einen kleinen Ordner in der Hand.

„Wir sind selbstverständlich kooperativ. Allerdings würden Ihnen unsere PCs nicht viel nützen. Die Daten sind alle auf einem zentralen Server in Düsseldorf oder sonst wo in einem Rechenzentrum. Ich habe hier aber noch eine kleine Handakte. Steht nicht viel drin. Das meiste ist digitalisiert. Was wollen Sie wissen?"

„Wilde hat die Waren für den Transport bei Ihnen versichert. Wie hoch war die Versicherungssumme und warum haben Sie den Schaden noch nicht beglichen?"

„Also, die Ware war nicht bei uns direkt versichert."

Lothar wollte schon etwas sagen, aber Müller, der das Staunen bemerkt hatte, beeilte sich hinzuzufügen:

„Wir sind in diesen Fällen nur noch Vermittler, also rein rechtlich. Natürlich wickeln wir alles für den Kunden ab. Aber die Versicherung selbst läuft über einen Kooperationspartner, der sich auf sowas spezialisiert hat. Früher haben wir das selbst gemacht, aber in den letzten Jahren hat es sich eingebürgert, dass diese Transporte von Sicherheitsunternehmen durchgeführt werden. Die machen Geld- und Werttransporte. Die Fahrzeuge von Prosegur kennen Sie ja sicher. Es gibt aber auch andere. Nur ab und zu transportieren die Edelsteinhändler ihre Kollektionen selbst zu den Messestandorten. Zum Beispiel, wenn es sich um weniger wertvolle Waren wie Splitterketten oder Achatuhren handelt. Das Zeug käme aber für die ‚Baselworld' nicht in Frage. Ich glaube, die würden sie rausschmeißen, wenn sie so was an ihrem Stand anbieten würden. Das sind eher Scheußlichkeiten, die hier am Marktplatz den Touristen angedreht werden. Das hat mit der hiesigen Edelsteinindustrie ungefähr so viel gemeinsam wie der Papst mit Kondomherstellern. Obwohl, bei den finanziellen Machenschaften des Vatikans ist man sich heutzutage auch nicht mehr sicher, ob sie da nicht noch ein Aktienpaket besitzen."

Lothar musste lachen.
„Sie kommen zwar vom Thema ab, aber der Vergleich gefällt mir."
„Entschuldigung, ich bin bei dem Thema ein bisschen angefressen. Meine Eltern haben ein kleines Schmuckgeschäft am Marktplatz. Mein Vater ist gelernter Goldschmied. Eigentlich sollte ich den Laden übernehmen. Aber da kann man keine Qualität mehr verkaufen. Der Billigramsch aus Asien ist das, was man dort für ein paar Euro verscherbelt. Ungefähr wie im Schwarzwald, wo auf den Original-Kuckucksuhren auch ein Schild ‚Made in China' klebt. Und für die richtig guten, kreativen Sachen hat mein Talent nicht gereicht. Da bin ich Realist."
Lothar nahm den Versicherungsheini gedanklich zurück. Der machte ja auch nur seinen Job.
„Jetzt aber bitte zum Thema."
„Wie gesagt, meist nehmen die Edelsteinhändler diese Werttransportfirmen in Anspruch. Diese sind versichert und man muss sich selbst nicht mehr darum kümmern. Es gibt aber immer noch einige, die das selbst machen wollen. Billiger ist das aber nicht. Die Versicherungsprämie ist recht happig. Wilde hat seine Ware mit einer halben Million versichert. Erstens hat er dummerweise die Versicherungsprämie nicht gezahlt. Die Lastschrift wurde von der Bank zurückgegeben, angeblich ein Irrtum. Die Juristen der Gesellschaft prüfen noch, ob der Vertrag überhaupt zustande gekommen ist. Und zweitens erscheinen wohl die Umstände etwas mysteriös. Vor zwei Jahren hatte schon mal ein Kollege von Wilde einen Versicherungsbetrug versucht und ist aufgeflogen. Bei einer Durchsuchung hat man die gesamte angeblich gestohlene Ware bei ihm im Tresor gefunden. Der hatte einfach selbst eine Scheibe eingeschlagen und behauptet, er wäre ausgeraubt worden. Da ist man bei der Versicherungsgesellschaft natürlich hellhörig bei ähnlichen Vorgängen. Und drittens hat man

wohl festgestellt, dass die Bilanz von Wilde einen geringeren Warenbestand ausweist. Theoretisch dürfte er also gar nicht so viel Schmuck gehabt haben. Das hat aber in der Schmuckbranche nicht unbedingt etwas zu sagen, wie mir kürzlich ein befreundeter Steuerberater augenzwinkernd erklärt hat. Das ist schon eher ein Suchen in den Krümeln, um die Schadenssumme zu begrenzen."

Erstaunlich offenherzig der junge Mann. So war das von seinen Vorgesetzten mit der Kooperation sicher nicht gemeint. Etwas wesentlich Neues hatte er zwar nicht erfahren, aber jeder Mosaikstein war für das Gesamtbild wichtig.

Spusi und Kalli saßen vor dem PC, den sie aus der Wohnung von Wilde mitgenommen hatten. Der Zugang war nicht passwortgeschützt, in dieser Beziehung schien der Edelsteinhändler ziemlich nachlässig gewesen zu sein. Allerdings herrschte in den abgespeicherten Daten ein ziemliches Chaos, auch eine Art von Sicherung. Urlaubs- und Hochzeitsfotos waren vollkommen unsortiert zusammen mit geschäftlichen Unterlagen abgespeichert. In dem Ordner „persönlich" waren nur unpersönliche Dinge abgelegt, während im Ordner „nicht persönlich" eher persönliche Sachen, zum Beispiel private Fotos hinterlegt waren. Die musste man eigentlich nicht wirklich sehen.

„Aber ein guter Rechercheur muss da durch", meinte Kalli und blieb an den sehr persönlichen Bildern von Gabriela Wilde-Souza etwas länger hängen, als für die Ermittlungen zwingend notwendig gewesen wäre.

Spusi fiel ein Ordner unter „Words" auf. Es war aber nicht die Musik des Bee Gees-Klassikers aus den sechziger Jahren des vorherigen Jahrhunderts dort abgespeichert. Im weiteren Unterordner namens „Passwords", wie originell, waren verschiedene vermeintliche Passwörter abgelegt. Unter einem weiteren Unterordner „Tenor" fand Kalli eine Zahlenreihe: 24-10-33-17.

„Das könnte die Kombination für den Tresor sein. Wir müssen nur wissen, ob wir zuerst links und dann rechts drehen müssen oder umgekehrt."

„Kalli, du bist ein Genie. Das Problem können wir notfalls nach dem Prinzip ‚Versuch und Irrtum' lösen."

Die Ironie triefte nur so aus dieser Bemerkung von Spusi, prallte aber an dem Ego von Kalli völlig ab. Selbst als Spusi nachlegte.

„Und wie du von Tenor auf Tresor geschlossen hast. Wahnsinn."

Etwa zur gleichen Zeit saß Pauline Hess im Besucherzimmer der Wilde GmbH Chris Weißer gegenüber. Sie hatte die Jeans vom Vortag gegen einen Rock ausgetauscht und einen Knopf mehr als unbedingt erforderlich an ihrer blauweißen Bluse geöffnet.

„Nett, dass wir uns einmal ungestört zu zweit unterhalten können."

Treuherziger Augenaufschlag.

„Find ich auch nett", zeigte ihr Chris Weißer sein freundlichstes Lächeln. „Aber bemühen Sie sich nicht unnötig. Leider stehe ich nicht auf Frauen. Ich bin nämlich schwul. Was ich in Ihrem Fall fast bedauere."

„Hoffentlich werde ich jetzt nicht rot." Pauline hatte das Gefühl, dass dies auch nicht mehr durch das sorgsam aufgetragene Make-up verdeckt wurde.

Chris lachte.

„Ihr Chef hat das sicher schon das letzte Mal bemerkt. Und ich merke, wenn mein Gegenüber das merkt. Es wird dann alles etwas verkrampfter. Das gibt sich aber mit der Zeit, denn irgendwann spielt es keine Rolle mehr, wenn man sich näher kennenlernt. Sie waren nicht sicher, ob er Recht hat, und wollten es mal austesten. Hab' ich Recht oder hab' ich Recht?"

Er sagte das so locker, dass Pauline lachen musste.

„Sie haben mich voll erwischt. Dann kann ich die Bluse ja wieder zuknöpfen."

„Lassen Sie es so, wie es ist. Es sieht gut aus und passt zu Ihnen."

Jetzt bedauerte Pauline, dass er schwul war. So charmant war bisher selten ein Mann gewesen.

„In Ordnung, dann können wir uns jetzt ja ganz auf den wirklichen Grund meines Hierseins konzentrieren. Ich hätte noch ein paar Fragen zu dem Überfall vor ungefähr vier Wochen."

„Ehrlich gesagt, ich hatte eine Scheißangst, als die beiden Typen uns mit der Pistole bedrohten. Gehen Sie mal über einen Friedhof, ausgerechnet ein Friedhof, und es wird mit Pistolen auf Ihren Rücken gezielt. Da kommen schon ein paar seltsame Assoziationen auf."

„Wieso eigentlich Friedhof?"

„Keine Ahnung, warum direkt neben dieser Autobahnraststätte im Breisgau ein Friedhof ist. Scheint zu einem Kaff da in der Nähe zu gehören."

„Dass man da auf komische Gedanken kommt, kann ich mir gut vorstellen. Aber der Überfall ist eigentlich klar. Ich interessiere mich mehr für das, was in Basel abgelaufen ist. Aber zuerst noch eine andere Frage. Angeblich hatten Sie in Basel eine Edelsteinskulptur als Deko-Element für Ihren Stand dabei. Die wurde nicht gestohlen. Was wissen Sie darüber?"

„Die hatte Martin, also Herr Wilde, in Luftpolsterfolie verpackt unter dem Fahrersitz liegen. Die Gangster haben ja nur die Ware aus dem Kofferraum mitgenommen. Ich wusste gar nicht, dass er das Teil nicht in einem der Koffer hatte. Er hat sie mir erst später gezeigt. ‚Die haben sie nicht erwischt', sagte er. Zum Glück kann ich da nur sagen. Das war ein tolles Stück, ein Unikat, was heißt Unikat, ein Kunstwerk. Das hätte man nicht mit Geld aus der Versicherung ausgleichen können. Zudem war es eine freundliche Leihgabe von einem

Freund von Martin. Das wäre mehr als peinlich gewesen, wenn die auch noch weg gewesen wäre."

„Wissen Sie, wo er das Teil in der Zwischenzeit aufbewahrt hat?"

„Ich nehme an bei sich zu Hause, wahrscheinlich in seinem Tresor. In der Firma jedenfalls nicht, soweit ich weiß."

„Wie war das in Basel? War etwas Ungewöhnliches, etwas anders als sonst?"

„Kann ich nicht beurteilen. War ja das erste Mal dabei. War aber schon beeindruckend. Auch wenn Martin meinte, früher sei alles besser und größer gewesen. Ich habe selbst keine Geschäfte getätigt. Das war auch nicht mein Part. Wenn jemand was fachlich wissen wollte, war ich glaub ganz gut dabei, aber alles andere hat Martin geregelt. Wenn er sich mit Geschäftspartnern zurückgezogen hat, habe ich mehr oder weniger den Stand bewacht."

„Irgendetwas, das Ihnen trotzdem aufgefallen ist?"

„Am letzten Tag der Messe schon."

Weißer druckste verlegen herum.

„Ach, was soll's. Wenn's der Wahrheitsfindung dient. Also, am letzten Tag waren zwei Italiener am Stand. Aus Mailand. Ein etwas Älterer und ein Jüngerer, Leonardo. Martin hat sich mit dem Älteren unterhalten und ich hatte das Gefühl, dass sie irgendwie ins Geschäft gekommen sind. Um was es im Einzelnen ging, kann ich nicht sagen. Ich habe mich in der Zwischenzeit ganz nett mit Leonardo unterhalten."

„Ganz nett?"

„Er war ziemlich attraktiv und hat angefangen zu flirten. Ich war nicht mehr in einer festen Beziehung und dachte, warum nicht. Er meinte, wir sollen den beiden Alten das Geschäftliche überlassen und lud mich zu einer Tasse Kaffee ein. Als ich Martin fragte, ob das in Ordnung sei, meinte er es wäre kein Problem. Wir wären dann sowieso fertig für heute. Er würde alles zusammenpacken. Ich bräuchte nicht mehr zu kommen. Dabei zwinkerte er mir zu, hat wohl gesehen, was los war. Naja, großartig zusammenpacken musste er ja nicht. Die Ware war ja schnell in die Koffer geräumt. Ist halt der Vorteil der Schmuckbranche. Ruckzuck können locker ein paar Millionen in einem Koffer verschwinden. Waren bei uns zwar keine Millionen, aber einige hunderttausend Euro waren die Sachen schon wert."

Weißer zögerte wieder.

Pauline ließ in zappeln. Mal ruhig nix sagen und das Gegenüber kommen lassen, diese Verhörtaktik hatte sie auf der Polizeischule gelernt und wollte sie zum ersten Mal in der Praxis anwenden. Am besten abwarten und leise bis zwanzig zählen.

Bei vierzehn begann Chris Weißer weiterzureden.

„Es kam dann wie es kommen musste. Nach dem Kaffee sind wir noch um die Häuser gezogen. Es war ein netter Abend. Ich hatte das Gefühl, dass Leonardo eher rudimentäre Ahnung von der Branche hatte, und ich hatte es ja nicht auf Fachgespräche angelegt. Jedenfalls sind wir dann in meinem Hotelzimmer gelandet und, naja, Sie wissen schon ... Wir wollten noch zusammen frühstücken, aber als ich gegen acht Uhr wach wurde, war er verschwunden. Ich haute mich vor dem Frühstück noch ein Stündchen aufs Ohr, denn wir hatten uns erst für halb elf für die Abfahrt verabredet."

„Warum so spät?"

„Martin meinte, er hätte vorher noch etwas zu erledigen."

„Was könnte das gewesen sein?"

„Keine Ahnung."

22

Martin Wilde betrat das unauffällige Gebäude in der Baseler Innenstadt gegen neun Uhr. Er hatte sich diese eher kleine Raiffeisenbank für sein Vorhaben ausgesucht. Die Dame am Serviceschalter fragte in unverkennbarer Baseler Tonlage nach seinen Wünschen.

„Ich möchte ein Konto eröffnen."

Er bemühte sich nicht zu flüstern, denn er dachte an den Witz, den ein Kollege am Stammtisch erzählt hatte: Kommt ein Idar-Obersteiner Edelsteinhändler auf eine Schweizer Bank und flüstert dem Kundenberater zu: „Ich möchte zwei Millionen bei Ihrer Bank anlegen." Sagt der Kundenberater: „Sie müssen nicht flüstern. In der Schweiz ist Armut keine Schande."

Deshalb hatte er sich vorsichtshalber auch die kleine Raiffeisenbank ausgesucht. Selbst der seriös aussehende Kundenberater musste ein Lachen unterdrücken, als Wilde ein anonymes Nummernkonto anlegen wollte.

„Das gibt es sogar in der Schweiz nicht mehr, spätestens seit 1998 haben auch wir die entsprechenden Gesetze."

Den Begriff Anti-Geldwäsche-Gesetz hatte er bewusst vermieden. Wilde schien ein leichtes Bedauern im Schwyzer Deutsch in der Stimme wahrzunehmen.

„Wir können gern ein Nummernkonto anlegen, allerdings müssen wir Ihre Daten hinterlegen. Dazu benötigen wir Ihren Pass oder den deutschen Personalausweis. Allerdings ist das Schweizer Bankgeheimnis immer noch eines der besten der Welt."

Wohlweislich verschwieg er, dass die Gebühren bei einem Nummernkonto, das im Prinzip keine wirkliche Anonymität bot, mehr als dreimal so hoch waren als bei einem normalen Konto.

„Dann muss ich wohl in den sauren Apfel beißen, es bleibt mir wohl keine Wahl", konstatierte Wilde.

„Wie sieht es mit der Verzinsung aus?“, traute er sich zu fragen.

So einen lustigen Vogel habe ich schon lange nicht vor mir sitzen gehabt, Paul Fletscher, seines Zeichens Kundenberater bei der Baseler Raiffeisenbank, musste erneut einen Lachanfall unterdrücken.

„Ab fünfzigtausend Euro berechnen wir Negativzinsen in Höhe von einem halben Prozent. Damit liegen wir landesweit noch deutlich unter dem Durchschnitt.“

Gut, das deutlich „unter dem Durchschnitt“ war jetzt etwas übertrieben. Er überlegte gerade, ob es in diesem Fall ohnehin nicht hätte heißen müssen „über dem Durchschnitt“ und „untertrieben“ oder wäre das eine negative Umkehrung oder würde es sich dann sogar wieder aufheben, doppelte Verneinung oder so.

„Da kann man wohl im Moment nichts machen. Ich habe hier 250.000 Euro in bar, die ich gerne einzahlen würde“, unterbrach Wilde den halbphilosophischen Gedankengang von Fletscher.

Die Summe, die er ursprünglich auf das neue Konto einzahlen wollte, hatte er schnell mal um fünfzigtausend Euro reduziert. Schlimm genug, dass er hier Strafzinsen zahlen sollte. Er öffnete den Aktenkoffer und zählte den Betrag auf den Tisch. Fletscher hatte mittlerweile einen Kollegen angerufen, vermutlich den Kassierer, der kurz darauf mit einer vorbereiteten Quittung erschien.

Die weiteren Formalitäten waren schnell erledigt.

23

Die interessantesten Neuigkeiten hatten Spusi und Kalli zu bieten. Die nachmittägliche Besprechung war auf drei Uhr angesetzt worden. Es war Freitag und auch Polizisten wollen früh ins Wochenende, wenn es ihre Arbeit zuließ.

„Wir haben den Tresor-Code geknackt."

Während Kalli begeistert von sich selbst klang, ergänzte Spusi nüchtern:

„Geknackt ist vielleicht ein bisschen übertrieben. Wir haben die Kombination auf dem PC gefunden, dank Kallis Spürnase."

„Sei doch nicht so kleinlich und deine Ironie kannst du dir auch schenken. Jedenfalls haben wir sie gefunden und haben den Tresor öffnen können."

„Macht es doch nicht so spannend. Was war denn drin?"

Lothar Schmied war etwas ungehalten.

„Nicht viel im Hinblick auf die Größe des Tresorraumes, einszwanzig mal zwei Meter. Wir haben Bargeld gefunden, große Scheine, nur Fünfhunderter, insgesamt sechsundvierzigtausend Euro, einen Trommelrevolver Colt Cobra, Kaliber 38, älteres Modell, ein paar Quarzdrusen, die keinen großen Wert haben und …" Kalli musste seinen Notizblock zu Rate ziehen: „etwas Schmuck in einer Schatulle auf der ‚Mutti' stand, dürften etwas wertvollere Teile sein. Wir gehen davon aus, dass es sich um den Privatbesitz der alten Frau Wilde handelt. Einige Versicherungsunterlagen, unter anderem auch diese Warenversicherung, von der schon die Rede war. Ein paar Geschäftspapiere, Lieferscheine, Rechnungen und so weiter. Müssen wir uns noch genauer ansehen. Auf den ersten Blick aber nichts, das uns weiterbringen würde."

„Was ist mit der Skulptur von diesem Marstein?"

„Fehlanzeige."

„Ich weiß nicht, ob wir Versicherungsbetrug ganz ausschließen können, zumindest befindet sich aber die angeblich gestohlene Ware offensichtlich nicht im Tresor."

Lothar berichtete von seinem Besuch bei der Versicherung und den Szenarien, die schon bei einem Versicherungsbetrug vorgekommen waren.

„Die Versicherungsgesellschaft sucht noch ein paar Hintertürchen. Aber ich gehe davon aus, dass sie zahlen muss. – Was hat die Obduktion ergeben?"

Diesmal war auch Liane Bommer, die Gerichtsmedizinerin bei der Besprechung dabei.

„Todesursache ist ein schweres Schädelhirntrauma. Ein Schlag. Der Tod ist sofort eingetreten."

„Die Tatwaffe?"

„Kein stumpfer Gegenstand, aber auch nicht scharf, kein Beil oder Axt. Aber auffällig waren Spuren von Mineralien, Bergkristall oder sowas. Die Analyse läuft noch."

„Sonst noch etwas aufgefallen?"

„Kleine Verletzungen unter den Daumennägeln. Die wurden mit den Zahnstochern zugefügt, die noch auf dem Tisch lagen. Die minimalen Blutspuren daran stammten von Wilde. Alte chinesische Foltermethode, allerdings sehr dilettantisch ausgeführt. Kann nicht sehr schmerzhaft gewesen sein."

Lothar warf Spusi einen warnenden Blick zu. Halt bloß die Klappe, wollte er damit sagen. Spusi hatte verstanden und zwinkerte Lothar heimlich zu. Dem wurde beinahe übel bei dem Gedanken, dass er vor zwei Tagen einen dieser Zahnstocher seiner ursprünglichen Zweckbestimmung zuführen wollte.

„Ansonsten war nichts Besonderes, das Übliche bei Männern dieses Alters, leichte Fettleber, etwas erhöhte Cholesterinwerte. Alkoholwert 0,2 Promille, könnten zwei Gläser Wein am Vorabend gewesen sein."

„Das passt. In der Spüle in der Küche stand unter anderem noch ein Weinglas und daneben eine angebrochene Flasche

Rotwein, Merlot aus Frankreich, gibt's hier beim örtlichen Discounter. Gutes Preis-Leistungsverhältnis. Kaufe ich selbst manchmal", ergänzte Spusi.

„Wenn ich nicht mehr gebraucht werde, bin dann mal weg. Hab' noch was vor heute."

Die Gerichtsmedizinerin erwartete weder eine Zustimmung noch eine Bemerkung und war durch die Tür verschwunden, bevor Schmied etwas sagen konnte. Ein Blick aus dem Fenster erklärte ihm den plötzlichen Aufbruch. Vor der Tür stand ein Porsche Carrera mit so einem Schickimicki-Typen am Steuer. Fehlt nur noch, dass er mit quietschenden Reifen losfährt. Lothar war fast enttäuscht, als der ganz gesittet anfuhr, nachdem Liane Bommer eingestiegen war. Es hätte so gut zu seinen Vorurteilen gepasst.

Pauline Hess berichtete von ihrem Gespräch mit Weißer. Sie konzentrierte sich auf die Fakten. Dass er sich ihr gegenüber als schwul geoutet hatte und was sie von dem Überfall und dem Vorabend auf der Baseler Messe erfahren hatte. Das kleine persönliche Detail, dass ihr Versuch ihn anzubaggern ziemlich danebengegangen war, verschwieg sie wohlweislich. Die blöden Bemerkungen der Kollegen konnte sie sich wirklich ersparen.

„Wenn meine persönliche Einschätzung gefragt ist: Ich glaube nicht, dass er etwas mit dem Überfall zu tun hatte, also als Täter oder Mittäter meine ich. Dazu haben die Untersuchungen der Kollegen nichts ergeben und das, was er sagt, macht einen glaubwürdigen Eindruck."

Lena Kirchberg, die Staatsanwältin, hatte bisher noch nichts gesagt. Jetzt meldete sie sich mit einem äußerst produktiven Beitrag zu Wort, wie insbesondere Kalli fand.

„Wenn wir nichts weiter haben, können wir, glaube ich, Schluss machen für heute. Wünsche Ihnen ein schönes Wochenende und wir sehen uns dann am Montag wieder. Wenn es etwas Besonderes geben sollte, meine Handy-Nummer haben Sie ja."

Damit war die Runde aufgelöst und bis auf Spusi und Lothar waren alle schnell weg.

„Hast du heute Abend noch etwas vor? Wir grillen mit meinem Schwager und Annemarie, nichts Besonderes, Schweinehaas, aber so langsam muss man ja mal die Saison eröffnen."

Annemarie war Spusis Schwester und „Schweinehaas" die Bezeichnung für Schweinekamm, das hier von den meisten bevorzugte Grillfleisch, stundenlang vorher mit Salz, Pfeffer und Zwiebeln eingelegt.

„Was soll ich als einsames Scheidungsopfer schon freitagsabends vorhaben. Danke für die Einladung, ich komme gerne. Kann ich was mitbringen?"

„Nicht notwendig, Marianne macht einen Rettichsalat und Stubbis sind genug da. Um sechs mach ich Feuer."

Üblich war bei solchen „Veranstaltungen", dass das Grillen dazu gehörte und man nicht erst kam, wenn das Essen fertig war. Feuer machen hatte etwas Archaisches und die Diskussionen darüber, ob die Glut ausreichend zum Auflegen war, ob nicht doch besser noch ein paar Buchenscheite nachgelegt werden sollten oder wann die „Sticker", also die Fleischstücke, gewendet werden sollten, gehörte zum Ritual dazu. Ebenso obligatorisch die Stubbis (0,33 Liter Bier), die hierzu getrunken werden mussten. Das waren die Dinge, die einen solchen Abend in erster Linie ausmachten und zum guten Lebensgefühl beitrugen.

Deshalb klingelte Lothar schon kurz vor sechs an der Tür des Einfamilienhauses in dem Stadtteil, der etwas abseits auf einer Höhenlage östlich der Nahe liegt. Im unteren Teil des Gebietes befanden sich Wohnblocks der Baugenossenschaft und weiter oben hatten sich seit den fünfziger Jahren Reihen- und Einfamilienhäuser ausgebreitet. Eine schöne Wohnlage, die sich bis zum herrlichen Buchenwald unterhalb der höchsten Erhebung der Gegend erstreckte und ausgiebige Wander- und Mountainbike-Touren ermöglichte.

„Schön, dass du da bist. Dann können wir gleich Feuer machen. Gerhard und Annemarie kommen auch gleich und Marianne hat noch eine Bekannte aus dem Turnverein eingeladen, Claudia heißt sie."

„Ich hab' noch 'ne Flasche von meinem selbstgebrannten Quetsche mitgebracht. Ein Erbstück meines Onkels. Der hatte den Keller noch voll von dem Zeugs, als wir nach seinem Tod das Haus ausgeräumt haben. Ist laut Etikett zwölf Jahre alt und müsste jetzt die perfekte Reife haben."

„Das Richtige für die Verdauung nachher."

Lothar begrüßte Spusis Ehefrau Marianne, als auch die anderen Gäste eintrafen. Ebenso Gerhard und Annemarie, Schwager und Schwester von Spusi, den Gerhard natürlich in diesem Falle mit seinem amtlichen Vornamen Wolfgang begrüßte, kannte er schon lange. Gemeinsam mit seiner geschiedenen Ehefrau hatten sie zusammen gegrillt oder miteinander Wanderungen unternommen.

Claudia wurde ihm von Marianne vorgestellt.

„Wir turnen zusammen beziehungsweise machen Qigong, wie das jetzt heißt."

Lothar hatte davon gehört.

„So was Ähnliches wie Yoga?", fragte er.

„So ähnlich, aber doch anders. Etwas mehr Bewegung, aber doch entspannter. Könntest du auch mal probieren. Ist auch für Männer geeignet, machen aber fast nur Frauen", versuchte Claudia ihm zu vermitteln.

Die blonde Frau Anfang vierzig machte einen sympathischen Eindruck. „Eine Geschiedene im passenden Alter", Lothar dachte an den Spruch von Spusi vor einiger Zeit.

Gerhard unterbrach das Gespräch. „Sind wir hier zum Quatschen oder soll es irgendwann mal was zu essen geben?“

So kannte Lothar ihn, klare Ansagen, die nicht so ernst gemeint waren, wie sie für einen Außenstehenden rübergekommen konnten. Es bedurfte keiner weiteren Absprache, denn die Rollenverteilung war klar: Für das Feuer waren die Männer zuständig, soweit ging die Emanzipation selbst in liberalen Haushalten dann doch nicht.

Wie fast alle hier hatte Spusi eine Grillstelle im Garten hinter dem Haus eingerichtet, denn Spießbraten war mehr als nur Stillung des Hungerbedürfnisses. Spießbraten war Kult und hatte seine eigene Geschichte, die Fremden immer gerne erzählt wurde.

Auswanderer, die im fernen Brasilien ihr Glück gesucht und gefunden hatten, brachten nicht nur Achate mit, sondern auch die Art, wie die südamerikanischen Gauchos ihre großen Fleischportionen über offenem Feuer zubereiteten.

Es gab zwei Arten der Zubereitung, die von den Idar-Obersteinern zelebriert, ja, genau dieses Wort traf es, wurde. Zum einen den „Gerollten“, einen Schweinerollbraten auf einem Spieß, der früher von Hand über dem Buchenfeuer gedreht wurde.

Nahrungsaufnahme in flüssiger Form gehörte während der „Dreharbeiten“ immer dazu. Bevorzugt war dabei ein Getränk aus der Nachbarstadt Kirn, die insbesondere durch ihre Braukunst bekannt war. Dass man Spießbraten ohne Stubbi zubereiten konnte, war einfach undenkbar. Im Lauf der Jahre war man allerdings mehr zum Schwenkbraten übergegangen, der an einem Dreibein befestigten schwingenden Rost zubereitet wird, aber für die meisten trotzdem noch Spießbraten hieß.

Das Buchenholz war zu einem Turm aufgestapelt worden und konnte mit einem Anzündwürfel entflammt werden.

„Hat einer Feuer?“ Da keiner mehr rauchte wurde die Frage verneint.

„Ich muss sowieso nochmal rein und das Bier holen."

Spusi verschwand im Haus und kam mit einer Streichholzschachtel und drei Stubbis zurück. Zuerst wurden die Flaschen geöffnet und der erste Schluck getrunken, erst dann das Feuer angezündet. Man muss Prioritäten setzen.

Es dauerte etwa zwanzig Minuten, bis Glut war und das Grillgut aufgelegt werden konnte, Schweinekammstücke, ungefähr vierhundert Gramm schwer, das übliche Gewicht für einen Einheimischen.

Die Zeit wurde mit Gesprächen über die sportlichen Chancen des FC in der Oberliga überbrückt. Lothar hörte etwas aufmerksamer zu, als Gerhard, der ein regelmäßiger Besucher der Spiele war, auf die Brasilianer zu sprechen kam.

„Ich weiß gar nicht, mit was die ihr Geld verdienen. Von Fußball allein kann man doch in dieser Klasse sicher nicht leben", fragte Lothar ihn.

„Soweit ich weiß, haben die kleinere Jobs bei einigen der Mäzene des Clubs, was und ob sie da wirklich was arbeiten, weiß ich auch nicht. Ich glaube, du musst das Fleisch mal wenden."

Wie gesagt, Prioritäten setzen, da kann das Thema noch so interessant sein.

„Einer der Jungs ist doch, glaube ich, mit der Frau eures Mordopfers zusammen. Habt ihr den auch auf der Liste der Verdächtigen?"

Lothar beendete diesen Teil des Gesprächs mit seiner Standardformulierung.

„Wir ermitteln in alle Richtungen."

Gerhard kannte die beiden gut genug, um zu wissen, dass damit das Thema durch war.

„Wie lange brätst du eigentlich das Fleisch?" Lothar war nicht der große Grillmeister und wunderte sich immer, wie andere das hinbekamen, ohne auf die Uhr zu schauen.

Dementsprechend war die Antwort von Spusi: „Bis es gut ist."

„Danke für diese äußerst präzise Auskunft. Das hilft mir weiter. Gib mir lieber noch en Stubbi."

Diesmal ging Gerhard zum Kühlschrank, der gutgefüllt im Keller stand und durch den Garten erreichbar war.

„Das muss man im Gefühl haben. Du kannst aber auch einen Test mit der Fleischgabel machen." Spusi drückte mit der zweizackigen Gabel auf eines der Fleischstücke, das noch leicht nachgab. „Es muss immer noch ein bisschen nachgeben und darf nicht zu hart werden. Rechtzeitig wenden, damit es nicht zu schwarz wird und bei durchwachsenen Kammstücken braucht es länger."

Natürlich hatte Lothar das alles schon oft zu hören bekommen. Meist war er aber mehr am Fertigprodukt als an der Zubereitung interessiert. Gerhard kam mit dem Bier zurück und nach einem weiteren Stubbi war das Fleisch dann so weit.

In einer großen Porzellanschüssel, das gebratene Fleisch vor sich hertragend, führte Spusi die Männerprozession auf dem Weg ins Esszimmer an. Um draußen zu essen, war es um diese Jahreszeit noch ein bisschen zu kühl. Diesmal war Lothar dafür zuständig, nochmal drei Stubbi aus dem Keller mitzubringen.

Die Frauen hatten den Tisch bereits gedeckt und die Schüssel mit dem Rettichsalat aufgestellt. Dazu gab es sogenannte „Wasserweck" (Doppelweck) oder einige Scheiben Brot, damit genügend Platz für die großen Fleischportionen blieb.

Marianne achtete darauf, dass Lothar neben Claudi, wie sie sie nannte, zu sitzen kam.

Claudi arbeitete im Büro bei einer großen örtlichen Bauunternehmung. Sie war in der Tat geschieden und ihre zwei Kinder lebten nicht mehr zuhause. Sie machte einen netten Eindruck und schien sich für Lothars Arbeit zu interessieren.

„Muss ja ein ganz schön harter Job sein, immer so mit Kriminellen und so."

„Über Arbeit können wir uns nicht beklagen. Und geregelte Arbeitszeiten gibt es auch nicht. Deshalb immer Augen auf bei der Berufswahl. Hab' das scheinbar damals verschlafen", war üblicherweise Lothars Antwort darauf, von der er hoffte, dass sie beim Gegenüber witzig rüberkam.

„Seit diese ganzen Ausländer in der Stadt sind, ist es ja noch viel schlimmer geworden. Das Gesindel treibt sich ja überall herum. Man traut sich ja nachts kaum noch auf die Straße. Und diese ganzen Kopftücher und Islamisten. Da kann man ja nur die Alternative wählen, die mehr für Ordnung sorgen will. Da glaub ich, dass ihr viel zu tun habt."

Marianne guckte etwas betreten und wollte etwas Beschwichtigendes sagen, als Lothar ihr zuvorkam. „Dieses dumme Geschwätz kann ich nicht mehr hören."

Er konnte bei dem Thema sehr undiplomatisch sein.

„Die Kriminalitätsrate ist rückläufig und unsere Aufklärungsquote gut. Wir leben in einem der sichersten Bundesländer. Und mit der islamischen Gemeinde gibt es hier keine Probleme. In unserem Nachbarbundesland hat kürzlich einer von deinen Freunden von dieser Partei im Landtag nach der Häufigkeit von Vornamen bei Messerdelikten nachgefragt. Die hießen aber nicht Ali oder Mohammed, wie er es sich wohl gewünscht hätte, sondern Martin, Daniel und Andreas. Es gibt nicht mehr oder weniger Probleme als anderswo und die meisten leben hier friedlich mit ihren Nachbarn zusammen. Und die wahren Verbrecher kriegen wir meist nicht, die, die den Staat mit Cum-Ex-Geschäften um Milliarden bescheißen oder mit ihrem Mercedes ihr Schwarzgeld nach Luxemburg bringen. Übrigens, dein Chef arbeitet auch mit dubiosen Sub-Subunternehmern aus Osteuropa zusammen", Lothar hatte sich in Rage geredet, lag vielleicht auch am vierten Bier, „das weißt du ja sicher, wenn du in letzter Zeit mal Zeitung gelesen hast", fügte er hinzu, um sich nicht dem Verdacht auszusetzen, er würde etwas Dienstliches ausplaudern.

Claudias Haare kamen ihm jetzt doch etwas zu blond vor, der Lippenstift etwas zu rot und die hellen halbhohen Stiefel, die er bei der Begrüßung noch sexy gefunden hatte, nur noch nuttig.

„Und deine Alternative, die du meinst, würde ja am liebsten die Menschen im Mittelmeer absaufen lassen oder an der Grenze erschießen."

Das musste er jetzt auch noch draufsetzen, wenn er schon mal dabei war.

Und er stellte fest, ihre Augen waren nicht blau, wie er gedacht hatte, sondern eher fahlgrau.

„Ich guck mal, ob das Feuer aus ist", unterbrach Spusi das peinliche Schweigen, das entstanden war. „Kommst du mit, Lothar, draußen steht ja auch noch dein Verdauungsschnaps."

„Da bin ich dabei", schloss sich Gerhard ihnen an. Die Männer hatten ihre Teller ohnehin leergegessen, während die Frauen mit den letzten Resten zu kämpfen hatten.

Schnapsgläser waren im Gartenhäuschen und da man auf einem Bein nicht stehen kann, war der zweite schnell gekippt.

„Tut mir leid, dass ich den Abend versaut habe. Ich war wohl etwas heftig."

„Ach, kein Problem. Ich gebe dir ja in der Sache Recht, auch wenn ich mich vielleicht etwas anders ausgedrückt hätte. Marianne hat es sicher gut gemeint, als sie diese Claudia eingeladen hat."

„Schön, dass ihr mich verkuppeln wollt, aber ich komme schon nicht zu kurz, was Frauen betrifft", das stimmte natürlich nicht, und er wusste, dass Spusi es auch wusste.

Als sie nach einer halben Stunde und einem weiteren Quetsche zurückkamen, war Claudia schon gegangen.

„Wenn ich gewusst hätte, dass die eine so blöde Kuh ist, hätte ich sie nicht eingeladen."

Marianne war leicht geknickt, aber Lothar nahm sie freundschaftlich in die Arme.

„Kein Problem. Geschmeckt hat es trotzdem und dein Rettichsalat war top. Mach dir mal keine Gedanken. Ich hau' jetzt auch langsam ab. Danke für die Einladung."

„Dein Auto lässt du aber stehen, mein Freund. Nicht, dass dich die Polizei erwischt."

„Ich bin doch die Polizei."

Lothars Einwurf war nur halb scherzhaft gemeint. Früher kannte er alle uniformierten Kollegen und die hätten schon mal ein Auge zugedrückt, wenn sie ihn angehalten hätten. Aber bei den vielen jungen Leuten, die in letzter Zeit von der Polizeischule gekommen waren, war er sich da nicht mehr sicher. Außerdem wäre es in der Tat unverantwortlich gewesen. Ich werde doch im Alter nicht noch etwa vernünftig werden, erschrak er fast vor sich selbst.

„Soll ich dir ein Taxi rufen?"

„Lass mal, ein kleiner Spaziergang tut mir gut und außerdem geht es ja fast nur bergab. Und Annemarie und Gerhard können mich ja fast die Hälfte des Weges mitnehmen."

Die beiden wohnten zwei Straßen weiter und ihr Haus lag auf dem Weg, auch wenn das mit der Hälfte des Weges ziemlich übertrieben war.

„Was du gesagt hast, fand ich vollkommen richtig. Ich wollte, ich würde mich das in so einer Situation auch mal trauen."

Sie waren gerade aufgebrochen und Lothar nahm die Bemerkung von Annemarie mit einigem Wohlwollen zur Kenntnis. Er wusste, dass sie sich im Turnverein als Jugendbetreuerin engagierte und viele Kinder mit Migrationshintergrund unter ihren Fittichen hatte.

„Ich hätte mich auch etwas zurückhaltender ausdrücken können. Insbesondere als Gast deines Bruders. Aber manchmal geht mir bei so indifferenten Betrachtungsweisen schon mal der Gaul durch. Natürlich haben wir auch Probleme mit unseren ausländischen Mitbürgern, aber ich hasse diese Pauschalurteile."

„Ich fand das auch so durchaus in Ordnung. Dann ist es wenigstens deutlich und kein so relativierendes Herumgedruckse, zu dem ich auch leider neige.“

Lothar wusste, dass lange nicht alle so dachten, umso mehr freute ihn diese hoffentlich ehrlich gemeinte Bestätigung.

Kurz nachdem er sich von den beiden verabschiedet hatte, erreichte er den Aussichtspunkt über einem Felsvorsprung, der einen prima Blick über die fast dunkle Stadt zuließ. Wo sich einst der Fluss durch das Tal geschlängelt hatte, verlief nun die vierspurige Bundesstraße drüber, die der Stadt in manchen Medien zu einem zweifelhaften Ruf verholfen hatte. Meist zu Unrecht, wie er fand und nicht differenzierend im Hinblick auf die Verkehrssituation, auch wenn man das heutzutage sicher anders lösen würde. Allerdings hatten auch die Lichter der darauf fahrenden Autos eine eigene Faszination. Er ließ sich kurz auf der Parkbank nieder und betrachtete den Lichterstrom. Er dachte an das Foto, das er vor einiger Zeit gesehen hatte, wahrscheinlich von genau diesem Standpunkt aufgenommen, an dem er jetzt saß. Heißt es eigentlich Standpunkt, wenn man hier sitzt. Schon wieder wunderte er sich über die Gedanken, die sich gelegentlich in seinem Gehirn auftaten. Auf der linken Seite hatte sich auf dem Bild aus den Scheinwerfern der fahrenden Autos ein gelber Strom ergossen, auf der rechten durch die Rücklichter ein roter. Er sah das Bild deutlich vor seinen Augen und wenn er jetzt die Augen halb schloss und durch die Wimpern blickte, ergab sich ein ähnliches Bild.

Marianne hatte es sicher gut gemeint, aber warum dachten seine Freunde, dass er einsam sei und sie ihn an die Frau bringen wollten? Wahrscheinlich, weil er es in der Tat war, auch wenn er es sich selten eingestehen wollte. „Demnächst fahre ich doch mal nach Trier“, dieser Gedanke war ihm gekommen, als ein einschlägiges Etablissement in der eine Autostunde entfernten Römerstadt auf großen Plakatwänden am Stadteingang seine Dienstleitungen beziehungsweise die seiner Damen, angeboten hatte. Bisher hatte er sich herausgeredet, dass er zeitlich noch nicht dazu gekommen war. Andererseits war es natürlich auch nicht mit seinem Berufsethos vereinbar. Erstens wurde es langsam kalt, trotz des konsumierten Schnapses und zweitens was saß er hier herum und machte sich unnütze Gedanken. Diese wurden zusätzlich durch laute Geräusche unterbrochen. Über die Straße im Tal bewegte sich ein Konvoi von Militärfahrzeugen, die wohl zu einem nächtlichen Manöver ausrückten und die spätabendliche Idylle doch erheblich störten. Ob es die in der Nähe stationierte Amerikaner waren oder die Bundeswehr, die aus einer der Kasernen vom gegenüberliegenden Hügel auf den nahen Truppenübungsplatz fuhren, konnte er auf die Schnelle nicht erkennen. Leicht schwankend, teilweise wegen des Alkohols, teils wegen der Steifheit in den Gliedern vom Sitzen, erhob er sich. Er überlegte kurz, ob er die Abkürzung über die dunkeln und steilen Treppen nehmen sollte, entschied sich vorsichtshalber aber über den etwas längeren Weg an der ins Tal führenden Einbahnstraße entlangzugehen.

24

„Under the boardwalk, down by the sea“ klang es entfernt an seine Ohren. Etwas verwirrt versuchte Lothar die Augen zu öffnen. Wo kam die Musik her? Das linke Auge fixierte das Handy auf dem Nachttisch, das rechte hielt er noch geschlossen, in der Hoffnung, dass er das andere auch gleich wieder zu machen könnte. Es war Samstag, er hatte doch gar keinen Wecker gestellt? Ihm fiel ein, dass er gestern Abend, bevor er aufgebrochen war, an seinem Handy herumexperimentiert hatte. Diesen Song in der Version der Stones hatte er sich als Klingelton heruntergeladen. Verdammt, wer rief um diese Zeit an? Ein Blick auf die Zeitanzeige des Handys teilte ihm mit, dass es kurz vor halb acht war. Er wischte über den Telefonhörer auf dem Display und meldete sich mit einem unfreundlichen:

„Hallo, wer stört?"

„Hallo Loddar, hier ist Kalli."

Auch das noch, die penetrante und aufgesetzte Fröhlichkeit seines Lieblingskollegen am frühen Morgen war ihm schon immer auf den Wecker gegangen. Superassoziation „auf den Wecker gegangen" fiel ihm dazu ein.

„Du klingst etwas beschädigt."

Lothar widersprach nicht und versuchte sich leise zu räuspern, um das Kratzen im Hals zu beseitigen. „Wir haben eine Leiche."

„Wo, wer, was ist passiert?"

Seine Stimme klang jetzt wieder gefestigter.

„Das sind ja drei Fragen auf einmal. Wo: an der Felsenkirche, wer: keine Ahnung, was: wahrscheinlich von der Burg gesprungen. Kommst du?"

„Ich komme."

Lothar schälte sich aus dem Bett. Ein Blick in den Spiegel im Badezimmer zeigte keine größere „Beschädigung", wie Kalli fast völlig zu Unrecht gedacht hatte. Vier oder fünf Stubbis und drei Quetsche riefen keine größeren Schäden mehr bei ihm hervor, insbesondere wenn er fast ausreichend ausgeschlafen war. Gut, ein Stündchen länger hätte es ruhig sein dürfen. Aber es war gerade erst kurz vor zwölf gewesen, als er in die Falle kam und auf den Absacker zu Hause hatte er diesmal verzichtet, also alles prima. Selbst das manchmal notwendige Aspirin brauchte er heute nicht.

Ein Glas Wasser, eine kurze warme Dusche, der Tote, oder

war es die, Kalli hatte nur von einer Leiche gesprochen, konnte ja nicht mehr weglaufen. Schnell die Zähne geputzt und er war fast wie neu. Er erinnerte sich sogar an die Blicke der Kolleginnen in letzter Zeit und versuchte seine Garderobe so zu wählen, dass es hoffentlich in deren Augen einigermaßen manierlich war, also keine weißen Tennissocken heute. Gewohnheitsmäßig wollte er gerade in sein Auto steigen, als ihm einfiel, dass es immer noch drei Kilometer weiter vor Spusis Haus stand. War aber in dem Fall kein Problem, denn die paar Hundert Meter bis zur Felsenkirche konnte er auch zu Fuß zurücklegen, zumal man ohnehin nicht bis zu der Kirche fahren konnte. Die letzten zweihundert Meter führten über Treppen.

Es war nicht das erste Mal, dass jemand „gesprungen" war und bisher hatte es sich immer als Selbstmord herausgestellt. Trotzdem wurden sie eingeschaltet, wenn es passiert war. Neben Kalli war auch Spusi bereits vor Ort. Lothar stellte mit Befriedigung fest, dass er diesmal sogar noch vor der Gerichtsmedizinerin da war. Wer weiß, wo die das Wochenende mit ihrem Porschefahrer verbrachte. Spusi hatte sich über den Toten gebeugt und machte Fotos. Etwas abseits, bei einem Kollegen von der Streife, stand zitternd ein etwa vierzigjähriger Mann in Joggingkleidung und versuchte sich durch Laufen auf der Stelle etwas warm zu halten.

„Der hat ihn gefunden."

Kalli wies auf den Läufer. Lothar hatte nicht das Bedürfnis sich den Toten, es war eindeutig ein Mann, näher anzusehen. Den Anblick des zerschmetterten Körpers musste er sich nicht unbedingt antun. Er war daher froh, dass er sich dem Auffinder des Toten zuwenden konnte.

„Erzählen Sie, wie Sie ihn gefunden haben?"

„Ich trainiere für den Treppenlauf, da ist mir aufgefallen, dass da vorne etwas liegt. Beinahe hätte ich ihn übersehen.

Habe kurz gestutzt und mir das näher angeschaut. Als ich gesehen habe, dass es ein Mensch ist und dann das ganze Blut, habe ich gleich die 110 angerufen. Ich habe mein Handy immer dabei, wenn ich hier hochlaufe, höre Musik.“

Die Kopfhörer baumelten aus dem Rundausschnitt seines T-Shirts hervor. Die Kabel führten zu dem Handy, das er sich mit einer Manschette am Arm befestigt hatte.

Der Treppenlauf war eine Veranstaltung, die seit einigen Jahren von engagierten Läufern im September organisiert wurde und sich mittlerweile in Läuferkreisen etabliert hatte. Ein Umstand, der für Lothar nicht nachvollziehbar war. Er bevorzugte flache Laufstrecken und musste bei dem Gedanken fast lachen, denn eine seiner „bevorzugten flachen Laufstrecken“ hatte er letztmals vor zwei Jahren unter die Füße genommen, es könnte aber auch schon drei her sein.

„Laufen Sie öfters hier?“

„Meist oben im Wald, nur wenn ich für den Treppenlauf trainiere, einmal die Woche, samstagsmorgens um diese Zeit. Will mir die Knie nicht kaputt machen.“

„Okay, Sie können nach Hause joggen. Ihre Adresse haben wir?“

Der uniformierte Kollege, der immer noch daneben stand, nickte.

„Ich habe alles notiert.“

„Tschüss Frank, mach‘s gut.“

Spusi hatte sich aufgerichtet und lächelte etwas gequält dem Mann zu.

„Du kennst den?“

„Klar, Laufkollege, den hab‘ ich letztes Jahr beim Treppenlauf abgehängt.“

Der Mann in den hellen Sportklamotten hatte sich bereits um die Ecke davongemacht.

„Gehörst du auch zu den Bekloppten, die hier die Treppen hochrennen?“

„Letztes Jahr bin ich sogar Zweiter in meiner Altersklasse geworden."

Spusi blickte nur auf Lothars Bauchansatz, verkniff sich aber eine Bemerkung.

„Du brauchst gar nicht so zu gucken. Demnächst fang ich auch wieder mit dem Laufen an."

Das „demnächst" musste er zum Glück nicht näher erläutern, denn Liane Bommer, die Gerichtsmedizinerin, kam die Treppen herauf, trotz weißen Schutzanzuges wie immer blendend aussehend.

„Dann wollen wir mal."

Während sie den Toten untersuchte, wandte sich Lothar an Spusi.

„Was aufgefallen?"

„Hab' ich hier noch nie gesehen, südländischer Typ, keine Papiere dabei. Tippe auf Kroate oder Italiener."

„Anzeichen von Fremdverschulden?"

„Bisher nicht. Aber es gibt immer zwei grundsätzliche Möglichkeiten. Er ist gesprungen oder er wurde gesprungen. Mache nachher noch einige Fotos vom Gesicht wenn Frau Bommer fertig ist. Vielleicht kann ihn jemand anhand der Bilder identifizieren."

Lothar blickte nach oben. Die steile Felswand erhob sich vor ihm bedrohlich über einhundert Meter in die Höhe. Der leicht überhängende Granitfelsen ermöglichte keinen Blick auf die darüber thronende Burgruine. Einen Sturz hier runter konnte keiner überleben.

„Sie können weitermachen", die Gerichtsmedizinerin war aufgestanden und hatte die letzten Worte gehört.

„Ich bin hier fertig. Die Verletzungen können natürlich alle vom Sturz stammen."

„Näheres nach der Obduktion."

Lothar und Spusi kamen unisono im Chor Liane Bommer zuvor.

„Das ist ja eigentlich mein Spruch. Aber in dem Fall ganz besonders zutreffend.“

„Für uns gibt es hier eigentlich auch nichts mehr zu tun. Wir sollten uns aber noch den Ausgangspunkt des Sturzes ansehen. Vielleicht finden wir dort noch etwas.“

„Dann können wir auch hochlaufen, also laufen im Sinne von gehen.“

Lothar hatte befürchtet, dass Spusi diesen Vorschlag machen würde. Aber mit einem Auto wären sie ohnehin nicht zur Burgruine gelangt, die letzten dreihundert Meter müssten sie sowieso zu Fuß zurücklegen. Statt zum Marktplatz unterhalb der Kirche zu gehen, wo Spusi geparkt hatte, und mit dem Auto hochzufahren, um dann wieder runterzugehen, konnten sie gleich von hier unten über die Treppen und Wege hochsteigen.

„Komm aber bloß nicht auf die Idee das Ganze als Training für deinen Treppenlauf zu betrachten, sonst muss ich oben unters Sauerstoffzelt.“

Spusi grinste.

„Kein Angst, ich passe mich deiner individuellen Leistungsfähigkeit an.“

Beim Gedanken wieder mit dem Laufen anzufangen, switchte Lothar von „demnächst“ auf „morgen früh“ um. Er war es leid, sich von dem fast zehn Jahre älteren Kollegen aufziehen zu lassen. Vorsichtshalber fügte er noch ein „vielleicht“ hinzu, und vor allen Dingen behielt er den Gedanken für sich.

25

Es war frühlingshaft warm Anfang April. Die Sonnenstrahlen, die durch das Fenster des Gebäudes in der Innenstadt von Bergamo fielen, wärmten bereits am späten Vormittag den

Lagerraum im ersten Stock auf. Auf der Außenwand des Gebäudes war ein Schild angebracht, auf dem irgendetwas mit Im- und Export stand. Auf dem großen Tisch, inmitten des Raums, auf dem sonst Pasta, Gewürze, Olivenöl und andere Lebensmittel, die man mit guter italienischer Küche in Verbindung bringen konnte, kommissioniert und mit phantasievollen Biosiegeln versehen wurden, lagen fünf Koffer, alle geöffnet. Der Inhalt dieser Koffer hatte zu dem hochroten Kopf des Patrons geführt, dazu hätte selbst die übliche Sommerhitze in der Lombardei nicht ausgereicht, geschweige denn die milde Frühjahrssonne. Luca und sein Kumpel Alfredo standen auf der gegenüberliegenden Seite des Tisches und hielten ihre Köpfe gesenkt.

„Seht euch den Scheiß an, den ihr mir geliefert habt.“

Matteo war stinksauer. Die beiden betrachteten den Kofferinhalt, aus dem es glänzte und glitzerte. Was wollte Matteo überhaupt, sah doch gut aus.

„Ramsch ist das, vollkommen wertloses Zeug, billige Achate, Bergkristalle und ein paar Amethyste, für die wir vielleicht noch ein paar Euro bekommen.“

Matteo schäumte. Keine Diamanten, Saphire oder Rubine, ganz zu schweigen von Ringen oder Colliers, in Gold gefassten Schmuck. Und dabei hatte sein Mittelsmann genau diese Steine und Schmuckstücke am Stand des Idar-Obersteiner Händlers auf der Messe in Basel gesehen. Und nun hatten Luca und sein Kumpel nur dieses fast wertlose Zeug angeliefert.

„Sieh doch mal hier, Don Matteo, das sieht doch gut aus.“

Alfredo zeigte auf einen der Koffer, der voll war mit bunten Steinen.

„Idiot, das ist jetzt wirklich der allerbilligste Mist. Das sind Trommelsteine. Die zehn Kilo sind noch keine hundert Euro wert. Der Typ hat euch verarscht. Die wertvollen Sachen habt Ihr Trottel übersehen. Die müssen irgendwo anders im Auto gelegen haben. Ihr seid so blöd, das ist unglaublich.“

„Da war sonst nichts, Don Matteo. Das hätten wir gesehen."

Auch Luca meldete sich jetzt zu Wort. Natürlich hatten sie das Auto nicht gründlich durchsucht. Wo hätte der wertvolle Schmuck sonst sein sollen, wenn nicht im gesondert gesicherten Kofferraum?

„Ich mach es wieder gut. Die Ware muss ja noch bei dem Typ sein. Du hast doch Verbindungen zu deinem Cousin in Idar-Oberstein. Kannst du da was für mich arrangieren? Diese Billig-Airline fliegt doch von hier aus einen Flughafen an, der in der Nähe dieser Stadt liegt."

„Naja, Cousin ist etwas übertrieben, aber ich denke, Antonio kann dich für ein paar Tage einquartieren. Ich ruf' ihn mal an, der ist mir sowieso noch einen Gefallen schuldig. Aber mach' nicht schon wieder Mist."

Der drohende Unterton in Matteos Stimme war nicht zu überhören.

„Geht schon klar. Diesmal pass' ich besser auf. Kann Alfredo mitkommen?"

„Einer von euch zwei Knalltüten ist schon fast einer zu viel. Das fällt direkt auf. Außerdem brauch' ich ihn noch hier. Den Flug buchst du dir selbst, keine Verbindung zur Firma. Geht übers Internet. Du musst auch deine eigene Kreditkarte benutzen, das ist das mindeste, was du mir schuldig bist. Über die Spesen können wir dann später reden."

Wie zwei begossene Pudel zogen Luca und Alfredo ab. Wie immer benutzen sie den Hinterausgang.

26

Der Samstag war ruiniert. Der trotz des Spießbratens misslungene Freitagabend, das frühe Wecken und dann noch der unschöne Anblick einer weiteren Leiche. Lothar war bedient. Keine Spur, auch wenn es sich bei dem zweiten Toten höchstwahrscheinlich um Selbstmord handelte. Kaffee hatte er auch noch keinen gehabt. Die Untersuchung der Stelle, von der der Mann vermutlich gesprungen war, hatte keinen Hinweis auf Fremdverschulden ergeben. Keine Spuren eines Kampfes. Sie waren zweimal um den Turm herumgegangen und hatten nichts Auffälliges entdeckt.

Spusi hatte ihn mitgenommen, da er sein Auto ja noch vor dessen Haus stehen hatte und ihm zwar angeboten, bei ihm einen Kaffee zu trinken. Lothar hatte abgelehnt. Er hatte absolut keine Lust darauf, sich nochmals die Rechtfertigung von Marianne anzuhören. Das Gespräch auf den Vorabend wäre sicher aufgekommen. Auf SWR 1 lief im Autoradio gerade die Sendung mit dem Namensforscher, die ihn immer so nervte. Oft hofften die Anrufer bei ihrer Namensherkunft auf irgendwelche adlige Hugenotten als Namensgeber, aber meist mussten sie mit einer schlesischen oder pommerschen Herkunft ihres Namens vorliebnehmen. Aus fast jedem Namen konnte dieser Namensforschungsprofessor eine solche Abkunft herleiten. Mit Spusi Schipulski hätte er da sicher seine Freude gehabt. Wenn alle Leute Maurer, Bauer oder, wie er, Schmied, hießen, wäre diese doofe Sendung überflüssig. Er schaltete um auf Antenne Idar-Oberstein. Den Sender mochte er noch weniger, wurde aber aufmerksam, als auf das heute Nachmittag stattfindende Fußballspiel des FC hingewiesen wurde. Er war zwar kein Hardcore-Fan, aber doch gelegentlich Zuschauer, nicht nur beim FC, sondern auch bei dem Verein, bei dem er Mitglied war, seit er dort in der C-Jugend angefangen hatte Fußball zu spielen. Er hatte nach dem Ausscheiden aus der A-Jugend mit dem Fußball aufgehört. Warum wusste er eigentlich gar nicht so genau. Er war nicht gefragt worden, ob er in der ersten oder zweiten Seniorenmannschaft mitmachen wollte und so war seine Fußballkarriere sang- und klanglos ausgelaufen. Das war ohnehin kein großer Verlust für die Fußballwelt, wie er selbstironisch bei passender Gelegenheit zum Besten gab. Aber die Abbuchung des Beitrags war weitergelaufen, er hatte sich zwar vorgenommen, zu kündigen, es aber immer wieder vergessen. Der Mitgliedsbeitrag war dann halt sein Sponsoring und vor über zehn Jahren war er sogar für die fünfundzwanzigjährige Mitgliedschaft mit einer Urkunde auf einer Mitgliederversammlung, zu der er extra persönlich eingeladen worden war, geehrt worden. Das Ganze war dann in eine Sauferei mit den ehemaligen Fußballkumpels ausgeartet und an das damalige Gezeter seiner Exfrau konnte er sich leider auch noch allzu gut erinnern. Manchmal konnte das Singledasein auch von Vorteil sein, insbesondere wenn man solche Dinge nur mit sich und seinem Kater ausmachen musste.

Er fand es keine schlechte Idee, sich mal wieder ein Fußballspiel anzuschauen. Zumal ja auch ein Bezug zu seinem Mordfall bestand. Die Ehefrau des Opfers hatte mit dem Fußballstar des FC angebändelt und auch Wilde selbst war wohl gelegentlich als Sponsor aufgetreten, jedenfalls solange er die Mittel hierzu noch hatte. Da konnte er doch auch einmal das Angenehme mit dem Nützlichen verbinden, auch wenn er die Eintrittskarte sicher nicht als Spesen abrechnen konnte. Und die Bratwurst und die drei Stubbi wahrscheinlich auch nicht. Mal ein bisschen Mäuschen spielen und abwarten, ob sich etwas ergibt.

Der FC hatte schon bessere Zeiten gesehen. Vor ein paar Jahren sogar in der Regionalliga gespielt, oft vor über zweitausend Zuschauern. Jetzt stand man sogar auf einem Abstiegsplatz in der Oberliga und selbst das Spiel gegen den Tabellenführer aus Koblenz wollten nur noch wenige Zuschauer sehen.

Er hatte eine Eintrittskarte gelöst und mischte sich unter die Zuschauer. „Benimm dich unauffällig“, dachte er und musste über sich selbst lachen. Hauptkommissar Lothar Schmied undercover auf dem Fußballplatz. „Jetzt mach‘ dich doch nicht selbst lächerlich. Erstens kennen mich hier die Leute und es hat sich schon herumgesprochen, dass ich an diesem Fall arbeite, über den zur Zeit die ganze Stadt spricht und zweitens weiß ich selbst nicht, was ich mir bezüglich des Stadionbesuches verspreche. Am besten, ich guck mir das Spiel an, trinke mein Bier, esse meine Wurst und lasse den Tag auf der Couch mit der Sportschau ausklingen.“

Der Aufstellung war zu entnehmen, dass Pelé wieder Mittelstürmer spielen sollte, falls man das heute noch so nannte. Er glaubte sich zu erinnern, dass das jetzt Sturmspitze hieß oder hängende Neun oder weiß der Teufel, was sich die Trainer sonst noch so an taktischen Spielereien einfallen ließen. Jedenfalls sei der Mittelstürmer früherer Prägung längst passé, hatte er sich bereits vor längerem sagen lassen. Auch Gabriela entdeckte er unter den Spielerfrauen auf der kleinen Tribüne. Sie unterhielt sich angeregt mit den anderen Damen. Ihre reife Erscheinung stach unter den meist jungen Mädels hervor und Lothar fand, dass sie die bestaussehende unter allen war, auch wenn sie von manchen fast die Mutter hätte sein können. Mit ihrer blauen Jeans, dem schicken gelben Blaser und dem blaugelben Schal machte sie keinen Hehl daraus, wem ihre Sympathien auf dem Spielfeld galten.

Er entdeckte Pit unter den Zuschauern. Ob er sich wohl auch Erkenntnisse über den Fall versprach oder nur wegen des Fußballspiels hier war? Mit der Bratwurst in der rechten und dem Stubbi in der linken Hand ging er auf ihn zu.

„Hallo Pit, alles klar. Wie sieht es aus? Gewinnen wir heute oder gibt es mal wieder eine Klatsche?“

„Wenn wir heute nicht gewinnen, ist der Abstieg nicht mehr zu verhindern. Natürlich gewinnen wir, aber es wird schwer. Die Koblenzer sind so gut wie Meister und treten nicht in der stärksten Besetzung an. Du weißt ja, die Hoffnung stirbt zuletzt.“

Das Phrasenschwein hätte sich gefreut, aber so redet man halt auf dem Sportplatz.

„Ich habe gehört, ihr wart heute Morgen schon im Einsatz. Selbstmörder vom Felsen runtergesprungen.“

„Sieht ganz so aus. Noch einen ungeklärten Fall können wir uns nicht leisten. Was spricht man denn so in Expertenkreisen über den Tod von Wilde?“

„Meinste Fußballexperten oder die Experten aus der Edelsteinbranche?“

„Ich dachte, da ist die Schnittmenge doch recht groß.“

„Da hast du Recht. Da hinten stehen die Jungs. Einige kicken sogar mit mir bei den Alten Herren. Werd‘ mich nachher mal ein bisschen umhören. Aber ohne dich, so wie du heute guckst wird das ja gleich wie ein Verhör aussehen. Mach‘ dich mal locker und guck dir das Spiel an. Wir sehen uns am Montag.“

Pit klopfte ihm auf die Schulter und schlenderte langsam auf seine Fußballfreunde zu. Lothar erkannte darunter auch einige Größen aus der Schmuckbranche, die bekanntermaßen den FC großzügig unterstützen. Ein Martin Wilde gehörte nun nicht mehr dazu.

Er hatte entschieden, sich nur auf das Fußballspiel zu konzentrieren und war deshalb um den halben Platz auf die Stehtribüne auf der anderen Seite gegangen. Mit dem zweiten Bier in der Hand lehnte er sich über die Sportplatzumrandung und nickte den Nachbarn links und rechts, die er vom Sehen kannte, zu. Außer zwei Eckbällen für den Gegner war noch nichts passiert, als er einen Schlag auf der Schulter verspürte.

„Hallo Oberbulle, auch mal wieder hier. Freizeit oder Mördersuche?"

Natürlich Volker, sein alter Klassenkamerad. Hätte ich wissen müssen, der lässt ja kein Spiel aus. Und neben ihm noch Rudi, sein „Freund" aus der Kneipe. Das konnte ja heiter werden.

„Guck mal da hinten auf die andere Seite. Da könntest du fündig werden."

Volker beugte sich zu ihm herunter und flüsterte ihm so laut ins Ohr, dass es auch die Umstehenden mitbekamen:

„Die Mörder sind unter uns."

Lothar war sich nicht sicher, ob sein ehemaliger Klassenkamerad bewusst den Filmtitel eines Nachkriegsfilmes mit Hildegard Knef zitierte oder das sonst einmal irgendwo aufgeschnappt hatte. Jedenfalls lachte der lauthals über seinen schlechten Scherz und Rudi lachte mit.

„Ihr seid zwei schöne Deppen. Wieviel Stubbi habt ihr denn schon intus?"

„Bei Fünf hab' ich aufgehört zu zählen. Aber wir haben es durch Obst in flüssiger Form ausgeglichen. Das Gekicke hier ist ja sonst nicht zu ertragen."

Wie zur Bestätigung brandete Jubel aus der Koblenzer Fan-Ecke auf, deren Sturmspitze hatte soeben das 1:0 mit einem Kopfballtreffer erzielt.

„Siehste, der Volker hat wie immer Recht."

Auch Rudi musste nun noch seinen Senf dazugeben. Der klebte im Übrigen auch auf seiner Jacke neben dem großen Fettfleck. Offensichtlich war zum Obst und der Gerste noch eine feste Nahrungsaufnahme in Form einer Bratwurst erfolgt.

„Geh mal noch drei Bier holen."

Lothar drückte Rudi einen Zehn-Euro-Schein in die Hand, um wenigstens den mal für eine Zeit loszuwerden.

„Du bist der beste Bulle der ganzen Stadt."

Die Aussprache war schon etwas undeutlich und erregte hoffentlich nicht allzu viel Aufmerksamkeit. Aber die Nachbarn links und rechts hatten sich wieder dem Spiel zugewandt und diskutierten, ob der rechte Abwehrspieler die Flanke, die zum Tor führte, hätte verhindern müssen.

„Die Flasche da hinten spielt schon seit Wochen so einen Scheiß", war von einem Typ mit dickem Bauch und rotem Kopf, der bestimmt schon seit zwanzig Jahren nicht mehr gegen einen Ball getreten hatte, zu vernehmen.

Volker rückte etwas näher an Lothar heran.

„Wenn ich dir noch einen Tipp geben darf", flüsterte er diesmal etwas leiser.

Scheinbar war er nicht so sternhagelvoll wie sein Kumpel Rudi.

„In der Branche war man gar nicht so gut zu sprechen auf den Wilde. Der soll mit bestrahlten Steinen Schmu gemacht haben. Das kratzt am Image, wenn da einer nicht ganz sauber spielt. Das wird nicht gern gesehen. Schwarze Schafe können die hier nicht gebrauchen. Außerdem scheint er es mit der Zahlungsmoral nicht so ernst genommen haben, soll bei dem einen oder anderen ganz schön in der Kreide stehen und dass er mit denen ihren Weibern rumgemacht hat, da kommt 'ne schöne Latte zusammen."

Lothar kamen Teile von dem, was Volker da sagte, bekannt vor. Richtig, vor ein paar Tagen hatte er bereits einiges davon abends im Bistro zum Besten gegeben, der alte Schwätzer.

„Und deshalb meinst du, hat ihm einer einen Mafiakiller auf den Hals gehetzt?"

Lothar hatte das in dem gleichen verschwörerischen Ton zurückgeflüstert und dabei Volker so angeschaut, dass die Ironie seiner Worte nicht zu überhören war.

„Du nimmst mich nicht ernst. Du wirst dich noch wundern. Wart's mal ab."

Rudi kam mit drei bereits geöffneten Stubbis die Tribünenstufen herunter und sie beendeten das Gespräch. Mit „alle dann, Prost“, überreichte er jedem seine Bierflasche.

„Was ist mit meinem Wechselgeld?“

„Meine Zigaretten waren alle und da dachte ich …“

„Schon gut, vergiss es.“

„Du bist ein echter Kumpel.“

Rudi öffnete die Zigarettenschachtel und bot ihnen großzügig eine an. Lothar hatte schon seit Jahren mit dem Rauchen aufgehört. Aus lauter Trotz nahm er jetzt eine Zigarette aus der Packung und ließ sich von Rudi Feuer geben. Sollte der Kerl wenigstens nicht alle allein rauchen. Schließlich hatte er sie bezahlt.

Das Spiel plätscherte so vor sich hin. Lothar sah nur mit einem Auge hin. Ihn beschäftigte, was Volker zum Besten gegeben hatte. Auch wenn er die nicht ernst gemeinte Schlussfolgerung mit dem Killer übertrieben fand, so war es in der Tat „eine Latte“ von Motiven, die nicht von der Hand zu weisen waren.

Beim Halbzeitpfiff stand es immer noch 1:0 für die Gäste und als sich alle in Richtung Bierstand bewegten, beschloss Lothar seinen Fußballnachmittag zu beenden. Darüber ärgerte er sich allerdings ein wenig, als im Autoradio der Reporter von Antenne Idar-Oberstein den Ausgleich für die Heimmannschaft verkündete und Spannung für die letzten zwanzig Minuten versprach. Ausgerechnet Pelé hatte das Tor geschossen. Da hätte er gerne die Reaktion seiner Flamme auf der Tribüne gesehen.

27

Auf YouTube ließ er wie jeden Sonntagmorgen „Sunday morning coming down" mit Kris Kristofferson laufen. Er fand das meist als Einstimmung in den Tag passend, auch wenn er selbst kein Bier zum Frühstück nahm und gar das zweite daraufsetzte oder sein sauberstes schmutziges Hemd herauskramte. Eigentlich war sein Musikgeschmack schon als Jugendlicher nicht ganz up-to-date. Da war er zehn Jahre zurück. Obwohl er auch mit Bruce Springsteen und den Dire Straits gut klarkam, die er mit seinen Kumpels in der Jugendzeit vorrangig gehört hatte.

Wollte er nicht die Laufschuhe anziehen und joggen gehen? Nicht gleich übertreiben. Von Kristofferson inspiriert, war er der Meinung, dass es ein Spaziergang durch die leeren Straßen auch tun würde. Die Straßen tauschte er aber gegen den Waldweg, über den er eigentlich laufen wollte. Immerhin ein Anfang. Lothar dachte über das Gespräch mit Volker von gestern nach. Insbesondere die manipulierten Edelsteine ließen ihm keine Ruhe. Mal sehen, was Google zu diesem Thema sagte.

Der Laptop stand noch aufgeklappt auf dem Esstisch, als er nach einer Stunde, man muss es wirklich mit dem Sport nicht gleich übertreiben, zurückkam. Zum Thema „gefälschte Edelsteine" präsentierte ihm die Suchmaschine 783.000 Ergebnisse in einer halben Sekunde. Das wiederum fand er sehr übertrieben. Das Thema war komplexer als er es sich vorgestellt hatte. Klar war, dass der Verkauf von Imitationen, die nicht als solche gekennzeichnet waren, eindeutig Betrug war. Bei den verschiedenen Behandlungsmethoden war es schon schwieriger. Beispielsweise war das Ölen, um Risse zu verbergen, bei manchen Edelsteinen üblich und nicht deklarationspflichtig, während das Bestrahlen zum Zwecke der Farbveränderung immer angegeben werden musste. Bei Topasen war zum Beispiel die Farbe „London blue" zeitweise der

Renner und es wurde versucht, diesen Farbton wie auch immer zu erreichen.

Beim Brennen hingegen, das Erhitzen zur Farbverbesserung, schien es sich um eine Grauzone zu handeln, wenn er die verschiedenen Ausführungen richtig verstanden hatte. Auf jeden Fall waren die Möglichkeiten der Manipulation vielfältig und was er herauslesen konnte, war, Vertrauen gehörte zu den wichtigen Bestandteilen des Edelsteingeschäftes. Es war daher nachvollziehbar, dass ein schwarzes Schaf die ganze Branche in Verruf bringen konnte.

28

Dicke Luft im Direktionszimmer. Dahlmeier schwitzte schon beim Eintreten. Dabei hatte er keinen Grund nervös zu sein. Er hatte ja noch ein Ass im Ärmel. Allerdings waren die Audienzen beim VauVau, dem Vorstandsvorsitzenden, immer spannend. Man wusste nie so genau, was auf einen zukam. Die Akte Wilde lag auf dem Tisch. Trotz der fortgeschrittenen Digitalisierung bevorzugte der Sparkassenchef immer noch Papier. Notfalls ließ er sich die gesamte digitale Akte ausdrucken, old school halt.

„Was ham Se sich dabei gedacht?"

Aha, die Standardfrage, wenn man vermeintlich Mist gebaut hatte.

„Was meinen Sie?"

„Das Carnet für den Wilde und die weiteren Zehntausend Euro Überziehung, die Sie zugelassen haben. Und jetzt ist der Kerl auch noch tot. Die Auflage beim letzten Mal war, dass endlich Schluss sein muss. Sie ham Ihre Kompetenzen überschritten."

Der VauVau war rot angelaufen. Zu hoher Blutdruck konstatierte Dahlmeier. Dazu die ungesunde Ernährung, für die er bekannt war. Vor ihm in der Unordnung auf dem Schreibtisch lag ein angebissener Fleischwurstweck.

„Einen Blankoanteil von 40 Prozent bei einer Scoring Note 13."

Gemeint war, dass nur 60 Prozent der Kreditverbindlichkeiten durch Sicherheiten abgedeckt und die Bonität von Wilde ziemlich im Eimer war.

„Und die Carnet-Bürgschaft ist auch noch nicht zurück."

„Das verstehe ich auch nicht. Die Schweizer Behörden machen Probleme. Warum weiß ich auch nicht."

„Klären Sie mal das schnellstmöglich ab. Wie soll es jetzt weitergehen?"

„Das Carnet war doch bisher immer eine reine Routinesache und die weitere Überziehung, naja, Wilde hatte sich noch einiges von der ‚Baselworld' versprochen und da hat er halt noch ein paar Reisespesen gebraucht."

„Damit er da unten wieder mit den Weibern rum machen konnte. Sie kennen den doch."

„Kann ich nicht beurteilen. Aber darf ich mal die Aufstellung der Sicherheiten sehen."

Der VauVau reichte ihm ein DIN A4-Blatt über seinen Schreibtisch. Dahlmeier wusste, dass es jetzt Zeit war, das Ass aus dem Ärmel zu ziehen und auf den Tisch zu legen.

„Hab' ich mir gedacht. Da fehlt noch was. Ich habe mir eine Lebensversicherung abtreten lassen. Die hatte zwar noch keinen wesentlichen Rückkaufswert, aber da er jetzt tot ist …"

Er ließ die Feststellung im Raum stehen. Dahlmeier hatte sich nicht viel davon versprochen, als er von Wilde eine weitere Sicherheit verlangt hatte. Die zweitausend Euro Rückkaufswert machten den Bock bei den Gesamtverbindlichkeiten wirklich nicht fett. Da war der Tod von Wilde sozusagen ein Glücksfall, zumindest für die Bank und natürlich auch für ihn, weniger für Wilde selbst. Begünstigt im Todesfall war noch diese brasilianische Ehefrau. Die würde nun vermutlich leer ausgehen.

„Da ham Se aba Glück jehabt. Oder ham Se den selbst abjemurkst?“

Der Chef war für seine recht derben Späße, für die er noch stärker in seinen rheinischen Tonfall fiel, bekannt und lachte dröhnend.

„Nein, nein, um Gottes willen.“

Dahlmeier war im ersten Moment erschrocken und hatte nicht sofort den Spruch als Scherz registriert.

„Nun machen Se sich nur nicht mal ins Hemd. Dazu wären Se wahrscheinlich sowieso zu blöd.“

Wie gesagt, derbe Späße.

„Wie hoch ist die Versicherungssumme?“

„Fünfhunderttausend, damit müssten wir den Blankoanteil abdecken können.“

„Dann mal wieder ran an die Arbeit.“

Mit dieser Formulierung war im Regelfall die Besprechung beendet. Dahlmeier nahm sich vor, nochmals zu überprüfen, ob die Abtretungsbestätigung von der Versicherung wirklich vorlag und auch die Beiträge gezahlt worden waren. Dann wäre er in der Tat, im Gegensatz zu seinem Freund Martin, mit einem blauen Auge davongekommen.

29

Der Tag war für alle arbeitsreich gewesen. Am Morgen hatte Hauptkommissar Schmied die Aufgaben verteilt und für um sechzehn Uhr die Besprechung anberaumt.

„Wer fängt an?“

Kalli meldete sich als Erster zu Wort.

„Wir haben ein paar interessante Sachen entdeckt. Also …“, er machte eine Kunstpause, um sich der vollen Aufmerksamkeit sicher zu sein.

„Spann uns nicht unnötig auf die Folter. Leg endlich los.“

Lothar war, wie so oft, von Kallis Attitüden genervt.

„In den Versicherungsunterlagen war die Kopie einer Versicherungspolice. Und eine Abtretungserklärung. Wilde hat die Versicherung vor kurzem an seine Bank abgetreten. Hatte wohl wieder Kohle gebraucht. Begünstigte wäre die Ehefrau gewesen, die scharfe Gabi. Aber die wird jetzt in die Röhre gucken. Das Moos geht wohl an die Bank. Und ob etwas übrigbleibt, dürfte fraglich sein, nachdem was wir bisher wissen. Aber ganz muss sie die Hoffnung noch nicht aufgeben.“

„Wie meinen Sie das?“

Die Frage kam von Staatsanwältin Kirchberg.

„Ihr erinnert euch noch an die Schmuckschatulle auf der ‚Mutti‘ stand.“

Nicken aller Beteiligten.

„Das Ding war mit grünem Samt verkleidet. Scheint so üblich zu sein. Der Boden war mit einem entsprechend umrandeten Kunststoffteil ausgelegt. Und da lagen zwei Kontoauszüge darunter.“

Wieder machte er eine Pause.

„Ja und? Ich dachte, er wäre pleite. Warum sollte er sie versteckt haben? Angst vor seiner dementen Mutter kann es ja nicht gewesen sein.“

Pauline Hess, die junge Polizeianwärterin, war auf seine Effekthascherei hereingefallen.

„Nee, keine Auszüge von der Sparkasse oder der hiesigen Großbank. Und dann hätte er sie ja nicht ausgerechnet in der Schatulle mit der Aufschrift ‚Mutti‘ versteckt.“

„Also lasst mich jetzt mal berichten, bevor das in eine Slapstick-Veranstaltung ausartet.“

Kalli fand es gar nicht so toll, dass ausgerechnet Spusi ihm seinen großen Auftritt vermasseln wollte. „Ich …“, setzte er an, als Schmied dazwischen ging.

„Lass‘ mal den Spusi. Da kommen wir sicher schneller voran.“

„Die Kontoauszüge sind von einer Schweizer Bank in Basel. Das Konto wurde am Tag nach der ‚Baselworld‘ eröffnet und das Guthaben beträgt 248.127,46 Euro. Eingezahlt wurden 250.000 Euro. Die Differenz ist die Gebühr, die die Schweizer gleich mal abgezogen haben.“

„Siehste Kalli, so sehen klare Aussagen aus. Kannste noch was lernen von dem älteren Kollegen.“ Lothar konnte sich die Bemerkung nicht verkneifen.

„Danke mein Freund, dass du nicht ‚alten‘ gesagt hast.“

Auch Spusi konnte halbwegs witzig sein.

Pit meldete sich zu Wort: „Gabriela scheint aber von der Abtretung nichts zu wissen. Geht wahrscheinlich davon aus, dass sie die Versicherungssumme ausgezahlt erhält.“

„Wie kommen Sie darauf?“

Lena Kirchberg hatte die Frage gestellt.

„Am Samstag nach dem Spiel hat sie im Vereinsheim so ‘ne kleine Feier veranstaltet, Sekt für die anderen Spielerfrauen ausgegeben. Hab‘ zwar nicht alles mitbekommen, glaube aber verstanden zu haben, dass sie mit Geld aus einer Lebensversicherung rechnet.“

„Das heißt, sie wusste nichts von der Abtretung. Konnte das Wilde einfach so machen, ohne sie zu fragen?“

„Das müssen wir noch abklären. Ich frage den Versicherungsagenten. Ich glaube, Jonas Müller heißt er. Die Lebensversicherung ist doch sicher bei der gleichen Versicherung abgeschlossen, die auch die Transportversicherung gemacht hat?“

Spusi bestätigte diese Annahme von Lothar durch Kopfnicken.

Pit wusste noch mehr zu berichten.
„Hab‘ mal am Samstag bei meinen Fußballkumpels vorgefühlt. Der Tod von Wilde war natürlich das Thema. Das Bild, das wir von ihm bisher haben, scheint sich zu festigen. War nicht so beliebt in der Branche. Er soll teilweise Steine manipuliert haben, ohne das zu kennzeichnen. Insbesondere dem Weinz, der spielt bei uns in der Abwehr, hat er welche angedreht. Der hatte Verdacht geschöpft und sie bei der Gemmologischen Gesellschaft überprüfen lassen.“
„Hab‘ ich schon von gehört. Was machen die genau?“
„Das ist ein Prüflabor. Die prüfen unter anderem Steine auf ihre Echtheit. Renommiertes Institut hier vor Ort in der Schlossmacherstraße.“
„Hat er sie gebrannt oder bestrahlt?“
Lothar konnte jetzt seine angelesenen Kenntnisse aus dem Internet anbringen.
„Soweit ich das verstanden habe, hat er sie radioaktiv bestrahlt. Das soll zudem gefährlich und gesundheitsschädlich sein. Angeblich hat er aus farblosen Topasen wesentlich teurere blaue gemacht. Weinz hat sie ihm zurückgegeben und wartet bis heute auf sein Geld. Er sagte, er hätte ihm eine Frist gesetzt, die vor vierzehn Tagen verstrichen war.“
„Traust du ihm zu, dass er etwas mit dem Mord zu tun hat? Zumindest hätte er ein Motiv. Dann wäre der ein weiterer auf unserer Liste.“
„Eigentlich nicht, aber sorry, da bin ich befangen. Dafür spiele ich schon zu lange Fußball mit ihm. Eigentlich kein aggressiver Typ, immer gut drauf. Außerdem, was hätte er davon, wenn er ihn umbringt? Davon kriegt er sein Geld auch nicht zurück.“
„Wir sollten trotzdem sein Alibi überprüfen.“
„Das soll aber ein anderer machen. Ich hab‘ schon ein schlechtes Gewissen, dass ich ihn privat ausgehorcht habe.“
Pit war die Situation offensichtlich unangenehm.

„Kein Problem, das kriegen wir hin. Ich denke, wir sollten uns ohnehin nochmal in der Branche umhören“, half ihm Lothar aus der Bredouille.

„Glaube aber nicht, dass das vorrangig ist, damit können wir uns etwas Zeit lassen. Ich wollte aber nochmal auf die Kontoauszüge der Schweizer Bank zurückkommen. Das kommt mir sehr seltsam vor. Warum legt er Geld in der Schweiz an, und dann auch noch eine solche Summe? Er war doch finanziell am Ende, zumindest nachdem was wir bis jetzt wissen.“

„Klar, das ist Schwarzgeld. Die haben doch alle solche Konten in der Schweiz oder in Luxemburg.“

Kalli war mal wieder schnell mit einem Pauschalurteil über die Idar-Obersteiner Edelsteinbranche bei der Hand. „Wahrscheinlich liegt er damit noch nicht einmal so falsch“, dachte Lothar und versuchte sich an das Gespräch, das Pauline Hess mit Chris Weißer über den letzten Tag der ‚Baselworld‘ geführt hatte, zu erinnern. Da war etwas, aber als Besprechungsleiter konnte er jetzt nicht groß darüber nachdenken. Er nahm sich vor, morgen früh das Protokoll hierzu nochmal durchzulesen.

In diesem Moment war Liane Bommer hereingekommen.

„Hallo und Guten Tag. Tut mir leid, bin etwas verspätet.“

„Macht nix.“

Lothar war überrascht, dass sie überhaupt vorbeikam. Normalerweise nahm sie nur an diesen Besprechungen teil, wenn er sie aus einem wichtigen Grund einlud und sie relevante Aspekte beizusteuern hatte.

„Bin auch sowieso gleich wieder weg. Bisher gibt’s keine neuen Erkenntnisse. Weder von eurem Mordopfer noch von dem vermeintlichen Selbstmörder.“

„Vermeintlicher Selbstmörder? Wollen Sie damit sagen, dass es kein Selbstmord war?“

„Ja, nicht unbedingt. Es gibt zwar einige Hämatome, die nicht zwingend vom Sturz kommen müssen. Insbesondere an den Gelenken, also am Fuß. Da bin ich mir noch nicht im Klaren drüber. Ich habe aber was anderes gefunden. War in seiner hinteren Hosentasche."

Sie hielt ein Stück zerknitterten Karton in Scheckkartengröße hoch, den sie in eine Plastikfolie gepackt hatte. Eine Visitenkarte.

„Könnte euch vielleicht bei der Identifikation helfen."

Spusi nahm das Teil entgegen und hielt es unter die Deckenlampe. Es war zwar noch nicht dunkel draußen, aber das mittlerweile wieder trübere Wetter hatte jemand veranlasst, Licht zu machen.

„Sieht nach einer Visitenkarte eines Restaurants aus. Warte mal Pizzeria ...", er zögerte einen Moment, durch die Plastikfolie war die Beschriftung der ramponierten Karte nur schwer zu entziffern.

„Ah, da hammers doch. Pizzeria ‚Costa Ligure'. Das ist eine Pizzeria am Schlossberg. Kennt ihr doch alle. Die Pizzas sind da echt gut und mit seiner Pasta hat es Antonio auch drauf."

Die meisten kannten die Pizzeria und den Wirt und nickten.

Pauline Hess war wieder die Schnellste.

„Sagtet ihr nicht, südländischer Typ und dann diese Karte. Da klingelt es doch bei mir in den Ohren."

„Wird dein Tinnitus sein."

Kalli konnte sich wirklich keine noch so blöde Bemerkung verkneifen, wenn er die Chance hatte sie anzubringen. Die Lacher waren entsprechend mäßig. Lothar tat, als ob er die Bemerkung nicht gehört hätte.

„Auf jeden Fall nehmen wir uns die einmal vor. Vielleicht kennt den dort jemand."

Da war noch etwas, das er aus dem Gespräch mit Weißer in Erinnerung hatte, von dem Pauline das letzte Mal berichtet hatte. Waren es nicht Italiener, die am letzten Tag der Messe am Stand von Wilde waren? Das war es, was das Klingeln im Ohr der Polizeianwärterin hervorgerufen hatte. Aber was sollte dieser Tote von der Felsenkirche mit dem Mord an Wilde zu tun haben? Noch ein Knoten ins virtuelle Taschentuch, eventuelle Verbindung zwischen den beiden Fällen prüfen. Wie bekommt eigentlich einen Knoten in ein Tempo-Taschentuch. Schon wieder diese gedanklichen Abschweifungen. Lothar fragte sich langsam, ob er mal mit jemand darüber reden müsste. Er sah sich schon bei Sigmund Freud auf der Couch liegen, sagte aber:

„Dann mal Schluss für heute. Pauline, wir beide nehmen uns die Pizzeria morgen Vormittag vor. Sieh zu, dass du um halb elf hier bist. Dann fahren wir zusammen hin."

Er hatte sie unbewusst erstmals geduzt. Sie hatte sich bisher gut eingebracht, so dass er sie als selbstverständliches Mitglied des Teams betrachtete. Pauline registrierte es mit Genugtuung.

30

Seine Füße lagen auf dem niedrigen Couchtisch aus Glas. Wenn er zu ihnen herabgeblickt hätte, hätte er gesehen, dass der große Zeh des rechten Fußes aus einem Loch in der Socke hervorschaute. Er sah stattdessen in die bedruckten Papiere, die er in der Hand hielt. Das Glas und die Rotweinflasche standen in Griffnähe, wenn er sich etwas vorbeugte. Die roten Tropfen auf dem Tisch konnte er genauso ignorieren wie die roten Ränder, die das Glas hinterließ, wenn er es anhob. Hauptkommissar Lothar Schmied hatte nicht bis morgen warten wollen und sich die Aufzeichnungen des Falles Wilde mit nach Hause genommen. Eigentlich hätte er sie fast nicht mehr gebraucht. Bereits auf der Heimfahrt hatte er angefangen eins und eins zusammenzuzählen, eine Floskel die er auch gegenüber den Kollegen häufig verwandte. Weißer hatte von den beiden Italienern berichtet, die am letzten Messetag am Stand der Wilde GmbH waren. Pauline hatte das Gespräch mit ihm in einer einfachen, aber klaren Sprache zusammengefasst. Nur, was waren die Schlussfolgerungen? Und gab es vielleicht einen Zusammenhang mit dem Mord an Wilde und dem Selbstmord des unbekannten Italieners, sofern es sich überhaupt um einen solchen handelte? Also beides, Selbstmord und Italiener, kein Selbstmord und trotzdem Italiener, Selbstmord und kein Italiener. Lothar war verwirrt.

Hatte Wilde dunkle Geschäfte gemacht? Das sowieso, aber welche in diesem Fall? Hatte der andere Italiener, also der von der Messe, Lothar blätterte im Protokoll, ja da stand es, Leonardo hieß er, Weißer ablenken sollen? Und warum? War der Name echt, wobei der Vorname sie sowieso nicht weiterbrachte? Weißer hatte wahrscheinlich nicht nach den Nachnamen gefragt und sich ganz sicher nicht den Ausweis zeigen lassen.

Er nahm einen weiteren Schluck aus dem Rotweinglas und schenkte nach, als er sah, dass es leer geworden war. „Alkohol erweitert das Bewusstsein“, sagte der kleine Teufel zu dem kleinen Engel in seinem Kopf. „Dann müsste ich ja jetzt zu aufschlussreichen Erkenntnissen kommen, du Blödmann“, sagte er zu dem kleinen Teufel. Apropos Teufel, im nächsten Jahr würde Fritz Walter hundert werden. Wie kam er jetzt darauf. Ach so, Rote Teufel. Sein Lieblingsverein hatte auch schon bessere Zeiten gesehen. Das legendäre 7:4 gegen die Bayern von 1973. Da musste er noch ziemlich jung gewesen sein. Kannte er nur vom Hörensagen. Da konnte er sich schon eher an die beiden Meisterschaften in den 90er Jahren erinnern. „The times they are changing“, hatte er die passende Melodie dazu im Ohr. Bob Dylan. Der hatte seine beste Zeit auch schon vor seiner Geburt. Wie der FCK, der jetzt in der 3. Liga kickte. Er merkte, dass seine Gedankensprünge nicht hilfreich beim Studium des Protokolls waren. Zurück zu diesen Italienern. Hieß Fritz Walters Frau nicht Italia? Jetzt ist aber gut. Sein letzter Gedanke mit einem Blick auf die Rotweinflasche, bevor er einnickte: zum Glück kein Lambrusco.

Er stand auf Burg Bosselstein. Raben umflogen den Turm der Ruine. Unter ihnen ein seltsamer Vogel. Er bewegte keine Flügel. Die Arme hatte er weit ausgebreitet. Unter den Armen hatte er eine Art Segel in Regenbogenfarben. Das Outfit erinnerte an die Seidenballonanzüge, die zurzeit der Wende um 1990 in Mode waren. Weit geschnitten, sahen aus wie die Tragflügel der Concorde. Die Sonne beschien den steilen Felsen und durch die dadurch entstandene Thermik schraubte er sich in die Höhe. Als er näher heranzoomte erkannte er ein Loch in der rechten Tennissocke, aus dem ein schmutziger Zeh herauslugte. Mit ihm kreisten andere Vögel in Menschengestalt. Er erkannte die drei italienischen Pizzeria-Besitzer der Stadt und auch die beiden Italiener, die hier seit Jahrzehnten eine Eisdiele betrieben. Da, Ikarus, war das nicht der Grieche, der das Restaurant gleichen Namens hatte, kam etwas nahe an die Sonne. Er sah, wie sich das Wachs löste, mit der die Flügel zusammengehalten wurden. Er stürzte ab.

Ein lauter Aufprall. Blut breitete sich aus. Das Eichenlaminat wurde rot. Die Weinflasche und das Glas waren vom Tisch gefallen. Zwar hatte die Flasche den Sturz überstanden, aber der Rest des Rotweins ergoss sich über den Boden. Das Glas war zerbrochen. Sein Flügelschlag, mit dem er den Sturz auffangen wollte, war dann doch zu ungestüm geraten. Er traute sich kaum die Augen aufzumachen. Das Bild konnte er sich auch so ausmalen. Wenn auch kein teurer Teppich wie bei Wilde, aber der billige Läufer von IKEA, den Lothar vor Jahren erstanden hatte, war ebenfalls hin. Wobei es sich herausgestellt hatte, dass es sich bei dem vermeintlichen teuren Perserteppich in der Wohnung von Wilde nicht um ein wertvolles handgeknüpftes Exemplar aus den Iran gehandelt hatte, sondern um einen maschinell hergestellten, den man diesem bei einem Urlaub in Tunesien angedreht hatte.

Nein, auch durch seine mitunter seltsamen Träume würde er nicht zum Esoteriker werden. Irgendwas mit Italien, ich weiß nur noch nicht was. Ein anderes Mal darüber nachdenken, schließlich, morgen ist auch noch ein Tag. Scarlett O'Hara aus „Vom Winde verweht", wenn ich mich nicht täusche. Musik- und filmtechnisch war er nicht immer auf dem neusten Stand, eher etwas altmodisch. Oder nostalgisch, hört sich zumindest besser an. Ein klein wenig Stolz schwang in ihm mit, dass er das Zitat, das ihm gerade eingefallen war, zuordnen konnte. Wär' was für Jauch bei „Wer wird Millionär". Zu welchem Film gehört dieses Zitat: „Titanic", „Zwölf Uhr mittags", „Spiel mir das Lied vom Tod" oder „Vom Winde verweht". Ihm waren schon immer tolle Fragen eingefallen. Vielleicht sollte ich mich doch mal bei der Redaktion bewerben. Zweiunddreißigtausend Euro sollte die Antwort schon wert sein, fand er. Er kam zum wiederholten Mal für heute zum Schluss, dass er mit seinen wirren Gedankensprüngen nicht weiterkam. Also lieber ab ins Bett, auch auf die Gefahr hin, dass Ikarus wieder in seinen Träumen abstürzte … oder die Concorde wie damals in Paris. Oder die Starfighter, die damals Franz-Josef Strauß fast seinen Job als Verteidigungsminister gekostet hätten. War auch vor seiner Zeit. Musste er sich jetzt wirklich keinen Kopf drum machen. „Gute Nacht", wünschte er sich und verschwand im Badezimmer. Die Rotweinflecken konnte er auch später noch aufwischen. Morgen wart schließlich auch noch ein Tag.

31

Die Italiener hatten ihm keine Ruhe gelassen. Auch wenn sie in der Nacht nicht mehr um Burg Bosselstein gekreist waren, so waren sie ihm beim Aufwachen gleich wieder eingefallen. Mit Frau Hess, die er jetzt Pauline nannte, wollte er sich um halb elf treffen, um der Pizzeria einen Besuch abzustatten. Er hatte also noch etwas Zeit. Die wollte er nutzen, um noch einmal die Prokuristin der Wilde GmbH zu Geschäftsbeziehungen nach Italien zu befragen.

„Italien ist natürlich für die Schmuckbranche interessant", antwortete sie auf seine diesbezügliche Frage. „Insbesondere die Gegend um Mailand. Die Symbiose aus Design, Qualität und Preis ist fast perfekt. Die Italiener sind nicht nur bei der Mode was Kleidung angeht, führend, auch beim Schmuck fällt ihnen immer etwas Originelles ein. Wir haben dort etliche Handelspartner, die wir insbesondere mit Rubinen und Saphiren beliefern. Deshalb war bisher auch die ‚Baselworld' für uns meist erfolgreich. Die Nähe zu Italien ist da sehr vorteilhaft. Schade eigentlich, dass es mit dieser tollen Messe in den letzten Jahren immer mehr bergab geht. Die ‚Baselworld' ist nicht mit der Zeit gegangen, und die Verantwortlichen haben eine enorme Arroganz an den Tag gelegt, so stand es kürzlich sinngemäß im Manager-Magazin. Insbesondere große Uhrenhersteller haben sich zurückgezogen. Darunter leiden wir natürlich auch. Die Besucherzahlen waren in den letzten beiden Jahren rückläufig."

„Kam es zu Aufträgen aus Italien in diesem Jahr?"

„Nur ein paar kleinere Sachen. Von unseren Stammkunden. Keine neuen großen Aufträge, soviel ich weiß. Und die Aufträge, die reinkamen, konnten wir noch nicht mal alle erfüllen. Wegen dem Überfall. Martin hatte fast das ganze Sortiment an geschliffenen Rubinen dabei. Es war ja alles weg."

„Nochmal zu Ihrem Verhältnis zu Ihrem Chef.“

Er versuchte sich so vorsichtig wie möglich auszudrücken, um nicht den Verdacht auf Eva Steinhoff zu lenken.

„Kann es sein, dass Sie eifersüchtig waren. Sie kannten ihn schon lange und er konnte sicher auch charmant sein.“

Aber sie hatte den Braten gerochen. Zumindest eine leichte Geruchsspur wahrgenommen. „Wie kommen Sie darauf? Hat seine Frau mich angeschwärzt, die jetzt eine fette Erbschaft vermutet. Da dürfte sie sich ganz schön geschnitten haben. Oder gar die Steinhoff. Die hat es gerade nötig. Angeblich waren sie ja nur Freunde“, wobei sie das Wort Freunde überdeutlich betonte.

Eine leichte Hysterie hatte sich ihrer Stimme bemächtigt.

„Aber Wilde war immer noch hinter ihr her. Dabei hat er sie beschissen. Wenn Sie ein Motiv suchen, sollten Sie da mal tiefer bohren. Der Preis, den er beim Schmuckwettbewerb gewonnen hat, war ein Entwurf von ihr. Den hat er ihr ganz dreist geklaut. Die hat sogar mit Klage gedroht und ihr sauberer Liebhaber hat sie da tatkräftig unterstützt. Und von wegen offene Beziehung, der war total eifersüchtig. Der hätte sogar zwei Gründe gehabt, ihn umzubringen. Und da fragen Sie nach meinem Verhältnis. Jetzt reicht es mir aber.“

Aus der leichten Hysterie war mittlerweile ein ziemlich lautes Gekreische geworden. Jetzt sackte sie zusammen und Tränen liefen ihr übers Gesicht. Lothar hasste solche Szenen. Erstens waren sie nur peinlich und zweitens wusste er nicht, wie man sich in solchen Situationen zu verhalten hatte. Er konnte sie ja schlecht in den Arm nehmen und trösten.

„Jetzt beruhigen Sie sich erstmal.“

Er kramte ein Papiertaschentuch aus seiner Hosentasche, zum Glück war es noch nicht benutzt und es war auch kein Knoten drin. Er reichte es ihr.

„Wir müssen halt jeder Spur nachgehen.“

Der Standardsatz für solche Situationen.

„Danke jedenfalls für Ihre Hinweise.“

Er hoffte, damit einen einigermaßen versöhnlichen Abschluss gefunden zu haben, mit dem er sich aus der verwirrenden Szene befreien und den Abgang machen konnte.

„Sie sehen irgendwie erschöpft aus.“

„Du.“

„Bitte?“

„Ich habe dich gestern geduzt. Das heißt, dass du mich auch duzen kannst“, knurrte er.

„Ach so, entschuldigen Sie … äh du. Da muss ich mich erst dran gewöhnen“

„Lothar“, sagte er und reichte ihr die Hand.

„Pauline.“

„Ich weiß. Und es heißt Lothar mit ‚th‘ nicht Loddar mit zwei ‚d‘, sonst wieder Herr Hauptkommissar.“

Sie lachten beide, das Eis war gebrochen.

Im Auto erzählte er ihr kurz vom morgendlichen Gespräch mit der Prokuristin.

„Irgendwie tut sie mir leid.“

„Ich glaube zwar nicht, dass sie ihn umgebracht hat. Aber Mitleid können wir uns bei unserer Arbeit nicht leisten. Grundsätzlich könnte die Möglichkeit bestehen. So ganz können wir es also nicht ausschließen. Wird mir langsam ein bisschen viel mit den Verdächtigen. Da vorne ist der Parkplatz der Pizzeria.“

Lothar steuerte den Golf auf den um diese Zeit leeren Parkplatz.

„Restaurant Costa Ligure“ stand auf der Leuchtreklame, die um diese Zeit natürlich nicht eingeschaltet war, an der Vorderseite des Fachwerkhauses. Das „Fachwerk“ bestand aus angedübelten Fichtenholzbrettern, die dunkel gestrichen und dazwischen verputzt waren. Sollte wohl Fachwerk vortäuschen, war aber leicht als Fake zu erkennen. Schmied fand, dass sowas verboten gehörte. Aber es ging ja heute nicht um städtebauliche Geschmacksfragen. Lothar kannte die Pizzeria. Er war mit seiner Exfrau vor einigen Jahren gelegentlich hier gewesen, seit seiner Scheidung jedoch nicht mehr, wenn er sich richtig erinnerte.

„Hallo Antonio."

„Hallo ääh ... Loddar. Du warst aber schon lange nicht da."

Das „Loddar" klang aus dem Mund des Italieners wesentlich angenehmer und weicher als aus dem von Kalli. Nicht so dahingerotzt, sondern wie „Lothar", nur mit einem charmanten italienischen Akzent.

„Keine Zeit, viel Arbeit."

„Was macht deine Frau? Oder hast du neue Freundin?"

Der Wirt lachte über seinen vermeintlichen Scherz und hob den Kopf in Richtung Pauline.

„Nein, nein", bis hierher hatte sich seine Scheidung wohl noch nicht herumgesprochen und er sah auch keine Veranlassung, Antonio darüber aufzuklären.

„Das ist Frau Hess, eine Kollegin. Wir sind dienstlich hier."

„Wieso dienstlich? Was machst du überhaupt? Gesundheitsamt? Bei mir alles in Ordnung, haben mich erst vor vier Monaten überprüft."

Stimmt, dass er in der Vergangenheit öfter Gast dort war und sie hatten sich gelegentlich unterhalten, aber sein Beruf war nie Thema gewesen, trotz der vermeintlichen Vertraulichkeit, die Antonio mit seinen Gästen pflegte. Es war keine plumpe Anbiederung, die er betrieb, aber nach dem Marsala, den er seinen Stammgästen „aufs Haus" mit der Rechnung präsentierte, kam man halt ins Gespräch, das er so geschickt führte, dass ihn seine Gesprächspartner immer zuerst duzten. Und plötzlich war man dann so etwas wie Freunde.

„Nee, nicht Gesundheitsamt, Polizei."

Er kramte in der Innentasche seines Jacketts nach seinem Ausweis. Aber Pauline Hess hatte ihren schon gezückt.

„Hess“, stellte sie sich vor und etwas zu schneidig: „Kriminalhauptkommissar Schmied scheinen Sie ja schon zu kennen.“

Lothar fand ihr Vorgehen etwas forsch. Er würde sie anschließend darauf hinweisen, selbstverständlich nicht vor der „Kundschaft“. Er lächelte kaum merklich in sich hinein ob seiner Wortwahl. „Ob seiner Wortwahl“, drückte man sich heute noch so aus? Egal, er gab die Suche nach dem Ausweis auf, das Formelle hatte Pauline ja schon erledigt.

Interessanter war die Gesichtsfarbe von Antonio, die leicht ins Blasse abdriftete. Das musste nichts zu bedeuten haben, meist eine normale Reaktion, wenn man sich als Polizist im Dienst zu erkennen gab. Aus der Seitentasche des Jacketts holte er das Foto des Toten von der Felsenkirche hervor. Zum Glück hatte er es schneller griffbereit als den Ausweis. Dabei fiel auch seine Polizeimarke heraus, die er in derselben Tasche verstaut hatte. Blitzschnell, bevor er reagieren konnte, hatte sich Pauline gebückt und reichte sie ihm. Wortlos und selbstverständlich als wäre nichts passiert. An seiner Schlamperei musste er unbedingt arbeiten, also dagegen. Jetzt war Antonio aber wirklich blass geworden, als Lothar ihm das Foto vor die Augen hielt.

„Mio Dio“, entfuhr es ihm.

„Du kennst ihn?“

„Ja, Luca, ein Neffe. Was ist passiert?“

„Vermutlich hat er sich umgebracht.“

Einzelheiten ersparte er sich. Die würde Antonio noch früh genug erfahren. Zudem musste er ihn identifizieren.

„Wie heißt er mit Familiennamen? Wie du?“

Lothar wusste eigentlich nicht, wie Antonio mit Nachnamen hieß. War ihm zu spät eingefallen. Nächstes Mal besser zuerst denken und dann den Mund aufmachen. Wenn er jetzt „Ja“ sagen würde, müsste er nachhaken.

„Ricci, Luca Ricci.“

Nochmal Glück gehabt.

„Der Sohn von deiner Schwester?“

Beim Bruder hätte er ja den gleichen Namen. Ferrari, wie die Automarke. Er hatte das Schild an der Tür entdeckt: Inhaber Antonio Ferrari. Leicht zu merken.

„Nein, nein. Nicht von meiner Schwester. Weiter weg verwandt. Sohn von großer Cousine. Das heißt doch so auf Deutsch. Alles Familie, alles Neffen."

„Hat er bei dir gearbeitet?"

„Nein, Onkel von Mann meiner großen Cousine hat ihn geschickt. Hätte was in Stadt zu erledigen. Ich weiß nicht was, hat mir nicht gesagt. Sollte ein paar Tage bei mir wohnen. Vielleicht was mit Edelsteinen. Weiß nicht."

Ganz schön weit verzweigte Verwandtschaft bei diesen Italienern. Er kannte kaum alle seine Cousins, geschweige denn seine Großcousins. Die Familie spielte in Italien immer noch eine wesentlichere Rolle als bei uns Teutonen.

Sie standen im Gastraum, der um diese Zeit noch leer war. Die Tische waren gedeckt. Besteck und Servietten lagen ordentlich bereit, ebenso Weinkelche auf jedem Tisch. Die Hausmarken Valpolicella und Chianti und der weiße Pinot Grigio wurden in Karaffen serviert, man konnte aber auch einen teureren Flaschenwein wählen, Antonio hatte einen gut bestückten Weinkeller. Wenn man ein Bier bestellte, wie es Lothar früher gelegentlich tat, wurden die Weingläser wieder abgeräumt. Lothar hatte nie verstanden, warum dieser Aufwand betrieben wurde, seine Ex hatte ihn früher deshalb spaßeshalber öfters als Banausen tituliert. Am Schluss war es dann eben kein Spaß mehr, da hatte sie es todernst gemeint, das mit dem Banausen und weiteren Unzulänglichkeiten, über die sie früher gemeinsam gelacht hatten.

Die Tür zu Küche stand einen Spalt offen. Pauline Hess hatte das Gefühl, dass man sie beobachtete. Sie bewegte sich unauffällig auf die Tür zu. Aber das war wohl zu auffällig unauffällig. Sie hörten, dass sich jemand schnell entfernte. Jetzt war auch Lothar aufmerksam geworden.

„Hallo, warten Sie! Wir haben ein paar Fragen."

Die Schritte entfernten sich schneller. Es schepperte laut, als ob ein Kochtopf oder eine Pfanne auf den Boden gefallen wäre.

„Dieser cretino."

Antonio fluchte. Irgendetwas stimmte nicht. Pauline griff nach ihrer Pistole, die sie rechts hinten im Holster am Gürtel trug. Auch Lothar griff instinktiv an die gleiche Stelle.

„Scheiße!"

Auch er konnte fluchen. Und hatte auch allen Grund dazu. Seine Pistole steckte zwar auch im Holster. Aber das lag zusammen mit der Waffe und dem Magazin in seiner obersten Schreibtischschublade. Da nütze sie ihm im Moment wenig, abgesehen davon, dass es streng verboten war. Pauline öffnete langsam die Tür zur Küche. Niemand war zu sehen.

„Warte!"

Lothar wollte die Kollegin keiner Gefahr aussetzen. Sie hörte ihn allerdings nicht, denn im nächsten Moment schepperte es erneut, klang diesmal mehr danach als sei ein Porzellanteller auf den blitzeblanken Fliesen gelandet.

„Bleiben Sie stehen, wir haben doch nur ein paar Fragen."

Langsam bewegte Pauline sich vorwärts, die Pistole mit beiden Händen im Anschlag. So wie sie es auf der Polizeischule gelernt hatte. Dass man nicht allein ohne Sicherung jemand verfolgen sollte, hatte sie allerdings in diesem Moment vergessen. Dass ihr Chef unbewaffnet war, hatte sie ohnehin nicht mitbekommen. Da hinten war eine Tür. Nur durch diese konnte die Person, wer immer sie auch war, entwischt sein. Mit der linken Hand öffnete die junge Polizistin diese Tür, in der rechten behielt sie die Pistole im Anschlag. Nichts. Eine Art Kellerraum. Regale an der Wand. Wurde wohl auch als Lager benutzt. Kein Geräusch. Langsam bewegte sie sich vor. Dunkel. Nur durch ein kleines Kellerfenster schien etwas Licht. Sie stieß mit dem Ellbogen an eines der Regale und versuchte den Schmerz zu unterdrücken, der sich stechend im Arm ausbreitete und kniff die Lippen zusammen. Der Musikantenknochen hieß wahrscheinlich so, weil man bei einem Schlag darauf vor Schmerzen singen konnte.

Plötzlich ging das Licht an. Die 100-Watt-Glühbirne an der Decke leuchtete den ganzen Raum aus. Der junge Mann mit der Kochschürze um die Hüfte trat von dem hintersten Regal hervor. In der Hand hielt er eine Pistole. Eine Glock. Lothar vermutete eine Glock 19. Er war es auch, der den Lichtschalter angeknipst hatte. Leise war er Pauline gefolgt. Was sollte er auch sonst machen.

„Mach keinen Quatsch, Junge."

Lothar sah dem Typen in die Augen und versuchte selbstbewusst und trotzdem freundlich zu klingen. Das letzte Deeskalationsseminar, an dem er teilgenommen hatte, lag schon ein paar Jahre zurück.

So ganz ernst hatte er es nicht genommen. Soweit er sich erinnerte, hatte es in Koblenz stattgefunden. Woran er sich noch erinnerte, war die Kollegin aus Bad Dürkheim. Er war damals noch halbwegs glücklich verheiratet, sie hatte sich gerade von ihrem Mann getrennt. Üblicherweise saß man bei solchen Zweitagesveranstaltungen abends noch gemütlich beisammen. Zur gesunden Ernährung gehörte dann auch die Nahrungsaufnahme von Obst und Getreide in flüssiger Form und dann …, egal, war im Moment nicht so wichtig. Irgendetwas von ruhig bleiben und das Gegenüber beruhigen, war bei ihm das Wenige, was vom Seminar hängen geblieben war.

Er versuchte, sich zu konzentrieren und hoffte, dass seine Stimme nicht allzu sehr zitterte.

„Wir haben doch nur ein paar Fragen zu deinem Cousin."

Den Cousin hatte er einfach mal angenommen. Mit den verwandtschaftlichen Beziehungen schien das ja so eine Sache zu sein.

„Was wollt ihr? Ich habe nichts gemacht. Ich will nicht in Knast.“

„Wie kommst du darauf? Wie gesagt, doch nur ein paar Fragen.“

„Bleibt stehen. Wenn ihr näherkommt, schieße ich.“

„Finito, es reicht.“

Antonio war dicht hinter Lothar aufgetaucht. Seine Stimme klang bedrohlich. Lothar merkte, wie ihm der Schweiß ausbrach.

„D'accordo, Zio“, kam von der Wand am Ende des Raumes.

Lothar atmete hörbar auf. Antonio hatte nicht ihn gemeint. Der dunkelhaarige junge Mann, Lothar schätzte ihn auf Anfang Zwanzig, hob langsam die Hände. Den Zeigefinger hatte er vom Abzug genommen und deutlich weg gestreckt. Hatte er so sicher schon mal im Fernsehen gesehen. Während Pauline ihre Pistole immer noch im Anschlag hielt, ging ihr Kollege langsam auf den Mann zu und nahm ihm die Waffe aus der Hand.

„Was soll der Blödsinn? Bist du bescheuert?“

Pauline steckte ihre Pistole wieder ein und nahm die Handschellen vom Gürtel. Sie legte sie dem Mann an.

„Wer ist das?“

Lothar hatte sich an Antonio gewandt.

„Nicolo, Sohn von Bruder. Er hilft uns in Küche.“

Aha, ein echter Neffe diesmal.

„Dafür hatte er aber nicht das richtige Werkzeug in der Hand.“

„Er ist eigentlich guter Junge. Macht nur manchmal Blödsinn. Hat schon Mal Probleme mit Polizei gehabt. Tut mir leid.“

„Danke für deine Hilfe. Wir müssen ihn trotzdem mitnehmen.“

„Ja klar, verstehe ich.“

32

Er stand vor dem Tor des großzügigen Anwesens. Das Tor war weiß gestrichen und mit schmiedeeisernen, verschnörkelten, jedoch modernen Ornamenten verziert. Sollten wohl futuristisch wirken. Kalli fand es etwas „strange". Auf jeden Fall nicht sein Geschmack. Das Haus stand zurückgesetzt am Hang. Hinter dem Gebäude ragten hohe Fichten hervor. Auf dem kurzgeschnittenen Rasen verrichtete ein Mähroboter seine Arbeit. Geschickt umfuhr er die Koniferen, die dem Ganzen den Eindruck eines englischen Gartens vermittelten. Vom Tor aus schlängelte sich die Einfahrt bis zu den drei großen Garagen, die angebaut und durch eine Dachkonstruktion geschickt mit dem Haus zu einem passenden Ensemble zusammengefügt waren, ebenfalls englischer Landhausstil. Der offensichtliche Reichtum schien aus den Fenstern mit den gewölbten Sprossenscheiben hervorzuquellen. Vor einer dieser Garagen stand ein Jaguar X in dunkelblau, älteres Modell, Birkenfelder Autonummer, W-111. Es ärgerte die Idar-Obersteiner gelegentlich, dass sie mit dem Kennzeichen der wesentlich kleineren Kreisstadt vorliebnehmen mussten.

Kalli, der mit bürgerlichem Namen eigentlich Karl-Heinz Fey hieß, war der Wagen schon öfter aufgefallen. So viele Jaguars gab es in der Stadt nicht. W stand für Weinz. Das war auch der Name, der sich in goldenen Lettern auf der Achatscheibe befand, die am Torpfosten befestigt war. In der Mitte der ovalen Scheibe befand sich ein Klingelknopf, golden, um den sich helle, ebenfalls ovale Kreise in dem marineblauen Stein formierten. Kalli, bekannt für seine seiner Meinung nach geistreichen Sprüche, mit denen er Kollegen und Freunde „bespaßte", war auch hier sofort etwas eingefallen. Zu sehr erinnere ihn das Ganze an eine Vulva.

Und da sollte er nun ... Er drückte trotzdem auf den Klingelknopf in der Mitte.

Der Türöffner schnarrte nach ein paar Sekunden. Kalli konnte keine Kamera entdecken, also vertrauensselig. Außerdem, warum hätte ein Blick in die Kamera ihn als harmlos ausgewiesen. Wenn er alles sein wollte, harmlos doch bestimmt nicht. Bevor es weiter an seinem Ego kratzen konnte, wurde er gleich eines Besseren belehrt, zumindest was die Vertrauensseligkeit der Hausbesitzer betraf. Er wollte gerade das Tor aufdrücken, als er Gebell hörte. Zwei Jagdhunde kamen neben dem Haus hervorgeschossen und rasten auf das Tor, beziehungsweise den verdutzten Kalli, zu. Er kannte sich nicht mit Hunden aus. Das musste man auch nicht, um das Tor wohlweislich geschlossen zu halten. Während der eine Hund noch heftig bellte, hatte der andere angefangen bedrohlich zu knurren.

In der Haustür waren zwei Männer erschienen, ein kleiner etwas untersetzter mit grauem, vollem Haar und ein kahlköpfiger großer Schwarzer, vermutlich Afrikaner. Der Untersetzte, vermutlich Weinz, ließ einen lauten Pfiff ertönen.

„Kastor, Pollux. Kommt her. Ihr sollt meine Gäste doch nicht erschrecken."

Die beiden Hunde ließen vom Tor ab und trabten gemütlich auf die beiden Männer an der Türschwelle zu.

„Kommen Sie ruhig näher, die wollen nur spielen. Sie brauchen keine Angst zu haben. Außerdem bin ich gut versichert."

Der Grauhaarige gab ein dröhnendes Lachen von sich. Den Scherz hatte er sich sicher schon öfters erlaubt. Kalli war nicht zum Lachen zu Mute, anderseits, ein feiger Polizist machte ja auch keinen guten Eindruck. Er öffnete das Tor und betrat vorsichtig das Grundstück. Die rechte Hand hatte er vorsichtshalber unter sein dunkelbraunes Cord-Sakko geschoben, wo er seine Pistole im Schulterholster trug. Im Gegensatz zu seinen Kollegen bevorzugte er es seine Waffe auf diese Art zu tragen. Er fand, dass es so geiler aussah, insbesondere ohne Jacke.

Der große Schwarze schien sich gerade zu verabschieden.

„Good bye, Joseph“, sagte Weinz zu ihm und klopfte ihm gönnerhaft auf die Schulter.

„It was again a pleasure to make a deal with you. I will be glad to see you next time.“

„Thanks Louis, I will be back next month.“

Der Joseph genannte kam ihm auf der mit roten Betonsteinen gepflasterten Einfahrt entgegen und grüßte in mit einem freundlichen „Hello“. Horst-Ludwig Weinz erwartete ihn auf der obersten der beiden Treppenstufen, die zum Hauseingang führten.

„Wat kann ech for Se doun?“

Kalli hatte das gepflegte Englisch, soweit er das beurteilen konnte, des Edelsteinhändlers bewundert und war erstaunt, wie schnell und übergangslos dieser in den hiesigen Hunsrück-Dialekt wechseln konnte. Offensichtlich hatte er ihn als Einheimischen eingeschätzt.

„Fey, Kripo Idar-Oberstein“, stellte er sich vor. Den Edelsteinhändler kannte er aus der Zeitung.

„Herr Weinz, ich habe ein paar Fragen.“

„Sie komme bestimmt wegen dem Wilde. Dat et den mal erwischt hot, is jo kei Wunner.“

„Wie kommen Sie darauf? Und was meinen Sie mit ‚kein Wunder‘?“

„Kommen Sie zuerst mal rein. Mir müsse dat jo net zwische Tür un Angel bespreche.“

Im Flur öffnete er die erste Tür rechts und ließ Kalli vortreten. Fast wäre er zurückgewichen. Von der gegenüberliegenden Wand starrten ihn zwei Augen aus einem zotteligen Gesicht entgegen. Ein Keilerkopf mit riesigen Hauern auf einer Holzplatte war dort platziert.

„Der beißt auch nicht mehr.“ Weinz hatte wohl Kallis kurzes Zusammenzucken bemerkt.

„Mein Jagdzimmer.“

Diese Erklärung war eigentlich überflüssig. An den Wänden hingen Reh- und Hirschgeweihe. Auf einem mit Schnitzereien verzierten Regalbrett standen ein ausgestopfter Fuchs und ein Iltis. In der Ecke stand ein großer, schwerer Stahlschrank mit einer Zahlenkombination, darin bewahrte der Hausherr wohl seine Jagdwaffen auf. Auf dem kleinen Beistelltisch zwischen drei schweren Ledersesseln standen zwei große Cognacschwenker, in denen jeweils noch Reste einer bernsteinfarbenen Flüssigkeit zu erkennen waren.

„Wollen Sie auch einen?"

Weinz hatte seinen Blick bemerkt. Kallis Devise war zwar „kein Bier vor vier". Aber ein guter Cognac, und er ging davon aus, dass Weinz ihm keinen Fusel einschenken würde, am späten Vormittag war in seinen Vorsätzen bisher noch nicht auf der Negativliste.

„Ich bin zwar im Dienst. Aber wenn es der Wahrheitsfindung dient, warum nicht."

Weinz strahlte ihn an.

„Endlich mal ein Polizist, der nicht so stocksteif daherkommt. Dann kann ich wenigstens meiner Renate sagen, dass ich mit meinen Gästen mittrinken musste."

Er stellte eines der Gläser weg und Kalli ein neues hin. Dann schenkte er reichlich ein. Nach der Flaschenform und dem Etikett nach zu urteilen, musste sich um eine Nobelmarke handeln. Remy Martin XO konnte er entziffern.

„Lassen Sie sich nicht beeindrucken. Ich fülle die Flasche immer mit Maria Crohn aus dem Aldi nach, wenn sie leer ist."

Wieder brach er in dieses recht angenehme Lachen aus. Kalli glaubte ihm kein Wort. Dieser Weinz schien ein noch größerer Witzbold zu sein als er selbst.

„Na, denn Prost. Oder sagt man das nicht bei einem so teuren Cognac?"

„Keine Ahnung. Ist mir aber auch egal. Also Prost."

Beide nahmen einen Schluck. Bei Weinz war der Schwenker

fast leer geworden. Kalli hatte nur vorsichtig genippt. Auch ohne Kenner zu sein, schmeckte er, dass es sich bei dem Cognac wirklich nicht um die Billigmarke vom Discounter handeln konnte.

„Sie hatten Besuch?“

Es war jetzt doch langsam Zeit, mit den Fragen anzufangen.

„Ja, das war Joseph aus Tansania. Von dem kaufe ich ab und zu Steine. Gute Ware übrigens.“

Er zeigte auf den Tisch, auf dem ein kleines Säckchen lag, aus dem ein paar Steine gekullert waren.

„Die sehen aber nicht so toll aus.“

„Tansanite, kommen nur in Tansania vor und sind ziemlich selten. Im ungeschliffenen Zustand sind sie, wie die meisten Edelsteine, eher unscheinbar. Aber nach der Bearbeitung durch meine Edelsteinschleifer werden sie wunderschön. Dann kommt die kräftige blaue Farbe erst richtig zu Geltung. Ich kann Ihnen gerne mal das Endprodukt zeigen.“

„Vielleicht später.“

Kalli erinnerte sich daran, dass weder ein geselliges Beisammensein mit einem guten Weinbrand noch sein eher mäßiges Interesse an einem gemmologischen Grundseminar Anlass seines Besuches waren. Eines interessierte ihn zunächst doch noch:

„Wenn Sie Steine von einem Afrikaner kaufen, wie stellen Sie sicher, dass es sich nicht um Blutdiamanten handelt?“

„Waren Sie im Kino. Dieser Film mit Leonardo DiCaprio. Ja, das hat uns schon zu schaffen gemacht. Sie spielen auf den Kimberley-Prozess an?“

„Klären Sie mich auf.“

„Kurz gesagt: Der Kimberley-Prozess ist ein System, das über staatliche Herkunftszertifikate den Handel mit sogenannten Blutdiamanten unterbinden soll. Blutdiamanten sind geschmuggelte Diamanten, durch die Kriege in Afrika finanziert werden. Ein- und Ausfuhr für ganz Deutschland werden übrigens ausschließlich über unser kleines Hauptzollamt in Idar-Oberstein abgewickelt. Gilt aber nur für Rohdiamanten. Bei anderen Steinen gelten nicht so strenge Bestimmungen. Die können wir auch direkt kaufen."

„Und woher wissen Sie, dass die Steine von Ihrem Joseph sauber sind?"

„Vertrauen ist alles in unserer Branche. Ich kenne ihn schon seit Jahren. Der ist okay. War sogar mal unten in Tansania. Habe das damals mit einer Großwildjagd verbunden. Das hat meine Jagdleidenschaft etwas abkühlen lassen. Was ich da erlebt habe mit einigen Jägern, hat nichts mehr von meinem Verständnis von Jagd zu tun. Habe mich dann auf den Abschuss eines Gnus beschränkt. Hängt da hinten."

Wilde zeigte auf das größte Geweih an der Wand, zwei geschwungene Hörner.

„Löwen und Elefanten waren mir sowieso zu teuer. Die lassen sich solche Abschüsse gut bezahlen. Können sich nur noch ein paar Scheichs aus diesen Öl-Ländern leisten."

„Sie gehen aber noch auf die Jagd?"

„Eigentlich nicht mehr. Den gepachteten Jagdbezirk hat mein Sohn übernommen und außerdem war ich die ständigen Diskussionen mit meiner Tochter leid."

„Wieso das?"

„Die ist Veganerin und bezeichnet mich als Tiermörder. Sie findet, Tiere tot schießen sei doch ein seltsames Hobby. Deshalb spricht sie auch nicht mehr mit ihrem Bruder. Dazu kommt, dass ich keine Lust mehr habe, kalte Nächte auf irgendwelchen Hochsitzen zu verbringen."

Weinz war scheinbar in Plauderlaune. Er schenkte sich einen Cognac nach, Kalli hatte vorsichtshalber die Hand auf sein Glas gelegt.

„Mit dem Joseph habe ich Glück. Der ist Christ. Mit dem kann ich wenigstens was trinken. Die beiden anderen Jungs aus Tansania, mit denen ich gelegentlich Geschäfte mache, sind Muslime. Da gibt es immer nur Tee."

Weinz ließ wieder sein dröhnendes Lachen hören.

„Ich wollte nochmal auf Ihren toten Kollegen zurückkommen."

Weinz fiel ihm ins Wort.

„Mit dem Kollegen ist das so eine Sache. Konkurrenten würde es besser treffen. Wir arbeiten hier zwar alle irgendwie zusammen und trotzdem auch gegeneinander. Und ein feiner Kollege war der Martin ehrlich gesagt aber gar nicht. Der hat mir radioaktiv bestrahlte Steine angedreht, Topase. So was macht man nicht, weder unter Konkurrenten und schon gar nicht unter Kollegen. Eine Riesensauerei war das. Zumal es nicht ungefährlich ist, insbesondere wenn man es so übertreibt wie der Martin. Ich darf nicht daran denken, dass meine Enkel da vielleicht drangekommen wären. Ich hab' sie ihm zurückgegeben. Mein Geld hab ich aber immer noch nicht. Das kann ich jetzt wohl abschreiben."

„Und deshalb haben Sie ihn umgebracht?"

Ein Versuchsballon. Kalli wusste, dass sein Überrumplungsversuch nicht funktionieren würde. Er hatte es so klingen lasse, dass Weinz es auch als Scherz auffassen konnte. Wieder dieses Lachen. Wie erwartet, fasste sein Gegenüber die Frage nicht als ernstgemeinte Anschuldigung auf.

„Hätte ich machen können. Dafür hätte ich aber mein Gewehr genommen. Soweit ich weiß, ist er erschlagen worden."

Ein Versuch war es wert, die Reaktion war eigentlich vorauszusehen.

„Immerhin haben Sie Geld verloren."

So ganz wollte Kalli noch nicht aufgeben.

„Siebentausend Euro. Die bringen mich nicht um. Nicht, dass das kein Geld wäre. Aber ich werde deshalb weder Maria Krohn oder Oettinger Bier saufen müssen. Und für einen ordentlichen Spießbraten reicht es auch immer noch. Am meisten ärgert mich, dass ich reingelegt worden bin. Das ist mir in über vierzig Jahren noch nicht passiert."

„Gibt es noch andere Kollegen, pardon Konkurrenten, die ähnlich betroffen sind und es sich nicht leisten können locker ein paar tausend Euro in den Wind zu schreiben?"

„Ich habe nichts von locker gesagt. Ja, die könnte es durchaus geben. Glaub ich aber nicht. Martin war sowieso fertig. Das wissen alle, da war nichts mehr zu holen. Das ist ein kleines Dorf hier. Da weiß man schnell, was mit einem los ist. Geschäfte würde sowieso keiner mehr mit dem machen. Und dann ist seine Frau auch noch mit dem Fußballer durchgebrannt. Die Einzige, die noch zu ihm gehalten hat, war Monika."

„Sie meinen Frau Ballauf, die Prokuristin?"

„Ja, eigentlich eine nette Person, leider etwas altbacken. Die hat versucht, den Laden noch zusammenzuhalten. Aber gegen die Eskapaden ihres Chefs war sie wohl auch machtlos. Manche meine ja, sie sei heimlich in Martin verliebt gewesen, aber sie hat absolut nicht in sein Beuteschema gepasst. Spötter behaupten, auf ihrem Grabstein würde stehen ..."

„Ich kann es mir denken."

Das war jetzt sogar Kalli fast zu peinlich. Weinz musste er zugute halten, dass er schon den dritten dreifachen Cognac verputzt hatte, und mit seinem Geschäftspartner hatte er vorher ebenfalls schon mindestens einen.

Kalli fand, dass es Zeit war, sich zu verabschieden.

„Letzte Frage: Haben Sie auch eine Pistole?"

Er dachte an den Überfall nach der „Baselworld" vor einem Monat.

„Ja, eine Smith & Wesson, ein Revolver Kaliber 22. Habe ich mir auf der Messe in Tucson vor ein paar Jahren gekauft. War nur einmal auf dem Schießstand. Liegt im Tresor. Wollen Sie sie sehen?"

„Nein, danke. War nur eine Routinefrage. Ich muss jetzt auch wieder los“

Kalli erinnerte sich, dass bei dem damaligen Überfall eine Walther zum Einsatz gekommen war. Dass Weinz Martin Wilde überfallen haben könnte, war jetzt wirklich unwahrscheinlich. Und dass er jetzt mit geschätzten 1,2 Promille vielleicht noch mit einem Revolver herumfuchteln würde, wollte er auch vermeiden. In der Tür drehte er sich noch einmal um. Er kam sich vor wie Columbo aus der gleichnamigen Fernsehserie.

„Ich hätte doch noch eine allerletzte Frage. Wilde und die Frauen?“

Weinz grinste über das ganze Gesicht.

„Das ist schon ein sehr spezielles Thema. Da habe ich aber Glück gehabt. Meine war ihm wohl zu alt und zu hässlich. – Warum fuchteln Sie so mit den Händen?“

„Ludwig, hast du schon wieder am Vormittag …?“

„Renate, Schatz, du weißt doch, dass das zum Geschäft gehört.“

Die Dame, die hinter Horst-Ludwig Weinz aufgetaucht war, war ganz sicher die Ehefrau.

„Hör auf. In zwanzig Minuten ist das Mittagessen fertig. Den Aperitif hast du ja schon gehabt.“

Und etwas leiser, aber deutlich genug, dass Kalli es hören konnte:

„Komm du mir nur nachher rein.“

Auch ein erfolgreicher und selbstbewusster Unternehmer war nicht gegen einen Hausdrachen gefeit.

„Auf Wiederseh‘n.“

Kalli sah zu, dass er sich aus dem Staub machte. Gott sei Dank ließen sich die Hunde nicht mehr blicken. Er war in mehrfacher Hinsicht erleichtert, als er das schmiedeeiserne Tor hinter sich schließen konnte.

33

Auch Pit war an diesem Morgen unterwegs. Er sollte nochmals Gabriela Wilde-Souza, die Ehefrau und jetzige Witwe des Opfers, befragen. Sie öffnete ihm die Tür und er war fast enttäuscht, als sie ihn in Jeans und einem Schlapper-Shirt empfing, das allerdings ihre Proportionen nicht völlig verdecken konnte.

„Oi, Pit. Rafael ist nicht da. Oder wolltest du zu mir?"

Wer war Rafael? Klar, Pelé hatte natürlich auch einen bürgerlichen Namen.

„Stimmt, ich wollte zu dir. Wo ist Pe… äh Rafael?"

Sie lachte.

„Du kannst ihn ruhig weiter Pelé nennen. Unter seinem richtigen Namen kennt ihn hier sowieso keiner. Komm rein."

Sie ging vor in die Küche und bot ihm einen Platz am Tisch an.

„Willst du was trinken? Kaffee, Wasser?"

„Danke, ein Glas Wasser, wenn es keine Umstände macht. Wo ist Pelé?"

„Morgens um die Zeit im Sportstudio. Er hält sich zusätzlich zum Fußballtraining fit. Wenn er nicht für die Firma zu tun hat."

„Was macht er da?"

„Er übernimmt gelegentlich Fahrten. Es ist nicht so wie viele behaupten, dass er nur auf der faulen Haut liegen würde und außer Fußball nichts im Sinn hat. Er versucht sein Deutsch zu verbessern und hofft, dass er eines Tages sein Studium wieder aufnehmen kann."

„Was will er studieren?"

„Sportökonomie. Er hatte in Brasilien ein Betriebswirtschaftsstudium angefangen. Dann kam der Fußball dazwischen."

„Wie das?"

„Er war ein guter Fußballer. Hat mit achtzehn Jahren bereits in der dritten oder vierten Liga gespielt. Wie alle brasilianischen Jungs wollte er natürlich Profifußballer werden. Hat dann das Studium schleifen lassen, aber für ganz nach oben hat es halt nicht gereicht. Irgendwie bekam er Kontakt zu einem Edelsteinhändler von hier und der hat ihm dann in seiner Firma Arbeit angeboten, wenn er für den FC spielen würde. Er müsste aber nicht viel arbeiten, sei nur pro forma. Hauptsache er würde viele Tore schießen."

„Es könnten ein paar mehr sein."

Pit konnte sich die Bemerkung nicht verkneifen. Pelé war wirklich gut, aber ursprünglich hatte man sich noch mehr von ihm versprochen.

„Er ist halt nicht Edson Arantes do Nascimento, der richtige Pelé. Der Name ist nicht von ihm, den hat man ihm hier angehängt. In Brasilien würde sich keiner trauen, unter diesem Namen aufzulaufen."

„Bin eigentlich wegen dir hier. Wir müssen noch ein paar Sachen abklären."

„Das ist mir schon klar. Als untreue Ehefrau mit einem Liebhaber bin ich natürlich verdächtig."

Sie sagte das in einem völlig ruhigen, emotionslosen Tonfall. Pit staunte, wie Gabriela die Situation treffend analysierte. Sie sah nicht nur gut aus, sondern hatte wahrscheinlich auch Köpfchen. Woran er ohnehin auf Grund der ihnen bekannten Biografie nicht gezweifelt hatte. Er zuckte nur mit den Schultern.

„Mit der Untreue habe ich übrigens nicht angefangen."

Auch daran zweifelte Pit nicht.

„Ich weiß schon was hier über mich geredet wird. Ich wäre eine Nutte aus dem brasilianischen Busch, die sich Martin gekauft hat. Auch die, die es besser wissen. Die Frauen waren eifersüchtig und die Männer hätten auch gerne mit mir … du weißt schon …"

Wieder etwas, was Pit gut nachvollziehen konnte. Erneut staunte er über diese weitere nüchterne Analyse ihrer Situation.

„Ich hatte mich wirklich in ihn verliebt", fuhr sie fort.

„In Brasilien war er so nett, zuvorkommend, einfach charmant. Hatte nicht geahnt, dass er so ein Blender und Weiberheld ist … war."

„Wann bist du ausgezogen?"

„Vor ein paar Monaten, kurz nach Weihnachten. War aber vorher schon öfters mit Rafael zusammen."

„Wie hat er es aufgenommen?"

„Er war sauer, hatte aber keine guten Argumente. Hatte sich, glaub ich, auch wieder schnell getröstet."

„Mit wem?"

„Keine Ahnung, hatte immer mehrere Sachen laufen, auch mit Frauen von Freunden und Kollegen. Da war er nicht, wie sagt man …?"

„Zimperlich?"

„Danke, das Wort habe ich gesucht."

„Glaubst du, von denen hat einer …?"

Er ließ es offen als Frage im Raum stehen.

„Durchaus denkbar, aber ich kann mir da keinen konkret vorstellen. Die sind ja auch nicht … zimperlich. Bei ihren Reisen nach Brasilien oder Afrika."

„Andere Frage: Gibt es ein Testament?"

„Ich weiß es nicht. Wir haben nie darüber gesprochen. Ich weiß nicht mal, ob es etwas zu erben gibt. Auf dem Wohnhaus und dem Firmengebäude sind Hypotheken. ‚Bis unters Dach' hat er vor einiger Zeit gesagt und dabei auch noch gelacht. Allerdings hatte er noch eine Lebensversicherung abgeschlossen, aber …"

Pit hatte schon überlegt, wie er die Frage nach dieser Versicherung formulieren sollte. Das hatte sie im jetzt abgenommen. Auf das, was nach diesem „aber" kommen würde, war er gespannt.

„Er hatte sie an die Bank abgetreten.“

Das schöne Motiv begann sich in Luft aufzulösen.

„Ich hatte zuerst gedacht, es bleibt trotzdem noch was übrig. Scheint aber nicht der Fall zu sein. Dieser Herr Dahlmeier von der Bank hat mir schon gesagt, dass sie wahrscheinlich das ganze Geld bekommen. Ich wäre zwar die, wie heißt das?“

„Die Begünstigte“, half Pit ihr weiter.

„Genau. Ich habe gesagt, dass ich aber nichts unterschrieben habe. Das wäre auch nicht erforderlich gewesen, sagte der Bankmensch. Dazu hätte Martin meine Einwilligung nicht gebraucht.“

Das stimmte. Nach der Rücksprache heute Morgen mit der Sparkasse und der Versicherungsgesellschaft kann der Versicherungsnehmer allein über die Versicherung verfügen, sie also auch ohne Zustimmung des Begünstigten abtreten.

„Seit wann weißt du von dieser Abtretung?“

„Bevor er auf diese Messe fuhr, hatten wir uns noch kurz getroffen. Er wollte das Auto zurückhaben. Es gab Streit. Das Auto sei ohnehin nur geleast und wenn er die Leasing-Raten nicht mehr bezahlen würde, wäre ich es sowieso los. Ich habe dann wohl zu ihm gesagt, dass ich ihn umbringen werde oder so was. Was man halt bei einem Streit so sagt, wenn du dein Wort dem Anderen gibst.“

Sie meinte wohl, wenn ein Wort das andere gibt, aber Pit hütete sich sie zu unterbrechen.

„In dem Zusammenhang hatte er dann gesagt, dass ich mir wegen der Lebensversicherung keine Hoffnung zu machen brauche, da die jetzt der Bank gehöre.“

Pit nahm ihre Ausführungen zu Kenntnis. Zu viele Inputs, die er erstmal sortieren musste. Dann nur noch die obligatorische Routinefrage.

„Ich muss dich das fragen. Wo waren du und Rafael“, er war stolz darauf, dass ihm der richtige Name über die Lippen kam, „letzte Woche in der Nacht von Dienstag auf Mittwoch?“

„Klar, wundert mich nur, dass du das das letzte Mal nicht schon gefragt hast. Rafael war im Training wie jeden Dienstag und anschließend waren wir zusammen zu Hause. Ich glaube, wir hatten ‚Game of Thrones‘ auf Prime geguckt. Taugt wohl nicht viel, wen wir uns gegenseitig ein Alibi geben?“

„Ja, leider“, und er meinte das aufrichtig.

„Aber bisher fragen wir nur so rum und versuchen uns ein Bild zu machen. Also keine Sorge. Danke fürs Wasser, das war es schon.“

Er hütete sich davor, ein „für diesmal“ hinzuzufügen. Konnten diese Augen lügen? Er war sich der unprofessionellen Sichtweise durchaus bewusst.

34

Der Verhörraum war professionell eingerichtet. In jeder Ecke eine Kamera. Auf dem Tisch die neueste Aufnahmetechnik. Die Spiegelwand, hinter der die Kollegen alles mitverfolgen können und auf jede Regung des Beschuldigten achten würden. „Schön wär‘s, aber träumen darf man wohl. Leider sind wir nicht beim Tatort“, wie Lothar wieder einmal resigniert feststellen musste. Im Gegenteil. Da der Umbau des Polizeigebäudes wahrscheinlich erst im Herbst abgeschlossen sein würde, musste man weiterhin mit dem Provisorium am Rande der Fußgängerzone vorliebnehmen. Die Sanierung ihres angestammten Domizils hatte es durch unendliche Verzögerungen und Kostensteigerungen bundesweit zu zweifelhaftem Ruhm und zu einer Eintragung in das Schwarzbuch des Steuerzahlerbundes geschafft.

Sie hatten in dem Zimmer Platz genommen, in dem sonst ihre Besprechungen stattfanden. Gegenüber von Lothar und

Pauline saß Nicolo Ferrari, der Neffe des Pizzeria-Inhabers. Die Handschellen umschlossen immer noch seine Handgelenke. Nachdem sie ihn festgenommen hatten, ließen sie über ihn im Polizeicomputer recherchieren. Es machte sich gut, dass Spusi gerade davorsaß, als sie auf der Dienststelle anriefen. Nicolo war vorbestraft: Waffenhandel. Hatte Pech, dass das Jugendstrafrecht gerade nicht mehr anwendbar war. War zwar keine große Sache, aber immerhin hatte er zwei Pistolen verkauft, deren Herkunft nicht geklärt werden konnte. Angeblich hatte er sie gefunden. Nähere Angaben über die Umstände wollte er damals keine machen. Dadurch hatte er das Gericht nicht gerade milde gestimmt. Trotzdem kam er mit einer Bewährungsstrafe davon. Die Bewährungsfrist wäre in zwei Monaten abgelaufen gewesen, also schon wieder Pech gehabt. Wo eine Waffe ist, können auch mehrere sein. Spusi konnte Staatsanwältin Kirchberg überzeugen, dass die Faktenlage eine Durchsuchung der Pizzeria rechtfertigen würde. Sie setzte sich sogleich mit dem diensthabenden Richter in Verbindung. Schnell waren zwei Streifen vor Ort, die von Lothar eingewiesen wurden. Die Kollegen sollten nach weiteren Waffen Ausschau halten. Die Suche hatte sich als erfolglos herausgestellt. Allerdings hatte sie in einer verschlossenen Schublade unter den Geschirrtüchern mehrere Geldbündel entdeckt, Euros und Dollars. Insgesamt fünfunddreißigtausend Euro und achtausendfünfhundert Dollar. Ob das durch den mündlichen Beschluss des Richters abgedeckt war, ließ sich nicht auf die Schnelle recherchieren. Vorsichtshalber nahmen die Beamten aber das Geld mit. Selbstverständlich ließen sie Ferrari nachzählen und stellten ihm eine Quittung aus. Ordnung muss schließlich sein.

„Wir nehmen dir die Handschellen ab, wenn du versprichst, dich ordentlich zu benehmen."

Nicolo sah auf die Tischplatte und nickte nur. Pauline befreite ihn von dem Armschmuck, den sie ihm vor zwei Stunden angelegt hatte.

„Sollen wir auf deinen Rechtsanwalt warten? Oder können wir anfangen?“

„Ihr könnt gerne anfangen. Aber ich sag sowieso nichts.“

Pauline schaltete die Mikrofonfunktion an ihrem Handy ein. Immerhin war es mittlerweile ein Diensthandy, das ihnen hierfür zur Verfügung stand. War früher auch anders, als Lothar erstmals eine Aufzeichnung mit seinem privaten Gerät vornehmen musste, weil der alte Kassettenrecorder den Geist aufgegeben hatte.

„Vernehmung Nicolo Ferrari, dreiundzwanzig Jahre aus Idar-Oberstein. Herr Ferrari, Sie wurden über Ihre Rechte belehrt, dass Sie sich als Beschuldigter nicht zur Sache äußern müssen. Stimmt das.“

„Bis hierhin stimmt‘s noch.“

Etwas sagte er also doch. Pauline nahm es als gutes Zeichen und überprüfte, ob die Aufzeichnung funktioniert hatte.

„Woher haben Sie die Waffe, mit der Sie mich bedroht haben?“

„Ich hab‘ Sie nicht bedroht. Ich habe nur die Pistole zufällig in der Hand gehabt.“

Seinen Vorsatz, die Aussage zu verweigern, hatte er offensichtlich schon vergessen. Es klopfte an die Tür des Besprechungszimmers. Spusi streckte den Kopf herein.

„Der Anwalt ist jetzt da.“

„Gut lass‘ ihn rein.“

Da rauschte der auch schon durch die Tür.

„Sie sagen erstmal gar nichts“, wandte er sich zunächst an Nicolo, bevor er „und einen guten Tag allerseits übrigens“, hinzusetzte.

Friedrich Hubert, Lothar hatte schon öfters mit ihm zu tun gehabt. Er konnte ihn nicht leiden. Das lag daran, dass er ein guter Anwalt war. Schlechte Anwälte mochte er lieber. Aber gute Anwälte für ihn, waren halt oft schlechte Anwälte für ihre Mandanten.

„Wir kennen uns ja, Herr Hauptkommissar, aber ich glaube Ihrer reizenden Assistentin muss ich mich noch vorstellen. Friedrich Hubert, eigentlich Frederic Huebér“, er hatte den Namen Französisch ausgesprochen, seine Vorfahren kamen aus dem Elsass. „Aber Sie dürfen Herr Hubert sagen, das machen ohnehin die meisten.“

Lothar konnte nur müde über den vermeintlichen Scherz von Hubert lächeln. Er brachte ihn bei allen an, denen er sich erstmals vorstellte. Einerseits sollte es die gespannte Atmosphäre lockern, die nun mal auf Grund der unterschiedlichen Interessenlage zwischen Polizei und Anwaltschaft vorlag, andererseits hatte er sein Gegenüber erst mal verunsichert. Der war nun nicht mehr sicher, wie er den Namen aussprechen sollte. Sich mit der französischen Aussprache lächerlich machen oder bei der deutschen zu plump und vertraulich zu wirken.

Bei Pauline war er an der falschen Adresse. Sie war aufgestanden und gab ihm die Hand.

„Freut mich Sie kennenzulernen, Herr Rechtsanwalt“, sagte sie mit dem strahlendsten Lächeln, das sie aufbringen konnte.

Auch Hubert lächelte zurück. Sie war zwar nicht die Erste, die so schlagfertig reagiert hatte, aber sie hatte den Test bestanden. Er wusste jetzt, wie er die junge Frau einschätzen musste, sie war zumindest nicht auf den Kopf gefallen.

„Dann können wir ja anfangen, bisher hat er sich eigentlich nur zur Person geäußert und da können Sie ja schlecht was dagegen haben.“

Dass er sich auch schon ein kleines bisschen mehr geäußert hatte, musste Lothar ihm ja nicht auf die Nase binden.

„Nicolo, Sie sagen nichts. Erst müssen wir uns unter vier Augen unterhalten. Ihr Onkel hat mich benachrichtigt.“

Er sah Nicolo eindringlich an. Als wollte er ihm zu verstehen geben, dass er bloß den Mund halten sollte und wandte sich zu Lothar um.

„Ich habe wenig Zeit. Mir ist klar, dass Sie ihn, nachdem was ich gehört habe, dabehalten werden. Ich werde mich morgen früh mit meinem Mandanten ausführlich unterhalten und dann können wir gerne ein gemeinsames Gespräch führen. Und bis dahin werden Sie nichts sagen. Ich regele das für Sie und Ihre Familie. Seien Sie unbesorgt und enttäuschen Sie sie nicht.“

Lothar glaubte einen bedrohlichen Unterton herausgehört zu haben, besonders bei der Betonung des Wortes „Familie“. Darüber konnte auch das freundliche Lächeln des Anwalts nicht hinwegtäuschen.

35

„Dein Fußballkumpel ist ja eine Nummer, Pit.“
Kalli war der Erste, der sich bei der Besprechung zu Wort meldete.

„Warum? Musstest du mit ihm einen saufen?“

Pit kannte scheinbar die Gewohnheiten von Horst-Ludwig Weinz.

„Hast du dich deshalb davor gedrückt oder hast du Angst vor seiner Xanthippe gehabt?“

„Und eine Hundeallergie. Das sind jetzt schon drei Gründe. Das dürfte wohl genügen.“

Pauline und Lothar, die noch zugegen waren, kamen sich vor wie die drei Fragezeichen. Spusi hatte noch zu tun und die Staatsanwältin hatte sich entschuldigt. Kalli berichtete ausführlich von dem Besuch bei dem Edelsteinhändler am Vormittag. Auch den Cognac ließ er nicht aus.

„Der ist wahrscheinlich stinkreich, aber vollkommen normal und bodenständig. Parliert auf Englisch mit einem Kunden und fällt im nächsten Moment wieder ins Hunsrücker Platt. So ein richtiger Kumpel-Typ, kein bisschen abgehoben."

„War früher mal ein guter Fußballer beim FC, ist auch schon ein paar Jahre her. Bei uns spielt er immer nur noch ein paar Minuten mit, dafür ist er in der dritten Halbzeit immer gut dabei. Ist halt froh, wenn er zu Hause rauskommt."

„Das kann ich gut nachvollziehen."

„Und, was können wir daraus schließen?"

Lothar war eher an Ergebnissen als an irgendwelchen Stories aus dem Privatleben interessiert.

„Ich glaube nicht, dass er etwas damit zu tun hat."

„Und wie kommst du da drauf? Weil sein Cognac so gut war – oder was?"

Lothar ärgerte sich nicht über Kalli, sondern darüber, dass eine weitere Spur im Sand zu verlaufen schien.

„Entschuldige, war nicht so gemeint. Ist nur, weil wir irgendwie nicht weiterkommen", brummte er. „Zumindest mit dem Fall Wilde. Den Toten von der Felsenkirche können wir jetzt wohl identifizieren. Ist ein Verwandter vom Pizzeria-Inhaber. Ob eine Verbindung zum Fall Wilde besteht, können wir nur vermuten. Das Einzige, was wir damit in Verbindung bringen könnten, wäre die Sache mit den Italienern am Stand auf der Messe in Basel. Wir könnten Chris Weißer noch fragen, ob der Tote damals dabei war. Kannst du das morgen früh übernehmen, Pit. Nimm dir ein Foto mit. Wie war's übrigens bei der lustigen Witwe?"

„Sie weiß nicht, ob es ein Testament gibt. Und, dass es was zu erben gibt, glaubt sie auch nicht. Zu viele Schulden. Bleibt nur noch die Lebensversicherung, aber da wird wohl nur die Bank Geld sehen. Wird für sie wahrscheinlich nichts übrigbleiben, leider."

„Hast ihr wohl etwas zu tief in die Augen geschaut?"

Kalli konnte das Lästern nicht lassen. Pit wusste, dass er aber eigentlich Recht hatte. Gabriela Souza-Wilde war eine attraktive und intelligente Frau. Er hoffte, dass er nicht rot geworden war.

„Dann kannst du ja das nächste Mal mit ihr sprechen."

„Wenn du dafür den Weinz übernimmst."

„Jetzt hört auf mit dem Scheiß. Benehmt euch nicht wie ..."

Lothar konnte den Satz nicht zu Ende bringen. Spusi war ins Zimmer gestürzt.

„Ich hab' was. Ihr werdet es nicht glauben", sprudelte es aus ihm heraus. Das war so gar nicht seine Art. In der Hand hielt er einen großen Asservatenbeutel. In diesem befand sich ein hell schimmernder länglicher Gegenstand.

„Was hast du da?"

„Das ist es."

„Was?"

„Das ist vermutlich das Tatwerkzeug."

Er war jetzt wieder vollkommen ruhig und sachlich geworden. Den Gegenstand legte er so auf den Tisch, dass er trotz des Plastikbeutels gut zu erkennen war.

„Das ist diese Skulptur, die vermisst wird. Von diesem Marstein, der sie Wilde geliehen hatte. Hab' das überprüft. Stimmt mit dem Bild überein, das uns der überlassen hat.

Hab' ihm trotzdem nochmal ein Foto gemailt. Er hat bestätigt, dass es das Teil ist. Und es klebt noch Blut dran. Vermute ich zumindest."

Er zeigte auf eine Stelle an einer der Seitenkanten. Nur wenn man genau hinsah, konnte man noch eine leicht rötliche Färbung erkennen.

„Muss ich noch untersuchen. Ich gehe aber jede Wette ein, dass es Blut ist und von Wilde stammt."

„Wie kommst du da dran?"

„Ein Rentner hat sie im Wald gefunden. Lag ungefähr fünf Meter neben einem Spazierweg. Ungefähr einen Kilometer von unserem Tatort entfernt. Richtung Schlossberg. Kann mir ungefähr vorstellen, wo es war. Gehe da manchmal joggen."

„Warum hat das vorher keiner gesehen? Das musste doch auffallen. Soweit ich weiß, sind da immer Leute unterwegs."

Lothar wusste das. Er war früher selbst gelegentlich dort gelaufen, damals als er noch jünger und fitter war.

„Der Mann sagte, dass er es nur deshalb gesehen hat, weil zufällig gerade die Sonne darauf schien und das Licht reflektiert wurde. Sonst hätte er es auch nicht entdeckt. Sieht so aus, als ob sie vom Weg aus in Büsche geworfen worden wäre. Wie gesagt, fünf Meter vom Weg entfernt, war wohl an dem Gebüsch hängen geblieben. Ansonsten wäre sie weiter geflogen. Der Rentner hatte auch das Blut entdeckt und es deshalb gleich zu uns und nicht ins Fundbüro gebracht. Hat sich sogar von mir Fingerabdrücke nehmen lassen, damit wir seine herausfiltern können. Hat das Ding natürlich mehrfach angefasst."

„Dann mal ab ins Labor."

Lothar war erleichtert, dass sie nun doch wohl einen großen Schritt weiterkommen konnten. Es hatte kurz an der Tür geklopft, als auch schon seine Lieblings-Gerichtsmedizinerin hereinkam. Sie sah mal wieder blendend aus. Wenn Lothar ehrlich war, insbesondere sich selbst gegenüber, was auch gelegentlich vorkam, musste er zugeben, dass er eigentlich verliebt in sie war. Aber zu dieser Ehrlichkeit gehörte auch, dass es wohl nicht auf Gegenseitigkeit beruhte und hoffnungslos war, ebenso wie seinerzeit in der neunten Klasse mit dieser Carola, der Klassenschönheit mit den langen blonden Haaren, bei der er nicht den Hauch einer Chance hatte. Die dann mit diesem Blödmann aus der Zwölften ging und natürlich keinen Blick für den pubertierenden Klassenkameraden hatte, der damals auch noch ein paar Zentimeter kleiner als seine Angebetete war und Pickel hatte.

So blöd sollte man mit über fünfzig doch eigentlich nicht mehr sein und außerdem fuhr er ja noch nicht einmal Porsche. Da sollte er sich doch besser an Petra halten, die mochte ihn wohl irgendwie, auch wenn bisher noch nichts Ernsthaftes passiert war, nur diese Wortgeplänkel und die Blicke, die er hoffentlich richtig interpretierte. Lieber den Spatz in der Hand, als die Taube auf dem Dach. Er fand sich ausgesprochen fies bei diesem Gedanken und es absolut unfair Petra gegenüber. Lothar versuchte sich zusammenzureißen. Was war für Liane Bommer so wichtig, dass sie es nicht telefonisch abklären konnte?

„Ich habe eine Überraschung. Sie werden es nicht glauben. Bin deshalb auch lieber persönlich vorbeigekommen."

„Wegen mir wird sie ja nicht gekommen sein", spann Lothar seine Gedanken von vorhin fort, um sie dann hoffentlich endlich in seine unterste Schublade verbannen zu können.

„Ich habe die DNA von unserem vermutlichen Selbstmörder mit der abgeglichen, die wir im Haus von Wilde und an ihm gefunden haben."

Alle im Raum schienen die Luft anzuhalten, sollte wirklich … Und da kam sie auch schon, die Bestätigung.

„Die DNA stimmt überein. Der Mann", Liane Bommer wusste wohl noch nicht, dass sie ihn mittlerweile so gut wie identifiziert hatten, „war im Haus von Wilde und hatte ihn mehrfach angefasst. Für die weiteren Schlussfolgerungen sind Sie zuständig. Die liegen aber glaub ich auf der Hand", fügte sie entgegen ihrer sonstigen Gewohnheiten als Einschätzung hinzu.

„Super, Fall gelöst. Dieser Luca hat den Wilde umgebracht und sich anschließend aus Reue von der Burg gestürzt. So wie damals der Ritter, der seinen Bruder umgebracht hat."

Kalli neigte manchmal zu Schnellschüssen.

„Erstens geht diese Geschichte anders und zweitens ist sie mir ein bisschen zu einfach. Da fehlt das Motiv und die Zusammenhänge sind mir auch noch nicht klar."

Lothar war keinesfalls von der schrägen Argumentation überzeugt.

„Dann kombiniert mal schön. Mich braucht ihr ja nicht dazu. Ich bin dann mal weg"

„Danke für die schnelle Information, Frau Doktor Bommer. Das könnte sehr hilfreich gewesen sein."

Die Bemerkung, dass unten bestimmt schon der Porschefahrer warten würde, konnte sich Lothar gerade noch verkneifen.

„Wieso stimmt die Geschichte nicht? Der Emmrich hat doch den Weyrich umgebracht, oder nicht?"

„Ich glaube, das ist jetzt nicht so wichtig. Ich erklär's dir später."

Lothar wusste zwar, dass Kalli da einiges in der Sage von der Felsenkirche durcheinandergebracht hatte, aber aus dem Stegreif hatte er die richtige Version auch nicht parat. Es war jetzt in der Tat nicht von Bedeutung. Auf eine Nachahmungstat nach über fünfhundert Jahren wies jedenfalls nichts hin. Er nahm sich vor, heute Abend die Sache nachzulesen, um dann mal wieder mit seiner lokal-historischen Allgemeinbildung glänzen zu können.

„Wenn wir davon ausgehen, dass Luca Ricci wirklich Wilde umgebracht hat, was hatte er ursprünglich in Idar-Oberstein vor? Antonio, der Pizzabäcker, hatte gesagt, dass ihn ein entfernter Verwandter geschickt hat. Oh, das wisst ihr ja noch nicht alle."

Kalli und Pit hatten davon zwar durch den Buschfunk etwas gehört, aber noch keine Einzelheiten erfahren. Das wäre erst der nächste Besprechungspunkt gewesen. Lothar berichtete von ihrem Einsatz heute Morgen. Die Sache mit seiner Pistole ließ er lieber weg. Er hatte sie heute Nachmittag gleich aus der Schublade geholt und angelegt, als ihn keiner beobachtete.

„Pauline hat sich wirklich tapfer geschlagen", schloss er.

Die wurde etwas verlegen und murmelte nur: „Ging ja alles gut."

„Er hätte fast angefangen zu reden. Aber da platzte dieser Anwalt herein, dieser Hubert."

„Ah, Monsieur Hübér", äffte Kalli den Anwalt nach, „durftest du auch schon seine Bekanntschaft machen."

„Der macht halt seinen Job“, warf Lothar ein „und dummerweise macht er ihn auch noch gut.“

„Das sehe ich anders“, Pauline war aufgebracht.

„Haben Sie, Entschuldigung hast du nicht bemerkt, dass er ihn ganz schön unter Druck gesetzt hat. Der kam mir nicht vor wie sein Anwalt. Der sollte bloß den Mund halten. Wer hat denn den überhaupt informiert? Soweit ich weiß, hat er keinen Anwalt angerufen. Das kann ja nur sein Antonio gewesen sein und mit dem haben wir ja auch noch ein Hühnchen zu rupfen. Wegen dem Haufen Bargeld, das wir bei ihm gefunden haben. Und dann kann er uns heute dreimal geholfen haben, seinen schießwütigen Neffen wieder einzufangen. Das stinkt doch zum Himmel mit diesen Mafiosi.“

„Nun krieg dich nochmal ein, Pauline. Im Prinzip hast du ja Recht. Da müssen wir dranbleiben.“

Lothar versuchte seine junge Kollegin zu beruhigen. Ganz spurlos schien der Vorfall heute Morgen nicht an ihr vorbeigegangen zu sein. Kein Wunder, wenn man als Polizist das erste Mal in die Mündung einer geladenen Waffe blickt. Da konnte man sich ohnehin nicht dran gewöhnen. Er erinnerte sich an sein erstes Mal. Damals auf Streife mit einem Kollegen als ... Bevor er den Gedanken zu Ende bringen konnte, klingelte das Telefon auf dem Tisch.

Pit hatte abgehoben. „Für dich.“

Er reichte Lothar den Hörer.

„Der Ferrari will dich sprechen. Allein. Ohne Anwalt. Und keine Aufzeichnung.“

Lars, einer der Kollegen von der Bereitschaft war am Telefon gewesen. Er war für die Bewachung ihres Gefangenen verantwortlich. Den hatte man in einer improvisierten Zelle untergebracht. Das Fenster war mit Panzerglas verstärkt worden und den Fenstergriff hatte man vorsorglich abgeschraubt. Die Tür war mit zwei zusätzlichen Riegeln versehen. Richtig schwere Jungs wurden direkt in ein Untersuchungsgefängnis transportiert. Das würde man auch mit Nicolo machen, wenn der Richter am nächsten Tag einen Haftbefehl ausstellen würde.

„Na dann, bin mal gespannt, was der Tag noch für Überraschungen bereithält. Ihr könnt Feierabend machen, glaube, der Tag war lang und hart genug."

„Kann ich mitkommen?"

Pauline war neugierig geworden. Zudem hatte sie heute Mittag bereits an der Vernehmung teilgenommen und glaubte zu wissen, wie sie Nicolo knacken könnte.

„Er hat ausdrücklich nach mir allein verlangt. Und mein Handy soll ich auch draußen lassen."

Lothar zuckte mit den Schultern.

„Wenn er es so will. Vielleicht hat er ja etwas Interessantes für uns. Mach' halt auch Schluss für heute. Dein Tag war ja schon aufregend genug. Chillt mal 'ne Runde heute Abend."

Den Ausdruck „chillen" hatte er kürzlich von einem anderen jungen Kollegen gehört. Er musste damals die Bedeutung googeln und hoffte, dass er es in im richtigen Zusammenhang verwandt hatte. Scheinbar ja, denn die Mannschaft trollte sich und Lothar machte sich auf den Weg zu ihrer improvisierten Zelle.

Nicolo saß auf der Pritsche. Er sah aus wie ein Häufchen Elend. Lothar dachte an diesen Ausdruck seiner Mutter, die ihn früher in ähnlichen Situationen gebraucht hatte, insbesondere wenn er etwas ausgefressen hatte und ihm die Argumente ausgegangen waren.

„Du wolltest mit mir reden?"

Er hatte auf dem Weg durch die Flure überlegt, wie er die Sache angehen sollte. Er würde ihn duzen, aber nicht zu fest anpacken und unter Druck setzen. Schließlich wollte er reden. Also erstmal Vertrauen aufbauen.

„Bist du sicher, dass du deinen Anwalt nicht dabeihaben willst?"

Lothar war sich allerdings nicht sicher, ob das die richtige

Frage war und er ihn nicht auf die Idee gebracht hatte, es sich doch nochmal anders zu überlegen.

„Nee, den will ich ganz bestimmt nicht dabeihaben. Den haben die mir doch geschickt."

Lothar atmete auf. War nochmal gut gegangen.

„Das ist der Anwalt von denen."

Er erinnerte sich an das, was Pauline vorhin gesagt hatte. Offenbar hatte sie die Situation treffend analysiert.

„Wer sind ‚Die'?"

„Ich will ins Zeugenschutzprogramm." Das kam sehr bestimmt und völlig überraschend. Auf die Frage war er gar nicht eingegangen.

„Du hast wohl zu viele Mafiafilme gesehen", platzte es spontan aus Lothar heraus.

Er hätte sich auf die Zunge beißen können. Nur gut, dass es keine Aufzeichnung gab und es keiner mitbekommen hatte. Wäre sicher ein guter Lehrfilm für die Polizeischule geworden. Titel: Wie vermurkse ich eine Vernehmung.

„Ist nicht Mafia. Die anderen."

„Wen meinst du?"

„Ich sage nichts mehr. Will zuerst die Zusage für das Zeugenschutzprogramm."

Lothar beschloss, vorsichtiger zu werden.

„Pass auf, ich will ehrlich zu dir sein. Es ist gut, wenn du reden willst. Das kann in deiner Situation nur von Vorteil sein. Aber ich will dir wegen dem Zeugenschutz keine falschen Versprechungen machen. Das muss ich abklären. Du musst mir aber einen Hinweis geben. Sonst komme ich damit nicht durch." Er sah, dass Nicolo mit sich rang. Dem war sichtlich unwohl in seiner Haut.

„Die machen das mit dem Geld waschen. Und ich weiß, was die mit Luca gemacht haben." Geldwäsche und eventuell Mord? Das könnte durchaus ein Fall für ein Zeugenschutzprogramm werden. Und hatte er nicht auch etwas mit Mafia zumindest angedeutet? Die Anderen. Meinte er etwa die Cosa Nostra, die 'Ndrangheta oder die Camorra? Hier in Idar-Oberstein? Ausschließen konnte man nichts. Dass die verschiedenen Mafia-Organisationen ihre Krakenarme über ganz Deutschland ausgebreitet hatten, war bekannt und immer wieder Thema, wenn es um organisierte Kriminalität ging. Warum als auch nicht hier.

„Ich mache dir einen Vorschlag. Ich kläre das ab mit dem Zeugenschutz und dann reden wir morgen weiter. Einverstanden?"

„Ist gut, aber nicht den Anwalt informieren. Und auch nicht mit zu vielen Leuten reden."

„Das verspreche ich dir."

Jetzt war es sogar Lothar etwas mulmig geworden. Wo war er hier nur hineingeschlittert. Das konnte ja noch heiter werden. Oder eher das Gegenteil.

Dass es beim Landeskriminalamt eine Koordinierungsstelle gab, wusste Lothar. Damit hatte er sich allerdings noch nie näher befassen müssen. In seiner mittlerweile schon über dreißigjährigen Dienstzeit war ihm das noch nicht untergekommen. Ein Blick auf die Uhr sagte ihm, dass er dort vielleicht noch jemand ans Telefon bekommen würde. Auch wenn die Kollegen dort, genauso wie sie Tag und Nacht bereitstehen mussten, war das hier keine Frage für die Bereitschaft, sondern eher für die Verwaltung und die machten nach seinen Erfahrungen eher diesen Nine-to-Five-Job. Erstaunlicherweise bekam er doch noch einen zuständigen Kollegen oder besser eine Kollegin ans Telefon, eine Frau Weber, wie er Hauptkommissarin, also gleicher Dienstgrad. Sie schien jedenfalls kompetent zu sein. Und pragmatisch. Nachdem er den Sachverhalt geschildert hatte, bestätigte sie ihm, dass dies durchaus ein Fall für das Zeugenschutzprogramm sein könnte.

„Sagen Sie ihm, dass wir ihm Zeugenschutz gewähren können, wenn er zu einer umfänglichen Aussage bereit ist. Es geht um Mord, Geldwäsche und Bandenkriminalität. Und wenn eine Mafia-Organisation mit drinhängt, erhält das Ganze noch mehr Brisanz. Das haben wir in ähnlichen Fällen auch schon ganz gut hingekriegt. Einzelheiten können wir später noch besprechen."

„Aber hier bei uns?"

„Warum nicht. Die haben ihre Finger überall drin. Muss ja nicht gleich die ganz große Sache sein. Aber ein bisschen Geldwäsche hier und ein bisschen Schutzgelderpressung da, das kann auf dem kleinsten Dorf vorkommen."

Nach dem Gespräch streckte sich Lothar in seinem Bürostuhl. Sein Nacken war total verspannt. Den ganzen Tag musste er sich voll konzentrieren. Er war wie gerädert. Ein Feierabendbier bei Petra im Bistro und ein, zwei belanglose Thekengespräche würden jetzt gut tun und ihn etwas entspannen. Um nach Hause zu gehen, war er ohnehin viel zu aufgedreht.

Im Bistro war um diese Zeit nicht viel los. Er setzte sich an die Theke und bestellte sich einen griechischen Salat und ein Bier. Eigentlich wollte er einen italienischen Salat, der wirklich im Wesentlichen aus Salat bestand, und ein Wasser bestellen. Aber als er an der Theke saß und Petra nach der Bestellung fragte, hatten wieder die Automatismen gegriffen und er bestellte, was er immer bestellte, wenn er noch eine Kleinigkeit essen wollte. Bauernsalat mit Spiegelei oder griechischer Salat mit Feta. Er war auch noch zu sehr mit den Ereignissen des heutigen Tages beschäftigt.

„Du scheinst ja mit den Gedanken woanders zu sein."

Auch Petra hatte es wohl bemerkt, als sie den Salat vor ihn auf die Theke stellte.

„Noch ein Bier?"

Das erste hatte er ausgetrunken, ohne dass er es registriert hatte.

„Ja, ja, mach mir noch eins."

Die Kneipe war fast leer, als er aufgegessen hatte. In einer hinteren Ecke saßen nur noch ein paar Jugendliche. Karin, die Bedienung, räumte gerade den Tisch ab, den die beiden Paare, die dort saßen, soeben verlassen hatten. Sie brachte die leeren Gläser hinter die Theke.

„Heute ist nicht mehr viel los. Du kannst für heute Schluss machen, wenn du willst. Das bisschen schaffe ich alleine", sagte Petra zu ihrer Angestellten.

Karin nahm dankbar an. „Prima, das mach' ich dann."

Lothar wollte gerade zahlen.

„Und, was machen wir beiden mit dem angebrochenen Abend? Wolltest du mir nicht schon immer mal deine Briefmarkensammlung zeigen?", fragte Petra.

Es war ein Scherz wie er sie schon öfter gemacht hatte. Petra beugte sich etwas zu ihm vor.

„Ich habe gar keine Briefmarkensammlung. Aber ich habe noch ein paar alte Schallplatten. Die könnten wir uns ja mal zusammen anhören."

Lothar erschrak. Wie alle Männer, die solche Anmachsprüche losließen, hatte auch er nicht damit gerechnet, dass Frau ihn beim Wort nehmen würde.

„Was ist? Angst vor der eigenen Courage?", flüsterte Petra ihm ins Ohr.

Er hatte es für einen Scherz gehalten. Jetzt war er verunsichert.

„Was hast du denn für Platten?" Du Trottel, schoss es ihm durch den rot gewordenen Kopf. Etwas noch Blöderes konnte ihm jetzt aber wirklich nicht einfallen. Petra lachte.

„Ist doch egal. Das sehen wir dann schon. Ich kann jedenfalls jetzt auch Feierabend machen."

Diese unverfänglichen Sätze hatte sie lauter gesagt. Karin war inzwischen gegangen und die Jugendlichen brachen gerade auf.

Lothar, legte einen Zwanziger auf den Tresen.

„Ich warte draußen auf dich", sagte er und ging vor die Tür.

Fünf Minuten später kam Petra heraus. Sie hatte dezent die Lippen mit einem Lippenstift nachgezogen und hängte sich bei ihm ein.

„Na, Herr Kommissar. Mir scheint, Sie brauchen etwas Aufmunterung, so angespannt wie Sie sind. Komm, mach dich ein bisschen locker, Junge."

Sie knuffte ihn in die Seite und es blieb ihm nichts anderes übrig, als ihren beschwingten Gang mit aufzunehmen. Er sah sie von der Seite an. Sie sah wirklich gut aus und ihr wissendes Lächeln konnte nur Gutes verheißen. Sie wohnte nur einige Häuser weiter in einer Seitenstraße. Kaum hatten sie die Wohnungstür geschlossen, küsste er sie. Sie erwiderte den Kuss leidenschaftlich, legte ihre Arme um seinen Nacken und drängte sich an ihn. Er merkte, wie er dahinschmolz. „Wieso heißt es dahinschmelzen, wenn in einigen Körperregionen genau das Gegenteil der Fall ist? Ich sollte aufhören mit dem Kopf zu denken." Was er dann auch tat.

Sie lagen nebeneinander. Lothar blickte an die Decke. Es war der Moment, wo man sich bemüßigt sah, etwas halbwegs Vernünftiges zu sagen. Also zumindest bloß nichts Falsches. Früher als es noch cool war, nachher gemeinsam eine Zigarette im Bett zu rauchen, um den Moment der Peinlichkeit zu überbrücken, war es irgendwie einfacher.

„Weißt du …", setzte er an. Als Petra wieder ihr sympathisches Lachen hören ließ.

„Lass stecken, Lothar. Ihr Männer meint, ihr müsst nachher immer was Intelligentes sagen."

Konnte die Frau Gedanken lesen?

„Sei einfach still und genieße den Augenblick. Ich leg mich rum und schlafe jetzt. Du kannst gehen oder liegen bleiben, wie du willst. Du bist zu nichts verpflichtet. Gute Nacht."

36

„Wach auf, du Schlafmütze."
Lothar wusste nicht, wo er war. Die Stimme kam ihm bekannt vor. Petra? Er musste lächeln. Es war schön mit ihr gewesen, jetzt war es ihm wieder eingefallen. Sie stand neben dem Bett. Auch im Bademantel und mit noch etwas zerzausten Haaren sah sie gut aus. In der Hand hielt sie eine Tasse Kaffee deren Duft ihm in die Nase kroch.

„Du hättest doch heute Morgen was Wichtiges zu erledigen und müsstest früh raus, wenn ich das richtig verstanden habe."

Ihm fiel wieder ein, dass er gestern Abend an der Theke etwas Ähnliches gesagt hatte, als sie ihn nach seinem Tag gefragt hatte. Ohne zu viel auszuplaudern. Erstens war die Sache zu heiß und zweitens hatte er sich diesen Panzer zugelegt, der es ihm in der Öffentlichkeit und überhaupt gegenüber Dritten ermöglichte, höchstens Andeutungen über seine Tätigkeit zu machen.

Er blickte auf sein Handy. Halb sieben. Zum Glück. Das würde auf jeden Fall reichen. Dankbar nahm er den Kaffee entgegen. Er hatte zwar noch einem Moment wach gelegen als Petra schon eingeschlafen war und wollte sich eigentlich gleich auf Französisch verabschieden.

Wo kam diese Redensart eigentlich her? Er nahm sich vor, das bei nächster Gelegenheit zu googeln. Egal, jedenfalls konnte er sich weder auf Französisch noch auf eine andere Art und Weise verabschieden, denn auch er war schnell eingeschlafen. Und so gut und traumlos hatte er schon lange nicht mehr geschlafen. Er sollte doch wieder öfter mal …

„Jetzt habe ich doch glatt vergessen, dir meine Schallplattensammlung zu zeigen", unterbrach Petra lachend seine Gedanken.

„Das können wir gerne ein anderes Mal nachholen", griff er den Gedanken auf.

„Wenn du willst", setzte er ein wenig hoffnungsfroh hinzu.

„Ich muss etwas gestehen. Ich habe gar keine Schallplatten."

Lothar mochte ihren Humor. Er hatte durchaus gestern Abend noch aus den Augenwinkeln den Plattenspieler und den Schrank mit den Platten wahrgenommen. Aber so blöd war er dann doch nicht gewesen. „Was ist mit den Schallplatten?" zu fragen, als sie das Wohnzimmer in Richtung Schlafzimmer durchquerten.

„Jetzt musst du glaub ich aber wirklich los. Wir machen ja erst um elf auf. Ich habe noch Zeit."

Sie gab ihm einen Kuss, der angenehm nach Kaffee schmeckte und ging ins Bad. Lothar zog sich schnell an und rief ihr noch ein „Tschüss" durch die verschlossene Badezimmertür zu, bevor er das Haus verließ.

Punkt acht war er auf der Dienststelle. Für eine Dusche zu Hause und frische Klamotten hatte die Zeit noch gereicht. Sogar auf die passenden Socken hatte er geachtet, zumal er auf die geliebten Sneakers verzichten wollte. Er dachte an Liane, Pauline und Petra und welchen Einfluss Frauen auf die Garderobe von Männern hatten. Trotzig hatte er dann extra als Kontrapunkt seine ältesten und verwaschensten Jeans herausgesucht. Ein bisschen Rebellion gegen die Unterdrückung der Männer durch das Modediktat der Frauen wollte er sich wenigstens zugestehen.

Die Kollegen waren schon da oder waren kurz nach ihm eingetroffen. Er hatte sie gestern früher nach Hause geschickt, dafür kamen sie heute Morgen alle pünktlich. Diensteifer oder Neugier? Schließlich hatten sich am späten Nachmittag noch ein paar überraschende Wendungen ergeben, die sie einen großen Schritt weitergebracht hatten. Sie wollten sicher wissen, was aus seinem Gespräch mit Nicolo geworden war. Lothar gab einen kurzen Abriss.

„Mafia, wir sind doch nicht in Palermo", natürlich Kalli, wer sonst.

Lothar berichtete kurz von dem Gespräch mit der Kollegin vom LKA. Dass sich das so ausweiten könnte. Damit hatte keiner gerechnet. Stille hatte sich ausgebreitet. Man hätte eine Stecknadel im Heuhaufen gehört – oder wie heißt das?, überlegte Lothar.

Auch Spusi hatte nach dem vermeintlichen Feierabend noch eine Schicht eingelegt.

„Also, das Blut auf dieser Skulptur. Es stammte von Wilde."

Eigentlich war keiner mehr überrascht. Das war zu erwarten gewesen. Aber warum war Wilde mit einem Gegenstand umgebracht worden, der mehr oder weniger zufällig herumstand. Nach organisierter Kriminalität sah das nun wirklich nicht aus und schon gar nicht nach Mafia. Pit sprach es aus.

„Kommt mir komisch vor. Die haben doch ganz andere Methoden. Und hinterlassen keine Spuren. Und wie wir das mit unserer Selbstmordtheorie, die ja auch noch im Raum steht, in Verbindung bringen sollen. Ich weiß nicht."

„Ich hoffe, Nicolo kann uns weiterhelfen. Ich werde ihn mir jetzt wieder vorknöpfen. Und bezüglich diesem Luca hat er so eine Andeutung gemacht. Das hat sich nach etwas anderem als nach Selbstmord angehört."

Lothar überlegte. Keine Aufzeichnung und er hatte auch kein Gedächtnisprotokoll erstellt. Er versuchte sein Kurzzeitgedächtnis zu aktivieren. Sind fünfzehn Stunden überhaupt noch ein Fall für das Kurzzeitgedächtnis? Egal, aus irgendwelchen Niederungen seines Gehirns versuchte er sich zu erinnern.

„Was können wir in der Zwischenzeit machen?" Die Frage kam von Pauline. Machen, genau das war's. Was sie mit Luca gemacht haben. So hatte es Nicolo ausgedrückt.

„Macht, was ihr wollt. Ich muss jetzt mit Nicolo reden." Er hatte das so vor sich hingemurmelt und das Zimmer verlassen. Die Kollegen blieben einigermaßen ratlos zurück.

Sven, der Kollege von Lars, hatte ihm die Tür zur Zelle aufgesperrt. Er war wie Lars Mitte Dreißig. Lothar fiel ein, dass alle Jungs, die Anfang der achtziger Jahre geboren waren, Lars, Sven, Björn oder Sören hießen, bevor sie von den Kevins, Marks oder Pauls abgelöst wurden. Aber er hatte sich jetzt mit einem Nicolo zu beschäftigen. Ob die Vornamen der Italiener auch Modeerscheinungen unterworfen waren? Für das Gespräch mit Nicolo war das jetzt wirklich nicht wichtig.

Der Italiener sah noch elender aus als am Vorabend. Hoffentlich hatte er nicht Schiss gekriegt und es sich anders überlegt. Er hatte sicher keine so gute Nacht gehabt wie er selbst. Bei dem Gedanken überkam ihm ein Lächeln. Nicolo deutete es positiv in Bezug auf seine Person.

„Klappt das mit dem Zeugenschutz? Kannst du mir helfen?"

„Er duzt mich. Aber nicht dumm-dreist, eher vertrauensvoll, voller Hoffnung. Dann wollen wir ihn mal nicht enttäuschen." Lothar wollte ihn nicht hereinlegen, aber andererseits hatte er einen Fall zu lösen. Oder mehrere Fälle, die ein Fall waren.

„Ich habe gute Nachrichten. Das mit dem Zeugenschutzprogramm kann klappen."

Er hoffte, dass Nicolo dieses „kann" nicht überinterpretieren würde.

„Ich will nach Amerika."

„Nord-, Süd- oder Mittelamerika?"

Schon wieder hatte er sich hinreißen lassen. Irgendeine versteckte satirische Ader hielt ihn nicht von solchen Spontanreaktionen ab. Schlimmer als Kalli und dann fiel ihm auch noch ein, dass es eigentlich schlimmer als heißen müsste.

„Nordamerika, also USA."

Zum Glück hatte Nicolo seinen Spruch als ernste Frage aufgefasst. Natürlich USA, was hätte ein Italiener auch schon in Nicaragua oder Kolumbien machen wollen. Obwohl Italien, Mafia, Kolumbien, Drogen. „Oh Gott, Lothar, reiß dich zusammen."

„Also USA."

Er wusste, dass Zeugenschutzprogramme zumindest auch innerhalb der EU grenzübergreifend sein konnten. Aber USA?

„Ich denke, dass das klar geht. Warum nicht."

Es war ihm jetzt egal. Hauptsache der Bursche redet. Und hatten seine Formulierungen nicht ausreichend Spielraum geschaffen? Zumindest für sein reines Gewissen. Es hatte jedenfalls funktioniert. Nicolo begann zu reden:

„Das mit dem sogenannten Waffenhandel war blöd. Ein Kumpel hatte mir seine Pistole gezeigt und ich habe sie ihm abgekauft. Er wollte sie loswerden, sie sei aber sauber. Dann kam eines Tages so ein Typ und meinte, ob ich eine Pistole hätte. Er würde sie mir abkaufen. Zum Spaß sagte ich: vierhundert Euro. Das Ding hatte mich Hundertzwanzig gekostet. Der wollte sie wirklich haben und hat mir das Geld ohne zu handeln einfach in die Hand gedrückt. Dann kam mein Kumpel wieder an. Diesmal mal mit zwei. Das eine war so ein Trommelrevolver. Zweihundertfünfzig Euro für beide. Ich dachte, das ist ein super Geschäft. Da wären dann ja weitere Achthundert drin. Bin dann offensiver ins Verkaufsmarketing eingestiegen."

Er lachte bitter auf.

„Aber der Erste, dem ich so ein Ding verkaufen wollte, das war ein Bulle ... hhm, also einer von euch. Ich war ja so blöd. Bin dann gleich aufgeflogen, das war's dann mit dem Waffenhandel."

„Und die Pistole, die du gestern in der Hand hattest?"

Nicolo druckste herum.

„Nun sag schon. Ich kann dir nur helfen, wenn du die Wahrheit sagst."

„Okay, ich hatte drei Pistolen. Ihr habt damals nur zwei gefunden. Die dritte hatte ich im Keller von Onkel Antonio versteckt. Da war so ein Loch in der Kellerwand. Bruchsteine. Hatte sie in einen Lappen gewickelt und den Stein, der herausgefallen war, wieder davor eingesetzt."

Wenn er mir mit Halbwahrheiten kommt, dann brauche ich mir um meine auch nicht zu viele Gedanken zu machen.

„Ich glaube, das mit dem Waffenhandel, da musst du dich nicht verrückt machen. Wenn die Kollegen die Waffe nicht gefunden haben, ist das deren Problem."

Vertrauliche Unterredungen hatten zum Beispiel den Vorteil, dass keine dieser Kollegen mithören können.

„Was ist mit dem Geld waschen?"

Lothar benutzte bewusst die Formulierung, die Nicolo gestern selbst gebraucht hatte.

„Ich helfe in der Pizzeria. Auch abends. Bedienung und so. Aber auch abkassieren, wenn viel los ist. Und ich bringe Geld auf die Bank, die Einnahmen. Nur bringe ich morgens mehr auf die Bank, als abends in der Kasse war. Ich habe Antonio gefragt. Besser wäre doch, weniger Geld einzuzahlen. Wegen dem Finanzamt. Aber er hat nur gesagt, geht mich nichts an. Und dann habe ich in SPIEGEL-Online gelesen, wie Geldwäsche funktioniert. Und dann habe ich lieber nichts mehr gefragt."

Das passte zu dem Bargeldfund, den sie bei ihrer Durchsuchung gefunden hatten. Lothar stand auf. „Ich muss mal auf die Toilette. Willst du einen Kaffee?"

„Geht auch ein Cappuccino?"

„Aber klar doch."

Lothar war viel daran gelegen, Nicolo bei Laune zu halten. Sven war gar nicht begeistert, dass er dem Gefangenen einen Cappuccino-to-go in der nahen Bäckerei besorgen sollte. Aber darauf konnte Lothar beim besten Willen keine Rücksicht nehmen. Er drückte ihm einen Fünf-Euro-Schein in die Hand und sagte:

„Kannst dir auch einen holen."

„Ich muss gleich wieder rein." Kalli und Spusi schienen etwas in ihren PCs zu recherchieren, auch wenn er bei Kalli den Eindruck hatte, er hätte gerade Solitär schnell weggedrückt, als er ihr Zimmer betrat. Er konnte sich auch geirrt haben.

„Ich brauche einen neuen Durchsuchungsbeschluss für die Pizzeria. Diesmal suchen wir keine Waffen. Wir brauchen die Geschäftsunterlagen. Alles. Ordner, Kontoauszüge, Bargeld, Computer. Es riecht nach Geldwäsche."

Er berichtete in drei kurzen Sätzen, was er gerade erfahren hatte.

Nicolo hatte den Cappuccino fast ausgetrunken.

„Du wolltest mir die Sache mit Luca erzählen."

Eine Feststellung, keine Frage. Lothar wollte ihn nicht bedrängen. Dass Nicolo sich schwer tat, war offensichtlich. Er saß nach vorn gebeugt auf der Liege, auf der er geschlafen hatte, sicherlich nicht allzu gut, und blickte auf seine Adidas-Schuhe, von denen er die Schnürsenkel entfernen musste, bevor sie ihn in der Behelfszelle eingeschlossen hatten.

„Luca kam vor ungefähr zehn Tagen. Keiner wusste, was er hier wollte. Anscheinend hatte ihn jemand zu Onkel Antonio geschickt. Ich glaube, der war auch nicht froh deswegen. Sollte angeblich ein Großcousin sein. Ich habe ihn vorher nicht gekannt. Hat nichts gearbeitet, nur faul auf seinem Zimmer gelegen. Das hat mir ganz schön gestunken. Ich muss immer arbeiten. Nur abends ist er losgezogen. Keine Ahnung, was er so gemacht hat."

Lothar wartete. Nicolo würde schon noch auf den Punkt kommen.

„Am Freitagnachmittag hat er dann telefoniert. Mit seinem Handy. Habe ich gehört, als ich an seinem Zimmer vorbeiging. Die Tür war auf. Ich habe nur gehört, wie er sagte ‚In Ordnung, ich komme', auf Italienisch. Am Freitagabend war nicht viel los, viel weniger als sonst. Um zehn Uhr war ich fertig in der Küche. Ich habe ihn rausgehen sehen, da dachte ich, ich gehe ihm mal nach. Mal sehen was er so macht am Abend."

Luca hatte die Pizzeria durch den Hinterausgang verlassen. Seine Pistole, eine Walther, hatte er in die Innentasche der Softshell-Jacke gesteckt. Der Anruf heute Nachmittag hatte ihn nervös werden lassen. Er wusste, dass er Mist gebaut hatte. Am liebsten wäre er längst wieder weg gewesen. Aber wohin? Zu Matteo zurück? Der war sicher total sauer. Irgendwie hoffte er, den Auftrag doch noch erledigen zu können, auch wenn er nicht wusste wie. Matteo hatte ihm am Telefon nur gesagt, dass er sich mit jemand treffen sollte, der ihm helfen könnte. Heimlich, ohne dass es jemand mitbekommen würde. Ein Ort, der leicht zu finden wäre. Derjenige würde sich nicht in der Stadt auskennen. Heute Abend, um elf Uhr. Luca wusste nicht, warum er die Burg Bosselstein vorgeschlagen hatte, die Ruine hoch über dieser Felsenkirche, auf die die Bewohner hier so stolz waren, dem Wahrzeichen von Oberstein. Auf jeden Fall eine Stelle, die einfach zu finden war. Auf einem seiner Streifzüge war er erst einmal dort oben gewesen. Es war abgelegen und nach Einbruch der Dunkelheit dürfte sich dort keiner aufhalten. Mit dem Auto war der Treffpunkt jedenfalls nicht zu erreichen. Man musste entweder vom Marktplatz der Stadt etliche Treppenstufen bewältigen oder man konnte durch eine Seitenstraße des Schlossbergs dorthin gelangen. Für Luca war das der kürzeste Weg. Wie der andere dort hinkommen würde, war dessen Problem. Es war kalt geworden. Tagsüber wärmte die Aprilsonne schon angenehm, aber nachdem sie untergegangen war, wurde es ganz schön kühl hier in Deutschland. Luca zog den Reißverschluss seiner Jacke zu und dachte an die wohlige Wärme der Lombardei, die um diese Jahreszeit schon bis in die späten Abendstunden anhielt. Bald würde er wieder dort sein.

Überrascht stellte er fest, dass er schon erwartet wurde. Ein großer Mann in einem braunen Kaschmirmantel erwartete ihn. Auf dem Kopf trug er einen dazu passenden Hut. Dass seine Lederschuhe elegant und teuer waren, rundete das Gesamtbild ab. Auch das konnte er trotz der bereits hereingebrochenen Dunkelheit wahrnehmen. Luca hatte den Mann noch nie gesehen.

„Ist dir jemand gefolgt?"

Er schien nicht auf Small-Talk aus zu sein.

„Nein, natürlich nicht."

„Warum hast du mich hierher bestellt? Ich musste durch den halben Wald laufen. Von diesem Parkplatz da oben."

Das war die dritte Möglichkeit, wie man zur Burgruine kommen konnte. Wahrscheinlich hatte ihn sein Navi auf den Parkplatz in der Nähe des Schlossweihers geführt. Von da war es tatsächlich noch ein gutes Stück Fußmarsch. Und dann mit den Schuhen.

„Tut mir leid", murmelte er.

„Du hast Mist gebaut."

Das hatte er sich ja schon selbst eingestanden, das musste ihm keiner erzählen.

„Der Typ hat uns reingelegt."

Der Mann lachte auf.

„Wieso reingelegt. Weil kein wertvoller Schmuck in den Koffern war, als ihr Möchtegerngangster den Edelsteinhändler überfallen habt?"

„Genau."

„Jetzt pass' mal schön auf. Wir hatten einen Deal mit dem Typen. Den Schmuck hatten wir schon gekauft. Ganz legal. Naja, nicht ganz, aber wir haben ihn auf jeden Fall bezahlt."

„Wer ist Wir?"

„Das weißt du aber schon, dass das dich nicht zu interessieren hat?"

„Ja, ja, ist schon klar", Luca stotterte, „aber Matteo ..."

„Dieser Trottel hat sich auch nicht an die Regeln gehalten. Wollte mal ein Geschäft auf eigene Faust machen. Mit ihm haben wir schon ein ernstes Wort geredet. Er hat seinen Fehler eingesehen."

„Habt ihr ihn …?“

„Nein, nein, aber ich glaube, er weiß jetzt Bescheid.“

Luca war verunsichert. Sein Gegenüber wusste, dass es am meisten einschüchtert, wenn man den Anderen im Ungewissen lässt. Meist rechnet dieser dann mit dem Schlimmsten.

„Was hast du gemacht?“

Die Stimme des Mannes war eine Nuance bedrohlicher geworden.

37

Er hatte es sich genau überlegt. Heute Abend erschien es ihm günstig. Warum wusste er auch nicht. Seit drei Tagen war er nun schon bei Antonio. Angeblich seinem Onkel. Er musste bei dem Gedanken grinsen. Ja, ja, diese weitläufige Verwandtschaft. Er hatte über seinen Status als Neffe nachgegrübelt, war aber zu keinem Ergebnis gekommen. Er wusste nur, dass er Matteo nicht enttäuschen durfte. Dabei war es nicht seine Schuld. Wer konnte das ahnen? Er hatte nur gemacht, was ihm aufgetragen wurde. Kein wertvoller Schmuck in diesen Koffern von dem deutschen Edelsteinhändler, das hätte Matteo eigentlich wissen müssen. Außerdem, was musste der sich immer so aufspielen, als ob er der große Pate wäre. Dabei war der selbst doch nur ein kleines Licht in der Organisation. Er hatte vor kurzem ein Telefongespräch belauscht.

„Ja, Signore. Aber sicher, Signore. Das geht in Ordnung, Signore. Ich werde mich darum kümmern, Sie können sich auf mich verlassen, Signore.“

Matteo war aus dem Katzbuckeln kaum noch herausgekommen. Und ihm gegenüber machte er einen auf dicke Hose.

Und dann schickte er ihn auch noch hierher, zu diesem Antonio. Der fing schon an zu nerven. Ob er sich mal nützlich machen wolle? Sie könnten Hilfe gebrauchen. Damit war gemeint, dass er Tische abräumen und Teller abspülen sollte. Dafür war er schließlich nicht hier. Der einzige Lichtblick war Susanna, seine Cousine, aber wahrscheinlich höchstens Großcousine, falls überhaupt. Das wäre also nicht das Problem. Sie dürfte so um die Zwanzig sein, genau im richtigen Alter für ihn. Leider schien sie kein Interesse an ihm zu haben. Und Silvia, ihre Mutter, hatte ihm auch überdeutlich zu verstehen gegeben, dass er gefälligst die Finger von ihr zu lassen habe. Also vergnügte er sich mit der PlayStation, die er in dem Zimmer vorfand, das man ihm überlassen hatte. Gehörte Antonios Sohn, der zurzeit in London studierte, irgendetwas mit Business. Schien ein schlaues Kerlchen zu sein, Einser-Abiturient, was Antonio und Silvia immer gern betonten. In der Nachttischschublade hatte er eine Kopie seines Abi-Zeugnisses gefunden, Notenschnitt 1,8. Das war doch heute nichts Besonderes mehr, darauf mussten sie sich doch nichts einbilden. Gut, dass er die Realschule in Bergamo mühsam gerade so mit der Mittleren Reife abgeschlossen hatte, war ein anderes Thema. Er hatte halt andere Interessen, Fußball und Mädchen zum Beispiel. Viel mehr fielen ihm allerdings nicht ein.

Er hatte Wilde beobachtet. Er lebte allein in dem Haus am Rande dieses Stadtteils, den man durch einen Wald gut zu Fuß erreichen konnte. Tagsüber war er wohl in der Firma. Am Sonntag war er auf dem Sportplatz gewesen und hatte sich ein Fußballspiel des hiesigen Vereins angesehen. Es gab wohl mehrere, aber der schien der Höchstklassige zu sein. Er hatte gesehen, wie er nach Hause kam, so gegen zehn Uhr abends. Mit diesem Mercedes-Oldtimer, den er schon kannte. Er hatte vor dem Haus geparkt und war etwas mühsam ausgestiegen. Auf dem Weg zur Haustür hatte er geschwankt. Mindestens 1,5 Promille, schätzte Luca. Eigentlich war die Gelegenheit günstig. Aber er wollte vorsichtig sein. Er schlich um das Haus und beobachte ihn von außen durch das große Panoramafenster. Wilde hatte scheinbar noch nicht genug intus. Er sah, wie er ein Fach des Wohnzimmerschranks öffnete und sich einen großen Cognac-Schwenker halb vollschenkte. Dann ließ er sich auf die Couch fallen und schaltete den breiten Flachbildschirm mit der Fernbedienung ein. Luca sah noch, dass gerade die Zusammenfassung eines Fußballspiels lief. Dann schlich er um die Ecke und prüfte, ob die Eingangstür des scheinbar neuen Wintergartens verschlossen war. Das war sie in der Tat. Er sah sich die Tür genauer an und wusste was zu tun war.

Am Montag wollte er ihn noch einmal beobachten, um sicher zu gehen. Er hatte außerhalb des Grundstücks eine Stelle entdeckt, von der aus er das Haus beobachten konnte. Zunächst hatte sich jedoch nur auf dem Nachbargrundstück etwas getan. Ein Mann war herausgekommen und hatte einen kleinen Reisekoffer und eine Aktentasche auf die Rückbank seines schwarzen Audi A8 gelegt und war noch einmal zur Haustür zurückgekehrt, um sich mit einem Kuss von seiner Frau zu verabschieden, einer Blondine mit schulterlangen Haaren und engen Jeans. Sah nach einer Geschäftsreise aus.

Zwei Stunden später war auch Wilde nach Hause gekommen. Und es dauerte keine Viertelstunde, bis er aus der Tür des neuen Wintergartens herauskam, in der Hand hatte er eine Flasche Sekt. Luca musste sich hinter einer Fichte ducken, denn Wilde sah sich aufmerksam um. Zum Glück hatte er ihn nicht entdeckt. Wilde bewegte sich vorsichtig über die Wiese, sich immer wieder umblickend. Durch eine Lücke in der Hecke gelangte er zum Nachbargrundstück. Die Buchenhecke war noch nicht grün geworden, so dass Luca sehen konnte, wie ihn die Blondine von vorhin an der Hintertür des Hauses hereinließ und schnell die Tür hinter sich schloss. Den Rest konnte er sich denken. Morgen Abend würde er es probieren, es sei denn, die Dame würde einen Gegenbesuch machen.

Jetzt war also der Tag, an dem er endlich seinen Plan umsetzen wollte. In seiner Sporttasche befand sich ein Stemmeisen, ein sogenannter Kuhfuß, mit dem er die Tür zum Wintergarten aufhebeln wollte. Das Teil hatte er in Antonios Keller gefunden und als nützlicher für sein Vorhaben angesehen als den großen Schraubenzieher, den er ursprünglich verwenden wollte. Von einem Tisch des Restaurants hatte er ein Päckchen mit Zahnstochern mitgehen lassen und Kabelbinder hatte er ebenfalls im Keller entdeckt. Die Walther hatte er in seine Jackentasche gesteckt. Der schwarze Audi stand wieder vor dem Nachbarhaus, anscheinend war der Nachbar bereits zurück von seiner Geschäftsreise und vermutlich von der scheinheiligen Gattin wieder mit einem Kuss begrüßt worden. Wenn der wüsste. Luca musste grinsen. Ihm konnte das nur recht sein, von der Seite war also keine Störung zu erwarten. Wildes Auto stand vor der Garage, er musste zu Hause sein. Um halb neun war die Sonne untergegangen, langsam setzte die Dämmerung ein. Um zehn Uhr war es draußen vollständig dunkel. Auch im Wohnzimmer war das Licht ausgegangen. Luca schlich über den Rasen und setzte das Stemmeisen an der Tür zum Wintergarten an. Das Geräusch beim Aufhebeln war etwas lauter als er gedacht hatte, aber die Tür ging mit einem Ruck auf.

Wilde freute sich auf einen gemütlichen Abend. In der Firma gab es nichts Besonderes. Ausnahmsweise hatte weder einer seiner Gläubiger noch sein alter Freund Jürgen von der Sparkasse genervt, was mittlerweile doch schon fast etwas

Besonderes war. Außerdem war er müde. Am Sonntag die Sause im Sportlerheim des FC und gestern der Abend mit der blonden Carola hatte ihn doch stark gefordert. Der liebe Joachim, dieser Trottel ahnte immer noch nicht, was seine Frau so trieb, wenn er mal eine Nacht weg war. War immer eine nette Abwechslung, insbesondere nachdem Gabriela ihn verlassen hatte. War ja nicht sein Problem, dass Joachim es nicht schaffte, seine Frau zufriedenzustellen. Da hilft man halt gerne, wie es sich für einen guten Nachbarn gehört.

Beim bescheidenen Abendessen mit Brot und Spießbratenwurst, die nur noch als „Brühwurst mit Fleischeinlage" verkauft werden durfte, was ihn mal wieder an so manchen Gesetzen zweifeln ließ, hatte er sich eine Flasche Rotwein geöffnet und das zweite Glas bei seiner Zeitungslektüre getrunken. Anschließend zappte er durch alle Fernsehprogramme, bleib kurz auf einer dieser amerikanischen Krimiserien hängen, die er eigentlich im Prinzip als zu schematisch empfand, die aber zum Entspannen gut geeignet waren. Gegen zehn beschloss er, ausnahmsweise einmal früher schlafen zu gehen. Achtlos warf er seine Kleider im Schlafzimmer auf einen Stuhl. Das war das einzig Gute an einem Schlafzimmer ohne Ehefrau, keine meckerte über die Unordnung.

Er hatte gerade die Schlafshorts und das T-Shirt angezogen und sich aufs Bett gelegt, als er ein Geräusch hörte. Es kam vom Wintergarten. Sollte wieder einmal ein Vogel gegen die Scheibe geflogen sein? Um diese Zeit? Das konnte eigentlich nicht sein. Vorsichtig ging er die Treppe hinunter und betrat das Wohnzimmer. Er tastete nach dem Lichtschalter. Und erschrak. Da stand er wieder. Dieser Kerl mit der Pistole, der Walther, die er ja schon kannte. Diesmal ohne Maske. Ach du Scheiße, fuhr es ihm durch den Kopf. Der Typ bedeutete mit einem Schwenk der Pistole auf den Stuhl im Esszimmer. Er verstand es als Aufforderung, sich hinzusetzen. Was er auch tat.

„Wo ist dein Schmuck?“

„Den habt ihr doch schon.“

„Willst du mich verarschen, nicht nochmal. Wo ist der Schmuck?“

Eindeutig südeuropäischer Akzent, Italiener mit Sicherheit. Ohne ihn aus den Augen zu lassen kramte der Mann in der Tasche und zog ein paar Kabelbinder heraus. Mit der Pistole bedeutete er ihm, sich den rechten Arm an der Stuhllehne festzubinden. Was sollte er machen, die Argumente waren zu stark. Die linke Hand befestigte der dunkel Gekleidete selbst an der anderen Lehne. Dann wiederholte er nochmals die Frage. Diese doofen Italiener. Da weiß scheinbar der eine nicht, was der andere tut.

„Ich habe doch einen Deal mit euch gehabt. Was wollt ihr denn noch?“

Das Erstaunen im Gesicht des anderen schien echt zu sein, der hatte wirklich keine Ahnung. Was hatte er jetzt vor. In der Hand hatte er plötzlich einen Zahnstocher. Den versuchte er ihm unter den rechten Daumennagel zu schieben. „Ganz schlechtes Kino“, dachte Wilde nur. In der Tat, der Zahnstocher brach ab, bevor er einen ernsthaften Schmerz verspürte. Jetzt hatte der Kerl einen zweiten in der Hand. Auch damit stellte sich dieser Trottel zu blöd an. Wilde musste lachen, trotz der bedrohlichen Situation.

„Lass‘ doch den Quatsch, ich habe die Steine nicht mehr.“

„Du lügst.“

Langsam wurde Wilde wütend.

„Du Idiot, du kapierst scheinbar gar nichts. Du Blödmann, Drecks-Itaker, Sohn einer Hure“, redete er sich in Rage.

Dass er insbesondere Letzteres besser nicht gesagt hätte, fiel ihm zu spät ein. Der Italiener hatte einen feuerroten Kopf bekommen. Hass in seinen Augen. Sein Blick war auf diese Skulptur gefallen, die Wilde sich von seinem Freund geliehen hatte. Sie stand auf dem Tisch. Er hatte sie aus dem Tresor genommen, morgen würde er sie Marstein zurückbringen. Es war sein letzter Gedanke, bevor ihn das wirklich schöne Stück an der Schläfe traf.

38

„Es war ein Unfall, das kannst du mir glauben. Mehr oder weniger. Ich wollte nur wissen, wo der Schmuck ist. Der musste doch irgendwo sein, wenn er nicht in den Koffern war. Hab' dann das mit den Zahnstochern gemacht. Chinesische Foltermethode. Hab' ich schon mal im Kino gesehen. Da hatte das gut funktioniert."

Marco seufzte auf.

„Was ist? Dachte es wäre eine gute Idee. Ich habe es aber nicht so richtig gekonnt. Habe sowas noch nie gemacht. Er hat sogar gelacht, dieses Schwein."

„Und dann?"

„Dann hat er was ganz Gemeines über meine Mutter gesagt. Über ihren angeblichen früheren Beruf. Ich sei der Sohn einer Hure und sowas. Und dann stand da auf dem Tisch so ein Kristallteil. Ungefähr so groß."

Er zeigte mit den Händen eine Spanne von ungefähr 30 Zentimetern.

„Ich war wütend. Ich habe es mir gegriffen und zugeschlagen. Hatte ihn an einen Stuhl gebunden. Mit diesen Dingern aus Plastik, Kabelbinder. Der ist mit dem Stuhl umgefallen. Hatte wohl etwas zu fest zugeschlagen. Der war gleich tot. Mit meinem Taschenmesser habe ich dann diese Kabelbinder abgeschnitten und eingesteckt. Wollte keine Spuren hinterlassen. Die hab ich dann im Müll entsorgt. Und dieses Teil, also war so ein Kunstwerk, habe ich im Wald weggeschmissen."

„Himmel hilf", dachte Marco. Wenn das die nächste Generation ist, ist es wirklich gut, wenn wir demnächst nur noch seriöse Geschäfte machen.

„Du musst weg! Du musst verschwinden."

Marco kam einen Schritt näher. Luca erschrak. Er wusste von deren Methoden, was das Verschwinden betraf. Er riss den Reißverschluss seiner Jacke herunter und versuchte seine Pistole zu greifen. „So leicht kriegt ihr mich nicht." Er hatte sie fast herausgefingert, verhedderte sich aber mit dem Lauf in der noch nicht ganz geöffneten Jacke. Marco hatte mit dieser Reaktion nicht gerechnet. Er wollte ihm doch nur klarmachen, dass er wegmusste. Das hatte dieser Trottel scheinbar völlig falsch verstanden. Trotzdem war er schneller. Bevor Luca die Waffe ganz herausgezogen hatte, war er bei ihm und versetzte ihm einen heftigen Stoß. Luca taumelte nach hinten, stolperte über eine Baumwurzel, die sich durch das Gemäuer am Boden durchgedrückt hatte. Und fiel. Ein dumpfer Schlag. Er war mit dem Kopf gegen die Brüstung geknallt. War er tot? Marco wollte es gar nicht so genau wissen. Er hatte sich jetzt genauso blöd angestellt wie Luca letzte Woche. Ein Unfall. Stefano war das sicher egal. Er hatte seine Leute nicht im Griff und hier schon wieder einen Fehler gemacht. Das würde Ärger in Mailand geben.

Luca regte sich nicht mehr. Marco durchsuchte seine Kleidung. Zum Glück hatte er seine Handschuhe vorhin angezogen, als er gewartet hatte. Zunächst nahm er die Pistole an sich. Danach Geldbeutel mit Ausweis und Führerschein. Immer noch keine Regung von Luca. Er überlegte nur kurz. Ihn bis zu seinem Auto einen Kilometer durch den Wald zu schleppen kam nicht in Frage. Er versuchte den Puls an der Halsschlagader zu fühlen. Er glaubte nichts zu spüren, wie auch mit den Handschuhen. Ausziehen wollte er sie aber auch nicht. Dann blickte er über die Brüstung, auf der sich noch ein Geländer befand. Unten sah er die Lichter der Stadt. Dort wo einst der Fluss verlief, schlängelte sich nun eine vierspurige Straße. Vor seiner Abreise hatte er sich ein kleines bisschen mit der Stadt vertraut gemacht, gegoogelt, nur das Notwendigste, er war ja nicht zum Sightseeing hier. Die Geräusche auf der Straße wurden lauter und drangen bis nach oben. Ein Konvoi bewegte sich über die Straße. Vornweg ein Fahrzeug mit gelbem Blinklicht, dahinter schwere Dieselfahrzeuge. Militär. Vielleicht die in der Nähe stationierten Amerikaner. Oder die Bundeswehr, die zu einem Manöver fuhren. Es war ihm auch egal. Das war die Gelegenheit. Er hob Luca über das Geländer auf die Mauerbrüstung. Der rührte sich immer noch nicht. Langsam ließ er ihn darüber gleiten. Jetzt hielt er ihn nur noch an den Fußgelenken. Hatte er ein Stöhnen gehört? Oder hatte er sich getäuscht? Es war ohnehin zu spät. Er ließ los. Die Aufschläge an der Felswand wurden übertönt von den lauten Fahrzeuggeräuschen auf der Naheüberbauung.

Marco sah an sich herunter. Kein Blut an seinem Mantel, soweit er das in der Dunkelheit erkennen konnte. Er sah sich um. War wirklich ein guter Platz, um sich heimlich zu treffen, wahrscheinlich im Umkreis von fünf-, sechshundert Metern keine Menschenseele. Mit den glatten Ledersohlen hatte er auch keine Fußspuren hinterlassen. War dann doch ein Vorteil, obwohl es eigentlich nicht das richtige Schuhwerk für mitternächtliche Waldspaziergänge war. Er war links um den Turm herumgekommen. Luca war eine Viertelstunde später die Stufen zum Aussichtspunkt hochgekommen. Vorsichtig stieg Marco die Stufen wieder hinab, es wäre zu blöd, wenn er ausgerechnet jetzt ausrutschen und sich den Fuß brechen würde. Über die Brücke, die voller Laub lag, kam er zum Wanderweg, der ihn zurück zum Parkplatz führte. Zwanzig Minuten später saß er in dem 3er BMW, den er sich am Flughafen in Luxemburg gemietet hatte. Er konnte den Wagen auch an einem anderen Flughafen abgeben. Er entschied sich für Frankfurt. Falls er Spuren hinterlassen hatte, würden sie spätestens am größten deutschen Flughafen enden. Und der größte deutsche Fluss, den er unterwegs überqueren würde, würde die Pistole und den Geldbeutel von Luca aufnehmen.

Nicolo zitterte am ganzen Körper. Sein T-Shirt war feucht geworden. Trotz der abendlichen Kühle war ihm der Schweiß – Angstschweiß – ausgebrochen. In großem Abstand war er Luca gefolgt. Vor der Brücke, die zur Burg Bosselstein führte, hatte er einen Moment gezögert. Es gab nur diesen einen Weg zurück. Wenn Luca umkehren würde, würde er ihm direkt in die Arme laufen. Aber die Neugier überwog. Luca hatte den linken Aufgang gewählt, der zum höchsten begehbaren Punkt der Burg führte. Er hielt sich rechts, denn soweit er wusste, konnte man nicht um den Turm herumgehen. Dann hörte er schon Stimmen über sich. Italienisch. Obwohl er seit fast zwanzig Jahren in Deutschland lebte, beherrschte er immer noch seine Muttersprache. In der Familie wurde oft italienisch gesprochen. Er verstand nicht alles. Sehen konnte er auch nichts. Aber dass es Streit gab, das hatte er mitbekommen. Plötzlich war es still geworden. Er versuchte hinter einem Mauervorsprung nach oben zu lugen. Er sah gerade noch, wie ein Mann mit Hut die Fußgelenke von Luca, die nur noch wenige Zentimeter über die Brüstung ragten, losließ. Den Rest konnte er sich zusammenreimen. Der Mann klopfte sich seine behandschuhten Hände am Mantel ab. Fast wäre die Pistole, die aus dessen rechter Manteltasche hervorlugte, herausgefallen.

Er war geliefert. Einen Zeugen konnte der Mann nicht gebrauchen. Den Moment, an dem er sich noch zurückziehen könnte, hatte er verpasst. Starr vor Angst drückte er sich an die Wand und hoffte, dass der Mann ihn nicht entdecken würde. Warum hatte er nicht seine Pistole dabei? Zunächst hörte er nichts, dann leise Schritte. Hoffentlich würde sich der Mörder auf direktem Weg entfernen. Dann Rascheln von Laubwerk, das von den umstehenden Eichen herabgefallen war und seit dem vergangenen Herbst den Boden der kleinen Brücke bedeckte. Er atmete auf. Scheinbar hatte es der Unbekannte vorgezogen, schnellstmöglich das Weite zu suchen. Er hatte nochmal Glück gehabt.

Da hast du mir ja eine schöne Räuberpistole aufgetischt, wollte Lothar schon sagen, besann sich aber noch rechtzeitig. Wenn er es sich richtig überlegte. Es könnte stimmen. Da passte einiges zusammen. Der Sturz vor die Felsenkirche. Die Gerichtsmedizinerin hatte von Hämatomen gesprochen, die nicht zwingend vom Sturz kommen mussten. Er glaubte, dass sie etwas von den Fußgelenken gesagt hatte.

Und wie hing das Ganze mit dem Mord an Wilde zusammen? Offensichtlich war dieser Luca hinter dem Schmuck her. Vielleicht war er es, der Wilde überfallen und ihm die Koffer mit dem Schmuck und den Steinen geraubt hatte? Vor einem Monat. Auf der Rückfahrt von der Baseler Messe. Der Schmuck sei nicht in dem Koffer gewesen. Das hatte Nicolo jedenfalls verstanden.

Lothar versuchte sich zu erinnern. Da war etwas. Mit wem hatte er alles gesprochen? Dem Mann von der Bank. Da ging es darum, dass die Versicherungsprämie nicht gezahlt wurde. Dann dieser Müller von der Versicherungsgesellschaft. Hatte der nicht von dem Verdacht auf Versicherungsbetrug gesprochen? Und, dass die verschwundene Ware überversichert gewesen sein könnte? Hatte Pauline nicht etwas über den letzten Abend der „Baselworld“ in ihrem Bericht geschrieben? Das Gespräch mit Weißer. Dass Wilde mit einem Italiener verhandelt hatte. Und auch die Ware allein in diese Koffer verpackt hatte? Und was war mit der ominösen Einzahlung von 250.000 Euro bei dieser Schweizer Bank? Und warum sollten diese Italiener, er zweifelte mittlerweile nicht mehr daran, dass das Organisierte Verbrechen, die Mafia oder wer auch immer, mit drinhing, warum sollten diese einen echten Überfall begehen, wenn sie die Ware vorher gekauft hatten? Der Überfall in der Nähe von Freiburg. Nicolo hatte diesen Teil des Gesprächs zwar akustisch ganz gut mitbekommen, schien aber den Zusammenhang nicht verstanden zu haben. Diesen Eindruck hatte er jedenfalls gemacht, als er von seinem nächtlichen Lauschangriff berichtet hatte. Da war noch etwas, da musste er nochmal nachhaken. Und er wusste auch schon, wie er ihn packen konnte.

„Du weißt, dass das mit dem Zeugenschutzprogramm nur funktioniert, wenn du uns die ganze Wahrheit sagst. Ich kann nichts für dich tun, wenn du wesentliche Dinge verschweigst. Also raus mit der Sprache. Da war doch noch etwas."

Nicolo wusste, dass er sich mit dieser Geldwäschegeschichte schon ziemlich weit aus dem Fenster gelehnt hatte. Das würde ihm die Familie nicht verzeihen. Es gab kein Zurück mehr. Außerdem war ja nichts passiert, damals, als er diesen leichten Auftrag bekam. Das konnte er auch noch erzählen. Er hätte sich zwar lieber mit dem Rechtsanwalt abgestimmt, das war leider jetzt nicht mehr möglich.

Stockend begann er, auch noch diesen Teil der Wahrheit loszuwerden:

„Antonio hatte vor ungefähr einem Monat noch einen Job für mich und einen Kumpel. Den verpfeif ich aber nicht. Wir haben ja auch nichts gemacht. Eigentlich."

„Das werden wir dann sehen. Lassen wir mal vorläufig offen."

Lothar fühlte, dass er ihn nicht noch weiter unter Druck setzen konnte.

„Wir sollten diesen Edelsteinhändler überfallen. Also nur zum Schein. Wir hatten auf dem Rastplatz am Hockenheim-Ring gewartet. Mittags so gegen halb drei. Antonio sagte, es wäre alles besprochen. Der Typ käme mit einem Mercedes-Oldtimer. Er hatte uns auch das Kennzeichen genannt. Weiß ich jetzt aber nicht mehr. Wir haben gewartet. Aber es ist keiner gekommen. Wir sollten ihm die Koffer abnehmen und im Keller der Pizzeria verstecken. Um den Rest würde sich Antonio kümmern. Wäre ganz unproblematisch. Der würde sich nicht wehren und nur so tun, als ob er Angst hätte. Wir sollten nur auf seinen Kollegen aufpassen. Der wüsste nicht Bescheid, aber um den würde sich der Mann kümmern, also, dass er keinen Blödsinn macht. Die Pistolen waren noch nicht mal geladen.“

Das war das fehlende Mosaiksteinchen. Also doch Versicherungsbetrug. Langsam setzten sich die einzelnen Steine für Lothar zu einem schlüssigen Gesamtbild zusammen. Wilde hatte bereits alles Wertvolle in Basel an die Italiener verkauft und das Geld auf der Raiffeisenbank eingezahlt. Mit dem vorgetäuschten Überfall wollte er nochmal Geld von der Versicherung kassieren. Und dann hatten andere dazwischengefunkt, aber dummerweise wohl nur minderwertige Ware erbeutet. Das war in der Tat dumm gelaufen. Für alle Beteiligten, insbesondere letztendlich für diesen Luca. Was den Zeugenschutz für Nicolo betraf, konnte man den fingierten Nicht-Überfall sicher unter den Tisch fallen lassen. Das war wahrscheinlich noch nicht mal ein Versuch. Und wenn, höchstens versuchte Beihilfe zum Betrug. Er war sich nicht mal sicher, ob das überhaupt ein Straftatbestand war. Darüber sollten andere entscheiden. Der Mord an Wilde zumindest schien aufgeklärt. Und ob es vielleicht nur Totschlag im Affekt war, musste nun auch keinen mehr interessieren. Der mutmaßliche Täter war tot. Ob sie den großen Unbekannten ausfindig machen würden, der Luca von der Burg heruntergeworfen hatte, bezweifelte Lothar allerdings.

39

Die Razzia in der Pizzeria hatte das LKA übernommen. Sie waren mit zwei Mercedes-Transportern und zehn martialisch gekleideten Spezialkräften in die Pizzeria eingedrungen. Nachmittags war die Gaststätte geschlossen und sollte erst um siebzehn Uhr wieder öffnen. Nun hing ein „Vorübergehend geschlossen“-Schild an der Eingangstür. Die Jungs vom SEK waren auch schnell wieder abgerückt. Antonio Ferrari hatte sich widerstandslos festnehmen lassen. Ebenso die beiden Mitarbeiter, ein Ehepaar Mitte Fünfzig, das in der Küche gearbeitet hatte, und die Ehefrau und die Tochter, die sich in der Wohnung über dem Gastraum befanden. Geschäftsunterlagen und die PCs wurden in großen Kisten abtransportiert. Das alles lief relativ unspektakulär ab, wenn man von den ersten paar Minuten des Einsatzes absah, als die schwer bewaffnete Truppe alle Räume überprüfte und sie dann „sauber“ an die Kollegen abgeben konnte.

Antonio Ferrari nahm sein Recht, die Aussage zu verweigern, in Anspruch. Die übrigen vier Personen versicherten, dass sie nicht wüssten, um was es überhaupt ginge. Dieses Mal war Friedrich Hubert, der Anwalt, noch schneller zur Stelle. Aber der Pizzeria-Besitzer hatte ohnehin schon deutlich gemacht, dass er nichts sagen würde, jedenfalls wesentlich deutlicher als sein Neffe. Der sonst so charmante Plauderer war stumm wie die Fische, die er seinen Gästen servierte und verschlossen wie die Austern, die er im Herbst als kulinarische Besonderheit an zwei Wochenenden anbot. Nicolo war von den Kollegen des LKA übernommen und in eine sogenannte sichere Wohnung gebracht worden. Auch Lothar und seine Kollegen waren nicht über den Aufenthaltsort informiert worden. Für Antonio Ferrari hatte der zuständige Richter Untersuchungshaft angeordnet. Ehefrau, Tochter und das Ehepaar, das in der

Küche gearbeitet hatte, wurden nach kurzen Verhören wieder auf freien Fuß gesetzt. Alle vier hatten glaubhaft versichert, dass sie nicht wüssten, was das Ganze solle. Auch wenn zumindest bei Silvia, der Ehefrau, erhebliche Zweifel bestanden, hatte der Richter keine Flucht- oder Verdunklungsgefahr gesehen und hielt eine Untersuchungshaft für unverhältnismäßig. Der Einfachheit halber waren die Unterlagen aus der Pizzeria auf die Dienststelle vor Ort gebracht worden und die Kollegin aus Mainz, die Hauptkommissarin Weber, hatte um Amtshilfe bei der Auswertung gebeten. Gemeinsam mit den PC-Spezialisten vom LKA sollte es nun an die kriminalistische Kleinarbeit und die Beweissicherung gehen. Eine Verhaftung war das eine, die Sache gerichtsfest für eine Verurteilung zu machen, war das andere. Aber dafür war morgen auch noch ein Tag.

40

Das Wühlen in Unterlagen war nicht seine Sache. Auch wenn das LKA die Ermittlungen übernommen hatte, wollte sich Lothar nochmal diesen Bankmitarbeiter vornehmen. Geldwäsche ohne Mithilfe der Bank konnte er sich nicht vorstellen. Die freundliche junge Frau am Empfang hatte ihn dieses Mal direkt an den Filialleiter verwiesen. Dahlmeier war sichtlich nervös.

„Kamen Ihnen die Einzahlungen von Herrn Ferrari nicht verdächtig vor?", kam Lothar Schmied gleich zur Sache.

„Ach wissen Sie, ich bekomme gar nicht mit, was unsere Kunden so einzahlen. Teilweise können unsere Kunden den Einzahlungsautomaten nutzen oder sie zahlen es an der Kasse ein. Früher war an da noch echt was los, heutzutage gibt es noch eine Kasse und wo früher Schlangen standen, dreht der Kassierer heute Däumchen. Wenn etwas auffällig wäre, würde es höchstens noch unserem Geldwäschebeauftragten auffallen. Sollen wir ihn hinzuziehen?"

„Ich bitte darum."

Der Mann, der nach einem kurzen Telefonat von Dahlmeier auftauchte, mochte Mitte Fünfzig sein und stellte sich als Matthias Winkler vor.

„Wir können Auffälligkeiten im Zahlungsverhalten unserer Kunden feststellen", erklärte er, nachdem ihm Schmied die entsprechende Frage gestellt hatte.

„Ferrari sagen Sie? Klar, ist mir schon mal aufgefallen. Der Name ist ja gut zu merken. Wenn ich mich richtig erinnere, gab es vor einiger Zeit kontinuierliche Steigerungen bei den Einzahlungen der Tageseinnahmen."

Der Geldwäschebeauftragte schien keine großen Berührungsängste mit der Polizei im Hinblick auf das Bankgeheimnis zu haben. Von Hauptkommissarin Weber vom LKA hatte er erfahren, dass in der Regel gut mit den Geldwäschebeauftragten der Banken und Sparkassen zusammengearbeitet wurde. Diese waren verpflichtet, bei Verdachtsfällen eine Meldung an das LKA zu machen. Da kenne man sich und redete in der Regel offen miteinander.

„Das Dümmste, was einer Bank heute passieren kann, ist, dass sie der Beihilfe zur Geldwäsche beschuldigt wird. Da wollen wir lieber nichts anbrennen lassen und sind im Rahmen unserer Möglichkeiten immer kooperativ."

Da war die entsprechende Bestätigung von Winkler.

„Jürgen, wir hatten doch über den Vorgang gesprochen", wandte er sich an seinen Kollegen. „Ist schon eine Zeitlang her, wegen der Einzelheiten müsste ich das aber nochmal nachprüfen. Wissen Sie, wir treten nicht in direkten Kontakt mit den Kunden. Wenn etwas unklar ist, versuchen wir das über die zuständigen Kundenberater abzuklären."

Auch Dahlmeier schien sich erst langsam zu erinnern, zumindest tat er, als müsste er nachdenken.

„Da war mal was. Warten Sie."

Er schien zu überlegen.

„Stimmt, du hattest mich angesprochen wegen dieser Einzahlungen. Ich habe Antonio, also Herrn Ferrari, darauf angesprochen. Der hatte mir erklärt, dass seine Pizzeria super laufen würde und dass er das Angebot in Richtung gehobene Küche erweitert habe. Deshalb könne er höhere Preise verlangen und damit auch höhere Umsätze generieren. Danach sind die Umsätze konstant geblieben."

Konstant hoch, schloss Lothar aus diesen Ausführungen.

„Jedenfalls ist mir die letzten Monate nichts mehr aufgefallen. Soweit ich weiß, waren die Ausführungen von Jürgen, von Herrn Dahlmeier, für mich nachvollziehbar. Gibt bestimmt hierzu noch die entsprechende Protokollierung. Kann ich Ihnen gern zukommen lassen. Wenn Sie mich nicht mehr brauchen ..."

„Danke nein, und machen Sie das bitte mit den Protokollen."

Lothar gab Winkler seine Visitenkarte.

Für ihn war die Sache klar. Dahlmeier hatte Ferrari gedeckt. Wahrscheinlich hatte er ihn gewarnt. Daraufhin hatte sich Ferrari zurückgehalten, nachdem sich die Einzahlungen auf einem höheren Niveau eingependelt hatten und dadurch nicht mehr auffielen. Er würde die Unterlagen des Geldwäschebeauftragten prüfen. Wenn Dahlmeier und Ferrari sich nicht allzu blöd angestellt hatten, dürfte dem Filialleiter aber nichts nachzuweisen sein. Die Schweißflecken unter seinen Armen waren noch ausgeprägter als beim letzten Mal, stellte Lothar fest. Wenigstens schien er sich nicht wohl in seiner Haut zu fühlen und hatte Angst. Beim Gehen drehte sich Lothar noch einmal um.

„Wir zwei sind noch nicht fertig miteinander."

Mit dieser kryptischen Ansage verabschiedete er sich und registrierte den Schrecken in den Augen des Filialleiters. Wenigstens diesen kleinen Triumph gönnte er sich.

41

Sie hatten den ganzen Morgen die beschlagnahmten Unterlagen geprüft. So langsam schien sich ein Bild zu ergeben. Ferrari hatte viel zu teure Waren aus Italien bezogen. In seinem Lagerraum gab es auffällig viele angebliche Bio-Produkte mit Fantasiesiegeln. Die Rechnungen wiesen Beträge aus, die preislich wesentlich über vergleichbaren Produkten aus Lebensmittelmärkten lagen, von Discountern ganz zu schweigen. Die entsprechenden Beträge waren prompt beglichen worden. Für Oberkommissar Zimmer, dem Mann vom LKA, war der Zusammenhang schnell klar. Die überteuerten Waren wurden ordnungsgemäß bezahlt. Im Gegenzug erhielt Antonio Schwarzgeld, das er als Einnahmen einzahlte. Kalli konnte es kaum fassen.

„Jetzt haben die Wirte jahrzehntelang das Finanzamt beschissen und ihr Schwarzgeld nach Luxemburg geschafft und jetzt zahlen sie freiwillig Steuern für Geld, das sie gar nicht eingenommen haben."

„Tja Kollege, so funktioniert das eben mit der Geldwäsche. Für uns nichts Neues, aber selten, dass wir das so schön serviert bekommen."

„Und nun?"

„Wir werden die Kollegen in Italien informieren. Die Lebensmittel kommen alle von einer Firma in Bergamo. Im- und Export. Die sollen sich den Laden mal unter die Lupe nehmen."

„In Bergamo?"

Pit hatte das Gespräch beim Hereinkommen aufgeschnappt.

„Wenn ich mich nicht irre, habe ich auf vorhin im Autoradio von einem Großbrand in Italien gehört. Eine Lagerhalle soll abgebrannt sein, ich glaube sogar, dass Bergamo erwähnt wurde. Hab' ich mir deshalb gemerkt, weil ich schon mal mit Ryanair vom Hahn aus dort war. Würde mich nicht wundern wenn …"

Er sprach es nicht aus. Das war auch nicht notwendig. Alle dachten dasselbe.

Am Nachmittag nahmen sie sich nochmals Silvia, Antonios Ehefrau, vor. Ja, sie habe Antonio auf die hohen Preise angesprochen. Der habe ihr aber etwas von 1 A-Ware erzählt und dass er dort bestimmte Verpflichtungen habe und sie nicht weiter nachfragen solle. Das habe sie dann auch nicht mehr gemacht, für sie sei die Sache damit erledigt gewesen. Das war schwer zu glauben, aber etwas anderes konnte man ihr nicht nachweisen. Die geschäftlichen Dinge habe ihr Mann erledigt, sie habe noch nicht einmal Kontovollmacht gehabt. Das war schnell überprüft und stimmte in der Tat. Antonio selbst war nach wie vor nicht zu einer Aussage zu bewegen, offensichtlich hatte er Angst. Und Susanna, die Tochter, wusste natürlich auch von nichts.

Die Fahndung nach dem Unbekannten, den Nicolo nur vage beschreiben konnte, war bisher ergebnislos verlaufen. Der Mord an Luca war sechs Tage her. Vermutlich war der Täter längst über alle Berge. Berge, die in diesem Fall mit großer Wahrscheinlichkeit die Alpen waren.

Epilog I

Die Ermittlungen hatten sich hingezogen. Es war Dezember geworden. In China war ein neues Virus aufgetaucht, das komischerweise so hieß wie eine mexikanische Biersorte. Aber das war weit weg und sollte keine größere Bedeutung haben.

Die Spur, die nach Italien führte, war im Sande verlaufen. Bei dem Brand in Bergamo waren keine Menschen verletzt worden. Aber neben den vielen Lebensmitteln waren auch die Firmenunterlagen verbrannt. Auch die Daten aus den völlig verkohlten Computern konnten nicht mehr wiederhergestellt werden, nur stinkende Klumpen aus Metall und Plastik waren übriggeblieben. Dem Firmeninhaber, einem Matteo Ricci, konnte nichts nachgewiesen werden, er bestand darauf, nur erstklassige Ware an Pizzerien in Deutschland und in die Benelux-Länder geliefert zu haben und die hatte nun mal ihren Preis. Mit Hilfe von EU-Fördergeldern war er dabei, die abgebrannten Räumlichkeiten neu aufzubauen. Auch die Versicherung hatte gezahlt, eine vermutete Brandstiftung ließ sich nicht nachweisen, zumindest nicht, dass der Inhaber selbst etwas damit zu tun hatte.

Von Nicolo hatten sie nur noch gehört, dass man sein umfangreiches Geständnis protokolliert und ihn in das Zeugenschutzprogramm aufgenommen hatte. Lena Kirchberg, der jungen Staatsanwältin war der Fall übertragen worden, sie bereitete sich auf den Gerichtsprozess vor, ihr erster großer Fall. Lothar Schmied und sein Team hatten zusammen mit dem LKA ihre Arbeit erledigt. Man würde den einen oder anderen von ihnen vielleicht noch als Zeuge vor Gericht laden.

Marstein würde seine Skulptur nach dem Prozess zurückerhalten, vorläufig wurde sie noch als Beweisstück benötigt. Der Insolvenzverwalter wollte sie vereinnahmen. Marstein konnte aber beweisen, dass er sie Wilde nur geliehen hatte.

Monika Ballauf war nichts anders übriggeblieben als Insolvenz beim Amtsgericht anzumelden.

Die Suche nach dem Unbekannten, der Luca vom alten Schloss, der Burgruine Bosselstein, heruntergestürzt hatte, war weiterhin ergebnislos verlaufen. Der Mord an Wilde war aufgeklärt, der vermutliche Täter war tot. Die Versicherungsgesellschaft, die die Ware gegen Diebstahl und Raub versichert hatte, hatte selbstverständlich nicht gezahlt, allerdings hatte die Schweizer Raiffeisenbank das Konto aufgelöst und die noch rund zweihundertvierzigtausend Euro nach Abzug ihrer nicht unerheblichen Gebühren überwiesen. Ein Testament gab es nicht, die Ehefrau war Alleinerbin, nachdem der Sohn aus erster Ehe die Erbschaft ausgeschlagen hatte. Die Mutter von Wilde war verstorben und auch seine Schwester, die in den USA lebte, machte keine Ansprüche geltend.

Viel war nicht übriggeblieben. Da die GmbH Insolvenz angemeldet und sich Martin Wilde bei der Sparkasse für die Firma verbürgt hatte, hielt sich zunächst diese schadlos. Insbesondere die abgetretene Lebensversicherung trug dazu bei, dass dort alle Verbindlichkeiten bedient wurden. Die weiteren Gläubiger gingen bis auf eine geringe Quote leer aus. Deren Schuldner war die GmbH und nicht Wilde persönlich gewesen.

Die Pizzeria am Schlossberg hatte einen neuen Inhaber. Ein anderer Italiener hatte sie übernommen, angeblich ein entfernter Verwandter von Antonio. Sie hatten ihn überprüft, es lag nichts gegen ihn vor. Silvia und Susanna arbeiteten weiterhin mit. Antonio selbst saß noch in Untersuchungshaft und wartete auf seinen Prozess, Verdunklungsgefahr.

Lothar hatte überlegt, ob er sein Team einmal zum Essen in die „Costa Ligure“, der Name war beibehalten worden, einladen sollte. Spusi hatte berichtet, dass seine Schwester Annemarie mit ihrem Mann vor Kurzem dort gewesen war. Sie seien sehr zufrieden gewesen. Das etwas altbackene Mobiliar habe man durch helleres und moderneres ersetzt, die Pizzen seien hervorragend gewesen. Der neue Inhaber, ein total netter Typ, habe gefragt, ob sie zufrieden waren und mit der Rechnung habe es wie früher einen Marsala aufs Haus gegeben. Mit der Tochter des Hauses, der hübschen Susanna schien er sich auch gut zu verstehen, wie man hörte, seien sie bereits verlobt. Lothar hatte aber Abstand genommen, es wäre ihm peinlich gewesen oder wäre pietätlos die bessere Formulierung? Immerhin hatte er den Vorbesitzer ins Gefängnis gebracht und eine unangenehme Begegnung mit dessen Ehefrau wollte er sich lieber ersparen.

Stattdessen hatte er sie ins Bistro eingeladen. Petra, die ihm doch noch, und das schon mehrfach, ihre Schallplattensammlung gezeigt hatte, übrigens hatte sie einen guten Musikgeschmack, hatte sie, und ihn besonders, zuvorkommend bedient. Das war sogar Kalli aufgefallen, der natürlich wieder einen dummen Spruch parat hatte. Lothar ignorierte ihn einfach. Da fiel ihm noch etwas ein.

„Ich wollte dich doch noch über diese Geschichte mit der Felsenkirche aufklären. Das hatte ich bei diesem ganzen Trubel fast vergessen. Also, der Emmrich hat nicht den Weyrich umgebracht, sondern umgekehrt. Die hatten sich um eine Frau gestritten, angeblich eine Bertha von Lichtenburg. Der Emmrich hatte sich mit der verlobt und sein Bruder war eifersüchtig und hat ihn aus dem Fenster geworfen. Der muss ungefähr an der gleichen Stelle gelandet sein wie unser Italiener. Nachdem er seine Tat bereut hatte, also der Weyrich, nicht unser Mörder, hat er das einem Abt gebeichtet und sollte als Sühne eine Kirche an der Stelle bauen, wo sein Bruder gestorben war. Als Zeichen, dass ihm vergeben worden war, soll eine Quelle aus dem Felsen entsprungen sein, die übrigens heute noch fließt. Der Emmrich hieß übrigens nicht Emmrich, sondern Emich und der Weyrich hieß der Sage nach Wyrich. Aber sonst stimmt alles, was du damals erzählt hast."

Dieses Mal hatte Lothar die Lacher auf seiner Seite. Und dass er das ein paar Stunden vorher vorsichtshalber nochmal im Internet recherchiert hatte, musste er auch nicht den Kollegen auf die Nase binden.

Epilog II

Einen Monat vorher war ein italienischer Staatsbürger mit Singapur Airlines auf dem Flughafen LaGuardia in New York gelandet. Sein falscher richtiger Pass wies ihn als Pietro Rossini aus. Die Frage des Grenzbeamten „What's the reason for your visit?", die dieser mit der abweisenden Miene in den Bart geknurrt hatte, hatte Rossini mit „Hollidays" beantwortet.

Vor dem Ausgang des Flughafens hatte er sich ein Taxi genommen und die Adresse des Hotels genannt, das man für ihn gebucht hatte. Den Mann mit dunklem Teint und vermutlich ebenfalls italienischer Herkunft, der seinen Hut tief ins Gesicht gezogen und ihn beobachtet hatte, hatte er nicht gesehen. Der war gleich darauf in ein wartendes Auto gestiegen. Dem Fahrer hatte er nur kurz zugenickt und auf das gerade abfahrende Taxi gezeigt. Der Aufforderung „Fahr ihm nach", war dieser wortlos gefolgt.

Epilog III

Noch einen Monat vorher war das Wetter wieder traumhaft in Italien gewesen. In den Gärten blühten die Zitronen- und Orangenbäume. Die Sonne schien vom weiter oben sicher tiefblauen Himmel. In der Stadt jedoch war die Sicht getrübt. Wegen der hohen Smogbelastung hatte die Verwaltung ein Fahrverbot für Privatfahrzeuge von zehn bis sechzehn Uhr erlassen. Er war deshalb mit der S-Bahn gekommen, denn er wusste, dass er nicht mehr auffallen durfte.

Stefano Russo war sauer. Das wusste Marco, auch wenn er ihn wieder nur von hinten sah. Sie blickten beide auf die faszinierende Skyline von Mailand. Hier oben im 44. Stock war die Luft schon etwas klarer als unten in der Stadt. Leider konnte Marco den Anblick nicht genießen.

„Du hast alles noch schlimmer gemacht."

„Ich weiß."

Nähere Erklärungen konnte er sich sparen. Dass es mehr oder weniger ein Unfall war, interessierte Signore Russo ganz sicher nicht, es kam auf das Ergebnis an. Und das war eine Katastrophe. Sie hatten nicht nur Teile ihrer Vertriebswege eingebüßt, denn den Partnern in Deutschland schaute man jetzt etwas strenger auf die Finger, sie mussten auch die Filiale in Bergamo abfackeln, um Beweise zu vernichten. Zum Glück hatte die zum Konzern gehörende Bank EU-Mittel aus einem Regionalfonds locker gemacht. Mit sogenannten verlorenen Zuschüssen war sogar noch ein gutes Geschäft daraus geworden. Sie konnten die Niederlassung moderner und effizienter wieder aufbauen, auch wenn der ursprüngliche Geschäftszweck noch nicht wieder aufgenommen worden war. Ein, zwei Jahre wollte man zunächst warten und in dieser Zeit nur absolut saubere Geschäfte abwickeln. Die niedrigeren Preise für die Exportwaren hatte man mit verbesserten Einkaufsmöglichkeiten begründet.

„Was machen wir nun mit dir?“

Natürlich eine rhetorische Frage. Die Antwort würde Signore Russo schon selbst geben. Ein dünner Schweißfaden lief ihm den Rücken hinunter.

„Wir geben dir eine letzte Chance.“

Es war noch zu früh zum Aufatmen. Lange konnte er aber nicht mehr die Luft anhalten.

„Hat dich jemand in dieser Stadt gesehen?“

Marco wusste, welche Stadt gemeint war.

„Nein, keiner. Ich bin abends eingetroffen und war morgens schon wieder in Frankfurt. Der Einzige war Luca und der ist …“

„Schon gut, bist du sicher?“

„Ja, Signore Russo. Ganz sicher.“

Das war er zwar nicht, aber er wollte sich diese angeblich letzte Chance nicht verbauen. Es war sicher die Allerletzte.

„Dieser Antonio wird wohl eine Zeitlang ausfallen. Du wirst sein Geschäft übernehmen.“

„Aber …“

Er wollte gerade ansetzen, um zu erklären, dass er davon nichts verstünde, er sei schließlich kein Pizzabäcker, besann sich aber gerade noch. Wenn Russo von der letzten Chance gesprochen hatte, war das auch so gemeint. Es war ihm zwar klar, dass er soeben vom Offizier zum normalen Mannschaftsdienstgrad degradiert worden war, aber das war sicher besser als diese Alternative mit den Zementblöcken an den Füßen an einer tiefen Stelle des Po. Falls „die“ sich mittlerweile nicht etwas anderes, mindestens ebenso Unerfreuliches, hatten einfallen lassen. Er wusste, dass man ihm ein Angebot gemacht hatte, das er nicht ablehnen konnte.

„Lass den Kopf nicht hängen."

Russo hatte sich umgedreht und Marco glaubte sogar ein leichtes Lächeln wahrzunehmen.

„Es gibt sicher Schlimmeres. Du hältst mal ein, zwei Jahre die Füße still und dann sehen wir weiter. Außerdem, dieser Antonio soll eine recht attraktive Tochter haben ..."

Nachwort:

Sie glauben, eine der Personen aus diesem Roman erkannt zu haben? Sie müssen sich irren. Der oder die ist es nicht, es ist jemand anderes. Selbstverständlich sind alle Personen und Handlungen aus diesem Roman frei erfunden und Ähnlichkeiten nur zufällig. Und sollten Fiktion und Wirklichkeit doch einmal (rein zufällig) zu sehr übereinstimmen, sind zumindest Dialoge und Handlungen allein den Gedanken des Autors entsprungen. Und weiterhin ist es selbstverständlich, dass es in der wunderschönen Edelsteinstadt Idar-Oberstein keine mafiösen Strukturen gibt, die ehrbaren Edelsteinhändler niemals auch nur auf die Idee eines Versicherungsbetruges kämen, ganz sicher alle steuerehrlich und Bankmitarbeiter nicht korrumpierbar sind.

Franz-Josef Gemmel ist 1954 geboren, in Idar-Oberstein wohnhaft und hat am örtlichen Göttenbach-Gymnasium Abitur gemacht.

Nach der Bundeswehrzeit und einem abgebrochenen Jurastudium hat er eine Ausbildung zum Bankkaufmann absolviert. Er war über zwanzig Jahre in der Filialleitung der örtlichen Sparkasse und in dieser Funktion auch als Firmenkundenberater tätig. Die letzten sechs Jahre bis zum Renteneintritt 2019 war er Geldwäsche- und Compliancebeauftragter.

Er ist verheiratet und hat zwei erwachsene Söhne. Bei seinem Hobby Laufen hat es zu seinem Bedauern nur bis zum Halbmarathon gereicht.

Er veröffentlichte Publikationen in geringem Umfang im Heimatkalender des Landkreises Birkenfeld und gelegentliche Presseberichte.